"云游"之四　黄海 作

DUKU

读库

2504

主编　张立宪

新 星 出 版 社　NEW STAR PRESS

DUKU
读库

特约编辑　杨　雪

装帧设计　艾　莉

图片编辑　黎　亮

特约审校：马国兴｜黄英｜吴晨光｜潘艳｜朱秀亮｜刘亚

目录

胜利日

冯 翔

"这冷酷简单的壮烈是时代的诗。"

1945年8月10日傍晚六时许，重庆。

不愧火炉之名。全面抗战八年，事实陪都八年，这座山城的酷暑早已为五湖四海汇聚而来的"下江人"（外地人）刻骨铭心。一觉起来，竹席上的汗水竟然能泡出一个人形的轮廓。

早在一千多年前，杜甫路过重庆外围的奉节县，慨然写下诗句《热三首》："炎赫衣流汗，低垂气不苏""峡中都似火，江上只空雷""欻翕炎蒸景，飘摇征戍人"……老杜的诗向来寄情于景，这几句用来形容作为抗战中心、"征戍"往来不断的重庆，还挺合适的。

这一天虽已到傍晚，依然余热未散。富人躲在家里享用汽水、冰激凌、爽身粉，甚至美国产的吊式电扇，而贫苦人家则靠一把破蒲扇。

然而，这一刻的重庆人却不顾高温炙烤走上街头，越来越多。

人流中间，有军人、官员、老妪、孩童，有穷人也有富人，有四川人也有下江人，有逃难的农民也有大学教授。他们的脸上，能找到几乎所有的人类表情：惊异、兴奋、怀疑、悲恸、木然……

他们有着同一个目的地——位于今日渝中区上清寺的国府路二号，广播大厦。当时中国最主流、最权威也最快捷的信息来源。

八年来的每一天，那部英国马可尼公司制造的三十五千瓦四波段短波广播发射机都向半个地球发出强劲的电波，长达十个小时左右。它有个外号叫"重庆之蛙"，来源是1940年日本一家报纸的哀叹："我皇军飞机大炸重庆，那里的青蛙全都炸死无声，为什么那个扰人心绪的中央电台还是叫个不停？"

这只蛙原是设于南京的"中央广播电台"。全面抗战爆发后国府西迁，它也跟着一起搬来重庆，改名"中国国际广播电台"，是中国政府"电波抗战"的重要工具。它既向世界发出中国声音、宣传中国抗战；又通过收听国际广播，向中国人民介绍世界反法西斯战争的重要动态，鼓舞国民信心。任凭日本飞机狂轰滥炸，"重庆之蛙"岿然不动的原因很简单：为防万一，电台各核心部门分设多处。收音部门在如今九龙坡区的歇台子，发射台在沙坪坝，发电厂在嘉陵江边。只有播音室设在上清寺，这一刻，男女老幼正是向它涌来。

他们在寻找一个刚刚听到的声音，一个仿佛从天上掉下来的消息：

日本投降。抗战胜利。

这个声音，来自一个二十五岁的北京人。

他叫靳迈，两年前毕业于日伪专门培养宣传爪牙的"中华新闻学院"，逃出封锁线来到重庆，在两百名应聘者中脱颖而出，成为一名播音员。两年来，他在每天晚上十点准时播出新闻评论节目《时事述评》，把世界反法西斯战场的好消息通报给全中国尤其是沦陷区的人们。这一刻，他正用手帕擦拭着满眼的泪水，连自己刚刚播出的稿件都看不清了。

那份稿件，编译自半个小时前刚刚收到的一则消息。它来自日本的"东京广播电台"，也就是如今NHK旗下的日本国际广播电台。

稿件的内容第二天又为国府中央通讯社所报道，如今已被收入各种各样的历史记载：

> 日本政府，本日以下列照会，分致瑞士及瑞典政
> 府，托其转致中、美、英、苏四国。
>
> 日本天皇，切望促进世界和平，早日停止战争，
> 俾天下生灵，得免因战争之持续而沦于浩劫。日本政
> 府，为服从天皇陛下之圣旨起见，已于数星期前，请

当时仍居中立地位之苏联政府出面斡旋，俾对诸敌国得恢复和平。不幸此等为促致和平之努力，业已失败。日本政府，为遵从天皇陛下恢复全面和平，希望战争造成之不可言状之痛苦能告终结起见，乃作下列决定。

日本政府，准备接受中、美、英三国政府领袖一九四五年七月二十六日在波茨坦所发表，其后经苏联政府赞成之联合宣言所列举之条款，而附以一项谅解曰：上述宣言，并不包括任何要求有损天皇陛下为最高统治者之皇权。日本政府，竭诚希望……

每过一个小时，靳迈和另一位来自江苏的播音员潘启元就把这条爆炸性消息重复播送出去，一直到第二天凌晨五点。半夜一点左右，他们还找来一个日军俘虏，让他用日语广播这条消息。这个俘虏接过翻译成日文的稿子，边看手边颤抖，同时开始擦眼泪。靳迈让他喝了一杯水，并通过翻译警告他：不许哭，尤其在播音时更不许哭！然而他还是泪如雨下，好不容易才播完了这条消息，一出广播室就哭得死去活来。

见状，潘启元说了一句话："这是侵略者的末日！"

这时候，听到广播涌来的老百姓越来越多，广播大厦前人声鼎沸，还有人拿出鞭炮鸣放起来。电台见状，火速在门前装上一台扩音器，不断重播一条简短的口播新闻：

"抗战八年了，日本政府通过瑞士向我国及盟军宣告无条件投降……我们终于胜利了！"让人们能近距离亲耳听到，分享喜悦。在重播的间歇，则播放一首抗战歌曲：《凯旋归故乡》。

许多挤在大厦门口的人听着大喇叭里传出来的声音，都流下了说不清激动还是辛酸的泪水。人群中就有潘启元的表弟朱铁臻，他正在一所江苏人为逃难到四川的子弟办的中学读初一。这一年他十三岁，已经过了八年逃难的生活。

1937年南京大屠杀，朱铁臻家许多亲朋好友连同他父亲年轻时学手艺的师傅全家被害，一家人历经艰难逃到重庆，开了一家小杂货店。结果整条街都在日本飞机第二年的轰炸中被烧光，没有跑出来的人全被活活烧死，一家人罩着一床被子躲在一棵大树底下，又侥幸逃得性命。父母望着黑烟滚滚的废墟，哭得眼泪都干了，还不怎么懂事的他吓得直发抖。

几十年后，朱铁臻还记得那一夜的历史：表哥和靳迈在广播大厦里一遍又一遍地宣布日本投降的好消息，上清寺的马路上人山人海，彼此素不相识却互相祝贺、欢呼、拥抱……他一直到天快亮才回去，发现母亲兴奋得也没有睡。

母亲拉起他的手，问："好不容易盼来了这一天！你还记得我们怎么逃到重庆来的吗？"

就在靳迈和潘启元拿到那条英文消息的几乎同一时刻，二十一岁的新华社新闻台报务员总领班李光绳正在延安窑洞里完成日常工作——收听并用特制的通信设备随时记录路透社播发的英语新闻。

李光绳十四岁到延安，是有名的"红小鬼"；他又是个"红二代"——来自贵州安顺，王若飞是他的表舅。突然，他高叫一声："快看！是啥？"

此时，新华社副社长兼英文广播部主任、北大外语系毕业的高才生吴文焘刚刚走到窑洞门口，听到这一句立即知道，有了重大新闻！

随着耳机里微弱的蜂鸣声，吴文焘先是听到"日本投降了"，随即路透社又播出一条比较详细的消息：日本天皇已经接受盟国条件，宣布投降。听罢，吴文焘再不用怀疑，飞速跑出去，冲到通讯处一把抓起手摇式电话："这里是新华社，有重要新闻，快请毛主席！"

几分钟后，话筒那边传来熟悉的湘潭口音："喂，我是毛泽东。"

"主席，日本投降了！"

沉默了几秒钟，毛泽东回答，"噢，那好啊"，嘱咐他们有新情况时继续汇报。

蒋介石知道这一消息，既早又晚。

当天傍晚五点三十五分，他就接到重庆的美国新闻处通报：日本发送广播，宣布无条件投降。他要求有关部门核实这一消息，可工作人员兴奋过度，直接把消息拿到电台播了出去。等这条消息兜了一圈再被他听到时，已经是当晚八时左右，甚至比上清寺马路上的一些民众还晚。

当时，蒋介石正在曾家岩的官邸宴请墨西哥驻华大使，离上清寺只有一公里多一点。听到外面传来民众欢呼和鞭炮声，就问了副官兼侄孙蒋孝镇——西安事变中那个背着他上山逃命的人，得到的回答是"听说什么敌人投降了"。命人再去打听，很快得到确切消息。也亏老蒋养气功夫到家，面上丝毫不动声色。

宴请完毕，这位墨西哥大使却是个没眼力的——迟迟不肯离去，看不出蒋显然已经没有谈话的心情，满脑子都是即将召开的军事会议。当晚，蒋在日记中就吐槽："墨使不识体统，纠缠谈话不休，殊不知抗战最大事要在此时决定也。"

什么是"抗战最大事"？当夜，国共两党领导人下的命令都是相似的：进军！

从8月10日二十四时到11日晚上六时，朱德总司令对部队连发七道命令，命令八路军、新四军等抗日部队全面反攻，"如遇敌伪武装部队拒绝投降缴械，即应予以坚决消灭"；蒋介石这边同样忙得不可开交：向前方各战区下命令、安排收复东北的重要事宜、会见美国驻中国大使……

绝大多数人并不知道这些，他们得先忙着惊愕与狂喜。

除了广播大厦，还有无数的电台、通讯社正在向外播报这一消息。无数只手操起电话向外摇把，无数张嘴兴奋地向无数只耳朵喊叫，无数只胳膊相互拥抱。一场亘古未见的全民大狂欢、大游行，如同滔天风暴般迅速卷起。

这一刻，重庆的一百二十万人都疯狂了。

中央通讯社、美国新闻处和各大报纸都在连夜印制号外，同时在报社门口贴出告示，内容都是一句话：日本投降了！有的号外是免费散发，有的号外要花钱买，甚至被炒到几十倍的高价。一个卖报的报童哈哈笑着："想不到报纸也有了黑市！"

一群群美军冲出驻地，有的开着吉普车、卡车，有的跑步冲出来，手里拎着香槟酒瓶子，见了中国人就狂叫、握手。绝大部分人虽然听不懂他们的话，但不难读懂他们兴奋到发狂的表情和身体语言。很快，一辆辆车上、一条条街上，挤满了中国人和美国人。大家笑着跳着互相搂着还竖起大拇指，高喊战时的共同口号："顶好！顶好！"那是中美两个盟友之间最流行的一句话，它被编入了童谣，甚至一度成为两军联合作战的口令暗号，跟"OK"并列。

整个重庆的街头如同白昼，到处是燃放的鞭炮、挥舞的龙灯、欢乐的呐喊。人们找出铜锣、小鼓、脸盆和一切能发声的东西，疯狂地敲响。自从唐代发明火药以来，恐怕这是最大的一次集体燃放。到处乌烟瘴气，人们却不以为意，反而跟着兴高采烈。每一家卖鞭炮的杂货店都很快售罄，不得不关门大吉。要买鞭炮的人还是一波波地涌来，把几家店门都打得粉碎。老板也不生气，自认为是"喜气盈门"，警察在一边都鼓掌大笑。交通警察在勉力维系几乎瘫痪的交通，公交车上却伸下无数只手跟他握手。人们在一辆小汽车里看见了第一夫人宋美龄。她也被堵在街口，然而笑盈盈的。

一个相貌英俊但个子不高的男人，在游行人群中"像篮球一样蹦跳"，一不小心撞碎了一个玻璃柜台，臀部受伤被送去医院。日后，这一幕被报纸传成"屁股被马路上乱掷的酒瓶所伤"。也难怪，这十多年来有关他的八卦消息就始终没有断过。他是赵丹，中国最红的电影明星之一。

另一个戴着礼帽和眼镜、挥着手杖的中年胖子也来游行。他患有严重的高血压，被医生禁止吃肉，情绪更是要严格控制。然而，这一刻，顾不得了。这位中央研究院史语所所长挤在欢乐的人海中，见了熟人就哈哈大笑，一个个报以老拳。一个同患高血压的朋友不得不警告他："你不要太兴奋了！"等到天亮，嗓子喊不动了，腿也迈不开了，瘫坐在路边喘粗气的傅斯年才发现自己的帽子、手杖全甩丢了又买不起，不禁后悔不迭。

还有一个年近五十的男人也戴着眼镜，不过留着一副儒雅的长胡子，在一群年轻人当中显得很扎眼。他会画画，这一夜画了好多画分赠亲友，题目是《八月十日之夜》《胜利之夜》《八月十日的爆竹比八年的炸弹更凶》……又把全家大小叫到一起，一人一句写下杜甫的《闻官军收河南河北》——

剑外忽传收蓟北，初闻涕泪满衣裳。

却看妻子愁何在，漫卷诗书喜欲狂。

白日放歌须纵酒，青春作伴好还乡。

即从巴峡穿巫峡，便下襄阳向洛阳。

这首诗太符合中国人此刻的心情了，很快它就出现在大小报纸的版面上。当年杜甫听到安史之乱被平定的消息、写下它的时候，也是在四川。

写完诗，他——丰子恺，又去街上跟年轻人一起参加欢乐游行，一直到半夜两点才从人海中抽身返家，躺下后仍不能入眠。

八年前，他抛下浙江桐乡石门镇的居所"缘缘堂"，带着全家辗转逃亡十几个省来到重庆。他不满足于做一个难民，而是走上街头教民众演唱抗日歌曲；又用他蜚声国际的画笔为中国军队绘制军用邮票。同时用多种艺术才能报效国家，这风格正如他的老师，弘一法师李叔同。

在回忆这一天时，丰子恺写道："我想起了八年前被毁的缘缘堂，想起了八年前仓皇出走的情景，想起了八年前生死离别的亲友，想起了一群汉奸的下场，想起了惨败的日本的命运，想起了奇迹般的胜利了的中国的前途……无端的悲从中来。这大概就是古人所谓'欢乐极兮哀情多'，或许就是心理学家所谓的'胜利的悲哀'。不知不觉之间，东方已泛白，我差不多没有睡觉，一觉起来，欢迎千古未有的光明白日。"

重庆的各家饭店、酒楼家家爆满，猜拳狂喊的声音响彻云霄。许多店主宣布酒菜免费，请过路的人随便吃喝，同享欢乐。许多人拎着酒边喝边喊："我要回去！""我要还乡了！"还有人唱："我的家在东北松花江上，那里有森林煤矿，还有那满山遍野的大豆高粱……"

十八岁的少女田苗当时正在重庆育才学校学习钢琴，在黄家垭口菜市场，她目睹了终生难忘的一幕。一个东北人拉着一个路人一起喝酒，被拒绝后大怒："你瞧不起我？你就喝醉了又有什么了不得？我们流亡十五年了，离开家乡十五年了，不知老母还在不在啊！你就不能喝一口同庆胜利？我要回去啊！"说着就放声痛哭。那人忙说："我喝，我喝！"这东北人便在他肩上拍着："好，好！好兄弟！我要回乡了，十五年了啊！"不知不觉，在一旁的田苗也泪流满面了。

在重庆出版的《新华日报》次日社论非常贴切："全中国人，都欢喜得发疯了！这是一点也不值得奇怪的，半世纪的愤怒，五十年的屈辱，在今天这一天宣泄清刷了，八年间的死亡流徙，苦难艰辛，在今天这一天获得了报酬了，中国人民骄傲地站在战败了的日本法西斯侵略者前面，接受他们的无条件投降，这是怎样的一个日子呀！谁说我们不该欢喜得发疯，谁说我们不该高兴得流泪呢？"

这一夜，无数相似的场面正在华夏大地相继绽放，凝成历史。

离重庆三千里之外的浙江淳安一座庙里,一群人坐在桌边为胜利的好消息举杯互贺。坐在上首的,是一个满面病容却露出几分枭桀之气的中年瘦子。他的头衔光鲜闪亮——中国红十字会总会副会长,著名慈善家和社会活动家;而他的名字在上海滩却可以吓得小孩不敢夜哭:杜月笙。

今天是杜月笙秘密来到淳安的第二十七天。这一趟,他是奉"特工王"戴笠之命,去上海和江浙一带发动帮会兄弟与民众,等盟军一旦在中国沿海登陆,立即发动力量打击敌伪、收复失地。没想到还在筹划阶段,却等来了这样的好消息。因为气喘病,五十八岁的杜月笙早已滴酒不沾,这一晚他破天荒地主动要了半杯白兰地,醉得一夜爬不起来,睡得极香极甜。

杜月笙喝白兰地的同一时刻,少年毛昭晰跟着父母逃难,正在三百公里外的浙江龙泉。他看见瓯江边到处是欢乐的人群,欢声笑语和爆竹声响阵阵。最后爆竹放完了,有些商店竟然把青瓷器皿当作爆竹往大街上扔,"那青瓷器被掷碎的声音竟和爆竹一样响亮"。那可是世界闻名的龙泉青瓷,价值不菲。但在欢乐的氛围中,人们已不在乎它的身价。

七十年后,少年还记得这一刻。此时的毛昭晰,已是一位国际驰名的史学家,尤其以研究日本闻名,被日本聘任为"国际日本文化研究中心"客座教授。

当晚八时许，本来是南京伪国民政府"大东亚广播"转播东京广播电台节目的时间。这一晚值班的，是两个中国技术员谭宝林和苏荷先，他们从耳机中听到重庆的中国国际广播电台播报，"中国苦战八年，终于赢得胜利，赢得和平，现在大重庆大街小巷，百万市民已在狂欢中"，立即联系了地处南京江东门的发射台，确定日本主管不在，便果断掐断东京的信号，改播重庆的信号。

南京城顿时沸腾起来，爆竹声、欢呼声四起。

几乎同一时刻，沦陷中的上海电台也转播了这一消息，也是同样的狂欢。知名中医陈存仁在繁华的霞飞路（今淮海中路）上看到，无数白俄遗民在马路中央跳着哥萨克舞和各种旧式舞蹈，还有一队人穿着沙皇时代的军装，戴上了旧日的勋章，就着乐队伴奏的帝俄国歌《天佑沙皇》踏正步；后面是一大群俄国妇女跟着唱歌跳舞，游行的人群自动让出一条空道给他们通过。

两侧的铺子都把灯光开得很亮，各自挂起一面青天白日旗。这在上海沦陷的几年中是会立即惹来杀身之祸的，然而这一晚，街头连一个日本兵都看不到，连游行的中国人喊出"打倒日本帝国主义"的口号都没人管。

直到半夜两点，陈存仁还毫无倦意，但怕家人牵挂，就抄小路回家。他一会儿高兴得眼泪直流，一会儿躺在床上辗转反侧：日本会不会在退兵时来个大屠杀？真是越想越怕，但他什么都做不了，只好眼睁睁等着天亮，等着明天的报纸。

在昆明，中央社分社率先宣布了重庆传来的好消息，春城瞬间一片欢腾。剧院里正在看戏的观众跳上舞台抱住大花脸演员，狂喊：日本投降了！演出立即中断，全剧院的演员和观众一起涌上街头。一张定价二十元的报纸号外卖到一千元一张还供不应求，尽管报馆都在门前贴上了"日本已于今日投降"的纸张。

一个中年男人看到了其中一张，自言自语地说："八年的战斗，如今就这样结束了吗？"他想到这里，深深地喘了一口气："好像放下了一个长久的重担，同时又感到，整个的世界也在喘了一口气。"他就是鲁迅口中"中国最为杰出的抒情诗人"、德国海德堡大学哲学博士冯至。几个月后，他的小女儿诞生，有着一个洋名字：Victoria——胜利。

延安变成了火焰的世界。人们把睡觉的草垫子、用过的报纸、破烂的衣服，全部抱到山上放火点燃，古老的延安瞬间通红明亮起来。他们又举着扎成的火把全城游行，敲着锣鼓、扭着秧歌，尽情欢庆。有的女性把自己栽种的西红柿全部挖出来吃掉，有的把平时纺线用的纺车扔进火堆，似乎是知道今后再也用不着它们；延安大学一名学员兴奋过度，把蒸馒头的笼屉都当成火把烧了，第二天大家只能把面糊糊搅拌成疙瘩汤喝。

目睹这一切的著名诗人艾青写道：

日本无条件投降了!

消息像闪电

划过黑夜的天空

人们从各个角落涌出

向街上奔走

向广场奔走

"日本投降了!"

没有话比这

更动人

更美丽!

有人在点燃火把

有人在传递火把

有人举着火把来了

拿着火把的都出发了

一个、两个、三个、四个……

愈来愈多了……

在举着火把游行的队伍中,还有一群特殊的参与者——二百五十名日本人。他们或许是当晚情绪最为复杂的一群人。他们有些来自日本军队,却主动向八路军投诚并自愿参加反战运动;有些终日沉默,听到日本城市被空袭的消息面露忧伤;有的被俘虏后顽固不化,不信日本会战败,还吐槽延安的小米饭,"他妈的,吃来吃去就会变成长着翅膀的小鸟了"。尽管这么说着，但一盛起来就是满满两大碗。这一夜游行结束后，他们都一宿没合眼，讨论着战争结束后如何返回日本，回去之后又该做些什么。

各个省份、各个战区，都纷纷得到了重庆通知的好消息，包括跟日军对峙的第一线部队。

率部驻防湖北宜都、担负长江上游江防守备任务的连长王恕之记得，那天午夜他坐着小船沿长江逐个哨卡检查了一遍，严防日军偷袭。躺下不久，去营部开会的一位排长急匆匆地回来，离得很远就高声大喊："连长，好消息！连长，好消息！……上级打来长途电话说，日本广播接受《波茨坦公告》，宣布无条件投降了！"

第二天一早，他通知各班除去监视江面的哨兵外，其余一律到连部集合，正式传达。全连官兵无不欣喜若狂，红日初升的大江上下都回荡着他们的欢呼。几年来，这支部队先后参加过鄂西会战和常德会战，都没有像今天这样振奋过。

中国军人从基层官兵到高级军官，无不共享着胜利的欢欣。中国远征军前总司令罗卓英将军，此刻在重庆挥毫写下一首模仿杜甫的诗："号外忽传收战果，果然倭寇已投降。数千盟友环城舞，百万军民动地狂。壮士高歌兼纵酒，同胞约伴好还乡。岂徒东下看巫峡，更庆卢沟复沈阳。"

在举国狂欢中，也发生了一些令人意想不到的悲剧。《温州日报》报道了一则消息——"狂欢中的小插曲"："十日晚上本埠得到日本对盟国无条件投降消息后，曾发生一件令人感奋的事实……本埠市民夏景山，年四十二岁，住厝库司前，为夏口盛丝店店主，粗通文义，平日关心国事，对抗战尤具热诚，唯身体素弱，晚在睡梦，忽闻外面爆竹连天，询知系日本无条件投降，喜极欲狂，奔出屋外，在街道向四邻诉说道贺，不料旧疾复发突然昏晕，跌倒门口人行道上，头碰阶石，血管破裂身亡，闻者以夏某闻得抗战胜利，狂喜过度而死，其对胜利之渴望与爱国之热情已可想见，对其颇表钦佩之意。"

这一切，都太突然了，出乎了所有人的预料。

一个山东的流亡中学生在几十年后成了知名作家。他——王鼎钧，回忆道："当时一般人哪里想得到，日本会什么时候投降？有知识有条件的人看到报纸，知道美国打下一个小小的硫黄岛，都用了几个月时间，付出惨烈代价。被日本占去的半壁江山，又相当于多少个硫黄岛？"

人类预测未来一向很难。即使从国共双方领导人当时的言行看，也是如此。

抗战以来，每一年蒋介石都在七月七日全面抗战开始这天，广播一篇《告全国军民书》，对时局进行分析，鼓舞民众和军队。在1945年这一年的广播中，他表示了审慎的乐观，表示中国抗战已经"转守为攻"，局势比1944年有了显著进步；但胜利还要期待盟军登陆日本和中国大陆，国人"要以今后一年为收获战果的一年"。

从事后看，此时日本败局已定，美国飞机无时无刻不在轰炸日本本土，东京和其他大城市已经变成一片焦土。但要彻底消灭日本部署在海内外的七百多万军队，并不是一件容易的事。当时中国大陆的军事局面也无法让人过于乐观，1945年的前几个月，"中国派遣军"总司令冈村宁次下令发起攻势，攻占了赣南的中国空军基地，打通了粤汉线，占领了豫西，战术进展颇为顺利。虽然到四月份日军受到挫败，没能按照计划摧毁芷江机场、打开通往重庆的通道；但直到六月份还在向粤北、赣南进攻。

延安这边对战局的考量更为谨慎。6月24日，中共中央在关于建立南方根据地的战略方针的指示中说，"现在距日寇崩溃应估计尚有一年半"；8月4日，中央在给鄂豫皖边区的指示"准备应付必然到来的内战局面"中说，"估计日寇明冬可能失败，还有一年时间供你们作准备工作"。

然而，随着世界反法西斯战争局势的迅速推进，美国先后在广岛和长崎投下两颗原子弹、苏联对日宣战出兵中国东北，历史的时针被拨快了。日本投降的速度，从以年为单位计算，迅速转向按天计算。

8月8日，正在成都齐鲁大学任国学研究所主任的历史学家顾颉刚就在日记里写下："近日美机开始投剧烈性之原子炸弹于日本，较旧式炸弹强二千倍，破坏力强，群信将加速日本之投降"；8月9日，毛泽东主持中共七届一中全会第二次会议时，态度更是空前的积极坚决。

这段讲话日后被收入《毛泽东选集》第三卷，题为《对日寇的最后一战》：“八月八日，苏联政府宣布对日作战，中国人民表示热烈的欢迎。由于苏联这一行动，对日战争的时间将大大缩短。对日战争已处在最后阶段，最后地战胜日本侵略者及其一切走狗的时间已经到来了。在这种情况下，中国人民的一切抗日力量应举行全国规模的反攻，密切而有效力地配合苏联及其他同盟国作战……中国民族解放战争的新阶段已经到来了，全国人民应该加强团结，为夺取最后胜利而斗争。”

在历史时针加快旋转的进程中，日本人也推了自己最后一把。

1945年8月9日晚上十点半，日本战时内阁还在激烈的唇枪舌剑中。核心争论就是一句话：要不要投降？

内阁中分量最重的六个人叫“六巨头”，其中，首相铃木贯太郎和外务大臣东乡茂德、海军大臣米内光政三人主张接受《波茨坦公告》。他们的理由是，日本已经打不下去了，只能把讲和的希望寄托在苏联身上，结果碰了一鼻子灰，苏联不但不答应还对日本宣战；用日本人的话说就是“以铁锤代替了回复”。东乡茂德提出一个方案：只要保证天皇的地位，我们就可以投降。他的祖先是三百多年前被丰臣秀吉的军队从朝鲜掠到日本的一名制陶工匠，原姓朴。这一层隐秘的血脉，不知跟他此时的决断有没有关系。

“六巨头”另外三个人却坚决反对。三对三，这就僵住了。这三个人是：陆军大臣阿南惟几、陆军参谋长梅津美治郎、海军军令部总长丰田副武。

他们都是中国人民的老相识了。阿南惟几曾作为日本陆军的一名师团长赴中国作战，在山西、湖北多次使用毒气；梅津美治郎则是策划河北"自治"，与中国政府代表何应钦签订《何梅协定》，攫取中国河北和京津地区大部主权的罪魁祸首。这两个人都是最典型的日本陆军强硬派将领，甲乙级战犯的分量。丰田副武是日本海军联合舰队最后一任司令，早在"七七事变"后就率领舰队参加侵华战争，被国民政府列为首批甲级战犯之一。

他们坚决要求作战到底，或者至少要给《波茨坦公告》附加四个条件：保证天皇的地位不受影响、日本自己解除武装、自己惩处战犯、不准盟军占领日本。如果这几个条件真的实现，那日本就成了有条件退出战争，而不是投降了。

内阁另外几个人如军需大臣、农业大臣、运输大臣没有直接表态，但就各自负责的领域做了发言，说的全是坏消息。例如农业大臣就说：今年剩下的几个月再削减国民百分之十的口粮尚可维持，明年日本各地就一定会发生饥荒。

争论到半夜，铃木首相使出最后一招，"恭请圣断"。十日凌晨两点半，天皇一锤定音：投降。

半个小时后，内阁再度开会讨论，决定接受《波茨坦公告》的具体步骤：发出正式外交照会，请瑞士和瑞典两个中立国向中美英苏四个盟国转达。外务省要在早上六点完成电文的起草，在六点四十五分到十点十五分之间分别拍发给日本驻瑞士、瑞典的两位公使。不过一定要附加一项条件：保证天皇的地位不受影响。

一般来说，各国的外交部门都比较偏鸽派，而军队将领偏鹰派，日本也不例外。这一次，一个戴着圆圆眼镜、头顶光秃秃的日本外交官就站出来，提了一个看似无关紧要，实则非同小可的意见。

他叫松本俊一，1897年出生于台北，在广岛长大，东京帝国大学法学院毕业后进入外务省。此时他是外务次官（副部长），也是一个坚决主张接受《波茨坦公告》的人。他认为：既然内阁已经决定接受《波茨坦公告》，那么有必要将这一决定迅速通知国外特别是通知敌方官兵。没说出口的话估计还有一句："这样可以立即减少日本人的生命财产损失。"

于是，经过外务省跟日本同盟通信社、NHK的商榷，外务省起草的电文于8月10日傍晚在东京广播电台播出。

拍电报、译电报，都要花上不短的一段时间。两位日本公使把译出来的电报照会给瑞士和瑞典政府，两国政府还要耽搁一段时间才能转给盟国。但广播电台播出的消息，是可以即时收到、不用破译的。事后发现，这一广播消息甚至比日本正式发送的照会更早摆在美国总统杜鲁门的办公桌上。

松本俊一后来担任了日本政府在"二战"后的首位驻英国大使，一直活到1987年。

这次"后发而先至"的广播，不仅快，还把盟国与日本高层之间的秘密谈判，变成了一个暴露在全世界面前的公共事件。

面对无数媒体和民间团体的询问，白宫宣布，美国尚未获得日本正式投降声明，仍将继续对日作战；伦敦的首相官邸发布消息说，英国政府正为日本广播投降一事与中美苏三国保持联系，但至今尚未获得日本政府的正式照会；而重庆官方干脆保持缄默，暂缓官方的各种庆祝活动，只是默认了民间的欢庆。

《大公报》报道：重庆原定昨晚举行的戏剧电影界化装游行，已经接到通知而另定时间。不过邹容路、民权路等市中心地点，都有人在连夜加班扎制架子，"大概是准备安置水银灯，摄采最近将来的更好的镜头的"。

与此同时，英美两国火速印制了一千七百万张传单，派大群轰炸机从空中撒向整个日本列岛，让普通老百姓知道他们的政府已经投降，进一步加大压力。

日本派驻在海内外的军队自然也知道了消息。其中反应最强烈的是陆军的两大重兵集团：驻中国大陆的"中国派遣军"，总兵力一百零五万人；驻东南亚的"南方军"，总兵力七十多万人。

南方军总司令寺内寿一来电："我南方军绝对不能接受。不管局势如何发展，南方军均将贯彻'楠公精神'，直到一官一兵；为消灭宿敌，誓死前进，以显示皇军之本色，决心维护国体，而绝不甘受旷古未有的耻辱以求瓦全，此系全军尤为第一线皇军之共同心愿……"

"中国派遣军"总司令冈村宁次一边对部下发布通告，"外电盛传日本接受《波茨坦公告》，此系敌方的宣传策略，宜严加注意，勿为所惑"；一边给东京去电："派遣军整八年间连战连捷，即使一个小分队在全军牺牲之际，也要把武器完全毁掉，不使落入敌手。而今百万精锐健在，竟向重庆的残兵败将投降，这是在任何情况下都不能听命的。我国有三千年悠久历史的尊严的国体，全体国民应誓死维护，决不能靠乞求敌国来达到目的……"

困兽犹斗、全民皆兵的日本如果继续顽抗下去会如何？如今我们已经看到解密的历史档案，美国制订了两个计划，"奥林匹克行动"和"小王冠行动"，准备动用数百万军队在九州和关东地区强行登陆、占领日本；而苏联则同时进军北海道。根据在这场战争中得来的经验，美军做出预估：将用时两年左右，付出一百八十万名军人伤亡的代价才能占领日本。而驻守中国和东南亚的两大日军重兵集团必将疯狂地残杀当地人民、毁灭一切财产，大半个亚洲将生灵涂炭。日本的最后命运也可以用它自己的那句口号概括——"一亿玉碎"，亡国灭种。

如何才能最大限度避免军人和平民伤亡？该不该答应日本保留天皇？盟国的最高决策层也必须面对这些问题。

连夜研究后，他们给了一个答复："自投降时起，天皇及日本国政府统治国家之大权须从属于盟国最高司令官。日本国政府的最终统治形式依据《波茨坦公告》，取决于日本国民自由表达之意志。"

这下日本更蒙了。这是什么意思？到底是答应还是不答应呢？前一天晚上坚决反对投降的三个巨头，虽然迫于天皇权威不得不服从命令，这下更是不肯罢休。尤其是那两个陆军领导人，很快就联合上奏天皇，强烈要求拒绝盟国条件，战斗到底。

8月12日，日本报纸上刊出了阿南惟几的一篇战争宣言："……苏联终于以武力进攻帝国了，它要征服和控制大东亚的野心昭然若揭。面对这一现实，我们不再浪费言词，唯有顽强地把圣战进行到底。我们坚信，虽然这可能意味着嚼草根，吃泥土，但决心战斗肯定能得到摆脱绝境的出路。"梅津美治郎向各支部队发出电令："开始和平谈判是事实，但为维护国体，保卫皇土，即使全军覆没，决不收兵。"

然而，大和民族尚有最后一丝疯狂中的理性。面对第二次"三对三"，昭和天皇第二次被请出来，也果断地第二次表态投降。历史彻底不可逆转。

日本政府正式通过瑞士转达给盟国，宣布接受《波茨坦公告》。一小撮死硬的少壮派军官发动叛乱要颠覆天皇决策，仅一天就失败，唯一的成果大概就是给后世留下了一部电影：《日本最长的一天》。阿南惟几剖腹自杀，梅津美治郎则在日后的东京审判中被判处无期徒刑，死于狱中。

1945年8月15日中午，天皇录制的一番讲话通过电台播放到全世界各个国家，承认战败，史称"玉音放送"。而当天一早，中美英苏四大盟国的政府同时向本国军民通告了日本投降的消息。这一次，胜利真的来了。

在中国，这一天从此以"八一五光复"之名载入史册。

当然，有些传递音讯颇为不便的偏远地区，要一直到九月份甚至更久以后才知道。

全国上下引发了更大范围的庆祝。但这一次，许多人已不仅是单纯的狂喜，而多了一层复杂与忧伤的情绪。

正如双目失明的陈寅恪在成都写下的一首诗：

> 降书夕到醒方知，何幸今生见此时。
> 闻讯杜陵欢至泣，还家贺监病弥衰。
> 国仇已雪南迁耻，家祭难忘北定时。
> 念往忧来无限感，喜心题句又成悲。

"国仇已雪南迁耻"好理解，为什么"喜心题句又成悲"？这位史学界的一代宗师没有给出解释。但人们不难想起他的父亲——近代中国著名诗人、学者陈三立。七七事变后，身处沦陷区的他拒绝日本人的出山邀请，绝食五日而死。

在此时一片狂喜的重庆，年轻的作家、翻译家冯亦代连续参加了两场欢乐的酒宴，一场在朋友家，一场在宿舍，一直喝到人事不省。起初他还能想到许多事情：如何把已经跟朋友们谈了多次的报纸在上海办起来，如何早日回到上海去看望已七年未见的老父和快五岁的儿子，如何有一天能到杭州去看一下久别的老家……第二天他醒来时，只记得一个细节，自己把盛酒的大茶壶举起来从三楼扔到草地上，大吼一声："这是丢在东京上空的炸弹！"

炸弹，是八年来深深刻入中国人头脑的一个词。人们又恨它，又想它。

自从当上陪都，重庆就不停地被日本飞机狂轰滥炸，从1938年一直炸到1944年底，死亡和受伤近四万人。为躲避日本轰炸，一个国家的行政机关不得不拆开分散到郊区。国民政府在上清寺、军委在储奇门、行政院在歌乐山、立法院和司法院在北碚、监察院在金刚坡……日本投降的消息一传开，"活出来了，不会被炸死了"的喊声首先就回响在重庆街头。

而中华大地上，被炸的又何止一个重庆？蒋经国的生母毛福梅在浙江家乡被日军飞机炸死，他赶到现场哭得晕死过去，醒来后在其母遇难处立下一块石碑，手书"以血洗血"四字。宋美龄在淞沪会战时去探望伤兵，途中遇到日本飞机扫射轰炸，汽车失控冲到一条沟里，她当场被撞昏，还折断一根肋骨，从此留下了长期疼痛的后遗症。

上海、北平、天津、桂林……处处是废墟、黑烟和横飞的血肉。多少人想着把这些原样奉还给日本！

六年前，巴金在桂林目睹被日机轰炸后的惨景，愤然写下这样的文字："什么时候才是我们的复仇的日子呢？什么时候应该我们站出来对那些人说：'下来，你们都下来！停止这卑怯的谋杀行为，像一个人那样和我们面对面地肉搏'呢？什么时候轮到我们升到天空去将那些刽子手全打下来呢？血不能白流，痛苦应该有补偿，牺牲不会是徒然，那样的日子一定会到来！……"

当外面欢乐的呼喊终于响起，他写道："我只觉得压在我头上的一个可怕的长的梦魇去掉了。一个浓黑的暗夜发白了。"

在延安，欢乐的游行人群中能看到不少伤痕累累的残疾军人。一个在平型关战役中负伤的战士拄着拐杖，哽咽地对记者说："八年啦，我的血没有白流！……"

8月15日这一夜，几十里外的陕北甘泉县袁庄沟，驻扎于此的回民支队官兵手持火把，齐声高呼："万岁！我们胜利了！胜利了，万岁！"随后，他们集体来到"本斋亭"，那是用白桦树建造的一座小亭子，用以悼念去年积劳成疾病逝的司令员马本斋。他们默默摘下军帽，集体致哀。

全国上下许多村庄、乡镇都在连夜打造一块块光荣牌匾，敬献给本地烈士的家属。战争胜利了，不再有被敌人报复的风险。家属们纷纷来到亲人坟前祭拜，有的放声大哭。

这当中就包括一位五十多岁的北方妇女。她叫邓玉芬，生活在如今的北京密云区，人称"当代佘太君"。八年抗战，邓玉芬把丈夫和五个儿子先后送进八路军、游击队和民兵，全部壮烈牺牲。这一天，她来到坟前告慰英灵："鬼子被咱们打败了，咱们胜利了！"

几十年后，密云为她修建了一座八米高的花岗岩雕像。她一只手握着布鞋、针线，另一只手臂挎着衣物眺望远方，神情忧伤而坚定。

离重庆两百多公里外的小镇李庄，欢乐的游行人群中有一架简陋的滑竿。几个年轻人抬着，一个瘦弱苍白的中年女性坐着，她的丈夫跟在旁边。

这一刻，没有人认得出他们——林徽因与梁思成，更没有人在意他们脸上的欢乐和悲恸，八年颠沛流离吃过的那些苦、流过的那些泪：在长沙险些被日军飞机炸死，在昆明为西南联大设计校舍；每一年的7月7日中午十二时，全家为几位牺牲的空军飞行员默哀三分钟……

在抗战中，仅正面战场就阵亡了一百三十二万名军人。其中，空军的飞行员达三千五百三十三名。他们大都是年轻人、"富二代"。他们都风华正茂，受过高等教育，前途无可限量。然而，他们都把生命献给了中国的蓝天和大地。有的被日军击落阵亡，有的死于飞行训练和事故，有的推着操纵杆冲向敌人的军舰，有的在跳伞后被包围，举枪自尽前高喊"中国无被俘空军"……

林徽因有个同父异母的三弟林恒，在中央航空学校第十期的一百二十五名毕业生中成绩排名第二。1941年3月，日机空袭成都，因为防空警戒不足，刚毕业的林恒仓促驾机迎战。飞机性能落后，速度又慢，他刚刚升空就被日军飞机居高临下击中，头朝下坠毁在跑道上。

林恒连一次正式的空战都没有来得及参加，年仅二十五岁。日后，林徽因写下一首诗，《哭三弟恒》。这是她全部诗歌作品之中，篇幅最长的一首。

林恒牺牲时，一个叫罗健敏的东北孩子刚满五岁，在伪满洲国过着亡国奴的日子。后来，他考上了清华大学建筑系，成为梁思成的学生，为中国的建设与文化遗产保护工作了一辈子。

七十八年后的2019年5月，罗健敏参加了一次诗歌朗诵活动。作为全场年龄最大的参加者，他选的正是师母林徽因的这首诗。

朗诵完毕，白发苍苍的他一边弯腰向观众致谢，久久直不起腰；一边用右手捂住自己的嘴唇，两行泪水夺眶而出——

> 弟弟，我没有适合时代的语言
> 来哀悼你的死；
> 它是时代向你的要求，
> 简单的，你给了。
> 这冷酷简单的壮烈是时代的诗
> 这沉默的光荣是你。

假使在这不可免的真实上
多给了悲哀，我想呼喊，
那是——你自己也明了——
因为你走得太早，
太早了，弟弟，难为你的勇敢，
机械的落伍，你的机会太惨！

三年了，你阵亡在成都上空，
这三年的时间所做成的不同，
如果我向你说来，你别悲伤，
因为多半不是我们老国，
而是他人在时代中碾动，
我们灵魂流血，炸成了窟窿。

我们已有了盟友、物资同军火，
正是你所曾经希望过。
我记得，记得当时我怎样同你
讨论又讨论，点算又点算，
每一天你是那样耐性的等着，
每天却空的过去，慢得像骆驼！

现在驱逐机已非当日你最想望
驾驶的"老鹰式七五"那样——

那样笨，那样慢，啊，弟弟不要伤心，
你已做到你们所能做的，
别说是谁误了你，是时代无法衡量，
中国还要上前，黑夜在等天亮。

弟弟，我已用这许多不美丽言语
算是诗来追悼你，
要相信我的心多苦，喉咙多哑，
你永不会回来了，我知道，
青年的热血做了科学的代替；
中国的悲怆永沉在我的心底。

啊，你别难过，难过了我给不出安慰。
我曾每日那样想过了几回：
你已给了你所有的，同你去的弟兄
也是一样，献出你们的生命；
已有的年轻一切；将来还有的机会，
可能的壮年工作，老年的智慧；

可能的情爱，家庭，儿女，及那所有
生的权利，喜悦；及生的纠纷！
你们给的真多，都为了谁？你相信
今后中国多少人的幸福要在

你的前头，比自己要紧；那不朽
中国的历史，还需要在世上永久。

你相信，你也做了，最后一切你交出。
我既完全明白，为何我还为着你哭？
只因你是个孩子却没有留什么给自己，
小时我盼着你的幸福，战时你的安全，
今天你没有儿女牵挂需要抚恤同安慰，
而万千国人像已忘掉，你死是为了谁！

难童

张冲波

现将中条山战役爆发时，时年十四周岁以下的难民口述史整理于此。

1941年5月7日，日本侵略军开始对中条山地区的中国军队发起全面进攻，史称"中条山战役"。

中条山位于山西省南部，东邻太行山，西望华山，南屏洛阳、潼关、西安，北控晋南，东扼豫北，战略地位十分重要。国民政府第一战区近十八万重兵把守，以黄河为屏障，抵抗日军南下。

5月7日这天，十万日军经过充分准备，在挺进队、便衣队和飞机伞兵部队的配合下，多路分进，层层包围，重点打击，使中国军队伤亡惨重。除一少部分突围退往黄河南岸外，大部分化整为零向太岳山区、吕梁山区转移。至5月

27日战役结束，短短二十余天，中国军队伤亡四点二万余人、被俘三点五万余人。蒋介石称中条山战役为"中国抗战以来最耻辱一战"，被毛泽东指为"上海战役以来最大的损失"。

中条山战役爆发后，山西平陆、夏县、垣曲三县万余百姓不堪忍受日军蹂躏，扶老携幼，背乡离井，偷越日军封锁线，逃过黄河天险，流落豫西渑池、洛宁、宜阳、新安、陕县、灵宝、阌乡一带。在国民政府赈灾委员会、当地乡绅、驻军及外国传教士等多方努力下，渑池县马口、小羊河、苦楝树、苟不管、英豪和县城西关"福音堂"等处为难民开设粥场，开办难童学校。同时，还在万寿寺、陈村等地登记难民并向周边县域遣散。豫西百姓在战乱、灾荒及自身生活十分艰难的情况下，为山西难民提供住处，筹措口粮，扶危济困，同渡难关。

1942年，河南省普遍遭受旱灾、蝗灾，留在豫西的难民生活更加困难，他们挣扎在死亡线上，卖儿鬻女，妻离子散，冻死、饿死和病死不计其数。被迫无奈，一部分难民返回沦陷区的家乡，一部分逃往陕西省咸阳、宝鸡等地，更远至甘肃、宁夏、青海、新疆诸省，乞讨生活，颠沛流离，苦状难以述说。

2014年以来，笔者走访平陆、夏县、垣曲三县幸存难民近百位，做影像口述历史实录。现将中条山战役爆发时，时年十四周岁以下的难民口述史整理于此。

安占业

男，1933年生，山西省夏县祁家河乡窑泉村

日本兵是1941年农历四月十三到祁家河的。那年我八岁，家里共四口人，父母和我，还有一个出生未满月的弟弟。

当天下午，我们村里人都跑到村外躲藏起来，母亲正坐月子就没出去。第二天早饭时候，日本兵来到窑泉村，母亲只好拖着产后的身子抱着弟弟，父亲拿了一些急需的东西，一家人也上了山。父亲一直埋怨弟弟生的不是时候，母亲叹气说："这只能怨日本鬼子祸害咱老百姓，难道这是孩子的错吗？"

村里人大多跑到古垛沟或鲁坪村藏了起来。因为母亲是坐月子的人，按风俗到哪儿都是不吉利的，父亲决定一家人往杨家山、高洼村走，那里有我家一个亲戚。高洼村人住的都是窑洞，父亲找了一个没有住人的破窑，把母亲安顿下来。四五天以后，许多人也到了这里。他们说日本鬼子糟蹋得不行，大家要逃过黄河了。这时日本兵已经占了关家沟村，在关家沟上边的黑虎庙岭上设了岗，大部分人都是趁黑夜偷偷来到杨家山的。父亲庆幸早来了几天，要不然黑灯瞎火的，带一个坐月子的人，怎么走啊。

既然大家都往河南逃，父亲就说，咱一家也走，于是一起从任家堆下到黄河滩。这里的小木船早被河南的国民党军队弄走了，河滩一下涌来许多要过河的人，就靠一只牛皮筏和几

个羊皮筏来渡，还得趁晚上才能过。这么多人，一晚上过不完。白天日本鬼子下到河滩阻止老百姓过河。大伙远远看见日本兵来了，就藏到树丛里石洞里，和他们捉迷藏。日本兵下来的不多。河滩里、水里漂着的死人非常多，大多是穿军衣的中央军，也有老百姓，还有不少学生。听人们说，这些学生大部分是太寨难民学校的学生，也有下涧完小的学生。

水手每送一个人过河，就收一块大洋，大人小孩都是，不收纸票。父亲把身上仅有的几块银圆都给了人家，就这还是不让我母亲过河，说她要是上了筏子，对艄公不利，对大家都不吉利。

大热天在黄河滩，一家人没吃的没喝的，母亲一连几天喝不上一口热汤，没有奶水喂孩子，小弟弟饿得直哭。父亲急了说，像这样大人也不知能活不能活，这孩子肯定是活不成，不如把他扔了还少操一份心。母亲说什么也不同意。

在河边藏了两天，眼看先来的后到的乡亲一帮一帮都过了黄河，父亲急得两眼冒火，他趁母亲不注意，抱起小弟弟紧跑几步把他扔到黄河里了。我还没有明白过来是怎么回事，小弟弟就被滚滚的河水吞没了。母亲气得连声埋怨，也不敢大声哭，只好躲到一边流泪，父亲抱着头，蹲在大石头后边叹气。

虽然把孩子扔了，但水手仍然不叫母亲过河。正在无法可想的时候，我的本家叔叔一家也到河滩了。本家奶奶一见到黄河就晕，又听说要到天黑以后才能坐在牛皮筏子上过河，更不敢了。父亲就和堂叔商量，让他们先把我带过去，把奶奶留下来由他照顾。这样我跟堂叔一家先过河，连夜走到离坡头街不远一个叫贾家洼的村子住下了。

父亲和母亲一直在黄河边等到第八天，也不知道给人家说了多少好话，又加了几倍的钱，总算过了河。等他们找到我时，一家人抱住大哭了一场。

刚到贾家洼，母亲就病了。你想她一个坐月子的人连惊带吓，没有吃喝，又失去了孩子，能不生病吗？母亲发烧厉害，说胡话又哭又闹，把我吓得不轻。父亲求房东弄一点热汤给母亲喝，还张罗着给母亲治病。没过几天父亲也病了，天气热，加上心里发急。祸不单行，接着我也病了，也是发烧，脸烧得通红，光想喝凉水。一家三口人躺在人家一孔窑洞里，谁也照顾不了谁。父亲挣扎着给我们弄一点水喝。多亏了这家房东，看着我们可怜，就来来回回照顾我一家。

在贾家洼住了一个多月，三口人病都好了，谢过房东，父亲带我们到渑池县城边一个叫苟不管的地方吃舍饭。这里吃舍饭的大多是祁家河老乡，管舍饭场的、做饭的，也都是老乡。过了几天，听说万寿村专门登记难民，父亲又领我们去登了记，登记后，每户发一个证明。又过了十几天，我们这一批难民被分派到洛宁县。我那时还小，只记得跟着大人一起走了三四天才到洛宁县。到了洛宁县城，那里有专门接待难民的地方，他们又给换了一个证明，让我一家到王卫街去。和我家同去的还有我们村蔡申有一家，不过他们是分派到洛河南边，我一家去的王卫街在洛河北边。

洛宁是一个山区县，地处洛河两岸，县城以北以黄土塬为主，当地人叫北山。王卫街在县城西边五里处，是一个很大的村寨。我们拿着证明找到保长，他给我家找了一所空房子住下来，然后送些粮食，有玉米也有小麦还有高粱，三口人就在这里安了家。

父亲找了户人家扛活去了，母亲给人家纺棉花挣点粮食，加上保长按月送的粮食，可以说吃喝不发愁了。我没事干，有时跟父亲去帮一点忙，有时跑到洛河滩拾一些柴火。洛河的水可比祁家河的水大几倍，不发大水的时候水很清，鱼也很多。我时常到河里洗澡，运气好了还能捉几条鱼，大的有一斤多重。

在那儿过了一个年，第二年就不行了。先是天旱，整个春天没下过雨，好在王卫街的地大多是水浇地，还能种上庄稼，北边塬上就不行了。收罢麦子天仍然旱，保长说，给难民的口粮收不上来了，不能按月发了。不过我家还有一点存粮，加上父母干活挣的一点粮食，一时半会儿还不会挨饿。

到了秋天，按说种麦收秋正是用劳力的时候，可是因为天旱麦子种不上，没人雇短工了，父亲找不下活干，母亲也找不到活干。这时听说山西老家日本兵"安民"了，不乱杀人了，许多逃难的人回了家。父亲说咱也回去吧。一家三口人又回到老家。

我记得很清楚，我们是八月十四日回到家的，这次是从白浪渡过的黄河。渡口有国民党兵把守，他们不让过河，后来好像给了些钱，总算让过了。坐木船过了河，刚上岸，河南的队伍就朝我们开枪，一共打了两枪，并没打住人。打枪是故意让上边人看的。

　　回到家里一看，根本不是去年走时的样子。村里住了许多人，大多是外村的，寺沟、文家坡、横口三个村子的房子全被日本鬼子拆光了，庙坪、杨家窑、祁家河三个村被日本兵占着，所以许多人只好住到窑泉村。村里村外凡是能住人的地方都住上了，还有几家人住在一个窑洞里。回到家里，地荒了，原来存的粮食也被人抢光。母亲后悔说："还不如在河南好。"父亲却说："好不好这总是咱的家呀。"

　　到家没几天，"维持会"就来派差，把父亲派到虎庙岭炮楼给人家担水。日本鬼子只让苦力干活，不管吃饭。每顿吃饭时，他们要是有剩下的，苦力们才能吃些，如果剩不下饭，苦力只好饿着。父亲在那里干活，还操心我和母亲在家没有吃的。他担水时，看见许多柿子树上有红红的软柿，就想摘一些充饥，还想给家里带一点。有一天天快黑时，父亲出来摘柿子，日本兵以为他开小差，抓回来一顿毒打。多亏"民安队"里有父亲认识的人，眼看着快要把人打死了，就向日本鬼子求情，父亲已经奄奄一息不能动弹了。等熟人把信捎到家里，已经是第三天了。

　　我的伯父得信，找几个人把父亲抬回家里。母亲流着泪用温水给父亲洗伤口。一没吃的二没药，没办法，我和母亲跑到七泉村舅舅家，他们家没人也没粮食，只在楼上囤里找到些秕谷，我娘儿俩背回来磨了些秕谷面。也不知道是哪一年的陈秕谷，磨成的面跟灰土差不多，做成糊糊一股怪味，难以下咽。

村里人把榆树皮剥下来，把里边的白皮晒干磨成面，这种榆树皮面下到锅里像一锅胶水，也很难喝。我家也弄了些榆树皮面，把它和秕谷面掺到一起将就着吃，很长时间，一家三口就靠吃这东西才保住命的。至今我家旧房子的楼上还有当年剥下的榆树皮，已经七十年了，仍然在囤里放着，一见到它就想起当年受过的苦难，不愿扔掉。

我回来那年不过十岁，个子很低。这时村里的蔡申有一家也回来了，庙坪的文养安也在我家不远处住着，我们几个饿急了，就跑到庙坪村日本兵和"民安队"的灶房要饭。大多数日本兵不打小孩子，但是"民安队"里有些坏家伙比日本兵还坏，见了我们就打。我们避过他们，经常到日本兵灶房的泔水缸里捞些人家倒掉的饭菜，拿到河边用水淘淘再吃。

有一件事说出来简直是笑话，可那是我亲身经历的。有一天我捉了一只大老鼠，用火烧烧，刚想一个人吃，申有看见了就过来抢，因为吃一点老鼠肉我俩还打了一架，你看那时候的人可怜不可怜。

许多人饿急了，又成群结伙地往夏县县城逃去，想着那里或许比家里强一点。

父亲的伤慢慢好了，能下地走了，我家三口人就靠拔野菜、剥树皮度命。总算熬到日本鬼子走了，大家才过上安宁日子。

王成学

男，1934年生，山西省夏县泗交镇上唐回村

从上唐回往前走两里，叫唐回，再往前一点，叫下唐回。这几个村子都不大，日本人来之前，夏县二区区政府在王家河村，中央军第三军司令部扎在唐回村。距上唐回几里远的野猪岭村驻着第三军的一个炮兵连，中央军第七师司令部驻扎王家河村。日本人来后，把唐回作为一个重要据点，日伪二区政府也驻在唐回村。

我的老家是距离上唐回村西边十几里远的水峪村，那时候全村有六七十口人，姓王的只有我们三家，其余的姓刘、姓李，姓刘的人多一点。那时我们村也驻着军队，还有许多军马，大人说那是"民军"。中条山战役那一年我七岁，已经记得不少事了。

日本人没来的时候，我父亲兄弟俩没有分家，全家共有七口人：伯父和他的儿子儿媳，我父亲和我哥哥嫂嫂还有我。我家虽然有十几亩地，可都是些瘠薄的山地，一年打下的粮食还不够自己吃。再说我们这地方不能种小麦也不能种

棉花，谷子也很少，大部分种的是玉米。我们这个小村子只有一户比较富裕，人家过年的时候，孩子们能吃几个白馍，其他的人都跟我家差不多，一年到头吃的都是玉米面。

我的伯父叫王小蛋，他除了种地，还会给人看一点简单的病。那时候只要知道几个土单方，大家就把他当作大夫，但这样的大夫只是义务看病，没有什么经济收入。在我记事的时候，他年纪已经很大了。伯父跟前只有一个男孩叫王料娃，差不多比我大二十岁，已经娶过媳妇但没有孩子。

我母亲在我三岁的时候就病死了。那时候我只知道家里有人哭，却不知道为什么哭，我被绑在门前的石磨上不叫乱动，那是怕小孩子被死人带走才拴住的。我记事时，父亲就患有很严重的哮喘病，总是佝偻着腰，嘴里不停地哼哼着，什么农活也干不了。我哥哥叫王学仁，比我大九岁。日本人来以前也娶了媳妇。

日本人是1941年农历四月十三来的，老百姓说："四月十三，日本攻山。"

我记得那天天还没亮，我还睡着，哥哥就跑过来说，赶紧起来，日本人来了。伯父背着家里仅有的几条烂被子，两个哥哥赶着牛牵着驴还赶着两头小猪，两个嫂嫂拿了几个平时吃的菜团子和半布袋干柿皮，急忙出门往山坡上跑。

大家钻在坡上的树丛里，远远看见驻在村里的民军也乱了，他们不是打日本人，而是牵着马驮着东西急忙逃命。走到吴堡山的悬崖边，没路走，许多马从悬崖掉下去了。大约是吃早饭的时候，天上飞来好多飞机，飞得很低，在唐回村顶上转圈子，然后就丢下许多炸弹。我们藏身的地方离唐回村不远，能听见很大的爆炸声。大人说，那是日本飞机炸第三军军部。我从来没见过飞机，飞机的吼声把人的耳朵都快震聋了，几次在我们头上转圈子，我真担心飞机也给这地方扔炸弹。

那时候天气很热，山坡上没有水，大家都渴得要命，可是谁也不敢下去，只有等到天黑了，才从坡上下到沟里喝一点水。

在山上躲藏五六天，拿的那点东西早吃光了，仍然不敢回家。有人就说，前几天那么多军马从山上掉下去了，咱们去割一点马肉拿过来吃吧。于是我哥哥和几个年轻人就下沟里割了些死马肉。但没有锅也没有水，烧火还怕引来日本人，就在背人处用火把马肉烧得半生不熟吃。马肉没有烧熟，也没有盐，很不好吃，但总还能顶一点饥饿。这时候桑葚熟了，父亲领着我满地拾桑葚吃，不过这东西不能吃得太多，再说也不是哪里的山坡上都有桑葚树。

刚逃出的那几天，日本人只顾打中国军人。我亲眼看见日本人抓住中国兵，把他们的头砍掉。七八天以后，中央军的人跑完了，日本人就满山搜查老百姓。我们这里的山很低，也藏不住人。一天，有几个日本人搜到我一家藏身的地方，一个日本兵抓住我，没有打我，反倒把我背上。我父亲吓得不行，连忙给我使眼色要我下来，可是我也不敢动。那个日本兵把我放下以后，还给了我半袋子大米饭，我饿得什么也不顾，拿过来就吃。

在山上东躲西藏十几天，有人说日本人在村里"安民"了，叫大家都回去。一进到村里，就看见许多中国兵的尸体。我家门前就有几个死人，院子里也有几个死人。哥哥他们也顾不得害怕，就把这些死人抬出去埋了。村前边叫岭南沟的地方，听说一个团的民军被日本人包围住，用机关枪扫光了。那里的死人非常多，也没人埋，那些天到哪里都能闻到一股死人味儿。解放以后，那一片地方的死人骨头还很多，小孩子根本不敢到岭南沟里去，就是到现在，都还能在草里找见许多死人骨头。

刚刚逃出来的时候，我哥哥还赶着家里的五头牛一头驴和两头猪。小猪大概有三四十斤的样子。在山上躲了几天，一头大母牛被日本人拉去了，我父亲拄着棍子去跟人家交涉，日本人就用大皮靴一个劲踢他，我跑到父亲跟前再三说："你不要跟了，人家会把你踢死的。"可是父亲还是跟着，最后亲眼看着人家把我家的牛杀了用火烧着吃。

过了几天，我家的那头大犍牛也被拉去杀了，两只小猪也被日本人杀了，只剩下一头毛驴和三头小牛。以后毛驴也被日军拉走，幸运的是三头小牛一直还在，几年以后都长成大牛了。

一天，日本人抓住我嫂嫂，把她拉到哪里大家都不知道，过几天又放回来了，谁也没有问这几天她干啥去了。那时候这样的事太多了，大家也见怪不怪，谁也不说什么，只要人活着比啥都强。

安了民，日本人就派人到各村组建"民安队"。那时候我伯父年纪大了，我父亲又是病号，来人就说你家还有两个成年男人，得出一个人。我堂哥和亲哥都不愿意去，可是不去不行，他俩就抓阄，谁抓住谁就去，最后亲哥抓住了，就去当民安队。

一次，民安队跟着日本人到闻喜县山里打游击，哥哥半路上趁机逃跑，跑到离我家二十多里远的太宽河，参加了八路军十支队。日本人知道我哥哥跑了，却不知道他参加了八路军，几次到我家要人。有时候听说他回来了就来抓，其实哥哥并没有回来。日本人和民安队多次进村搜查，闹得四邻不得安宁。

我堂兄身体本来很强壮，给日本人支差抬石头盖炮楼，几个人抬一块大石头要他背。他就一个劲地背大石头，日本人见了还夸奖说："吆西吆西，这个苦力大大的好。"堂兄因出力太大，最后就落下毛病，日本人上山的第二年就病死了。嫂嫂没有孩子，以后改嫁到野猪岭村。

日本人在唐回成立了维持会，第一任会长是平陆茅津人古殿元。维持会不停地为日本人派民夫，不是修炮楼就是修汽车路。村里的年轻人不是当伪军就是支差。剩下的老弱病残也不能安生。到冬天，维持会按人头派木炭，每个孩子交多少斤，老头子交多少斤，不交就抓到维持会打。日本人还叫民夫从山下背来很多麦子，分给村里人磨面。这磨面也是按人头摊派的，好的是我家还有一头毛驴可以拉磨，没有牲口的人家得靠人推磨来完成任务。以后我家的毛驴也被日本人杀了，我和伯父就推磨给人家磨面，这时我才看到麦子和白面。磨下的白面可不敢偷吃，怕往上交的时候斤数不够了挨打。

我堂兄死了，哥哥加入了游击队，伯父和父亲年纪大干不了活，家里没人支差，可是派差的人说不行，一定要我去支差。那年我刚八岁，虽然什么活也干不了，仍然随大队民夫跟着日本人到夏县城里背东西。押运的日本人看我什么也背不动，就把头上的帽子交给我拿着，可我连一顶帽子也拿不动，因为从唐回到夏县城六十里路，这一路空着手走也把我累得够呛。日本人也不打我，只是看我累得东倒西歪的样子，高兴地哈哈大笑。

维持会不但派差、派木炭，过几天就要派一次白面和食油，也是按人头派。咱们这地方根本就不种麦子，哪里来的白面啊，我长这么大就没有吃过一次白面，但维持会的人根本不管你有没有，只逼着按时交来，要不交就把你送到日本人那里打。

维持会会长古殿元有时候还好说话一点，就是在维持会干事的马蹄古垛村的吴秀春、吴秀太弟兄两个太坏，六亲不认，谁不听话就打，就把你送到唐回皇部日本人那里。八路军康部（太岳三分区司令部，笔者注）的人知道了吴家兄弟

46

的恶行，一天夜里来几个人把吴秀春拉出去打死了，村里人听说了暗里叫好。他的弟弟吴秀太安生没几天，就又出来糟蹋老百姓了。这一次是八路军十支队夜里来人把他处死了。这弟兄两个被处死后，维持会的人真的害怕了，他们也开始糊弄日本人，实在是糊弄不过去，就暗里给老百姓说好话，要求大家胡乱支应一下，能瞒过日本人的眼睛就行。

我家原来有东西房各三间，后来又盖了五间北房，但北房没有盖好日本人就来了。不过日本人并没有放火烧我家的房子。在日本人侵占的几年间，我们村的其他房屋也没有被烧毁的，因为日本人怕边远小村里藏中国兵，就把附近几个小村的人全部集中到我们村里，所有的房屋都住满了人。

除了堂兄给日本人干活累死外，村里被日本人杀的还有几个人。其中一个姓刘的老汉，那时候都八十多岁了，被日本人抓住，老人也搞不清抓他的是什么人，错把日本人当成了原来住的民军，就说："你们为什么不打日本人而抓我呢？"日本军官就用指挥刀刺他，老汉用手去抓指挥刀，那刀可真快，老汉右手的五个指头一下子全被割掉了，日本军官又一刀，把老汉戳死了。

我哥参加的八路军游击队（十支队），在离我家二十里远的太宽河，我们这里很多年轻人都像哥哥一样参加了十支队。我村的李有娃和刘万两个被民安队抓住，说他们是游击队的情报员，拉到唐回据点里。附近村里有一个叫杨三娃的人，他女儿嫁在我村，老汉就在我村里住着，此人能说会道，他主动跑到唐回日本皇部去说情，想把李有娃和刘万两个保出来。没想到日本人不吃他这一套，把他们三个都杀了。

我哥哥在十支队里干事，有一次得痢疾在柴沟村里藏着养病，十支队的祁大仁（平陆县上坪村人）、卫文亮和柴沟村的柴三项几个人也在柴沟住着。不知道为什么，这一次是祁家河民安队大队长张同文亲自带队到柴沟抓人。天快明了，我哥哥上茅房时发现情况不对，就大声叫喊。可是已经晚了，他们被民安队围住了。卫文亮就叫我哥哥扒开火炕，实在没办法时就藏到炕洞里。这几个人虽然都带着枪，但只有祁大仁的枪最好。祁大仁拿起枪向外瞄着，一个民安队的人踏开门一只脚刚进来，祁大仁的枪就响了，那个家伙被打死了，其他人见情况不妙都吓跑了，我哥哥他们这才躲过一劫。后来才知道，被打死的是民安队一个小队长。事后，有人编出几句顺口溜："卫文亮，下命令，叫学娃，扒炕洞。祁大仁，枪一响，打死民安小队长。"

还有一次，柴三项在他家里被民安队抓住了，三项说村里还有几个游击队的人，民安队就派人到别处搜查，柴三项使眼色要家里人给游击队报信。恰好十支队有人在附近活动。他们跑到柴沟对面山头上大声喊："前进！冲啊！"把民安队的人吓跑了，三项也趁机会逃脱了。

有一天，我哥哥偷着回到家里。就在这一天拂晓时刻，日本人要到干沟抓游击队去，大队人马从我村里路过，我哥哥听到动静，悄悄溜出去躲了起来。

这次行动，唐回的民安队全部出动了。不过这时候民安队的大队长已经成了麻岔村的靳廷俊，民安队也改叫"自卫团"了。靳廷俊是一个大好人，当伪军大队长却暗里和游击队联系，他知道干沟住着游击队人。眼看日本人把村子围住，情急之下，靳廷俊朝天开了一枪。听到枪声，游击队人知道情况不妙，就赶紧往外冲。村里的群众也跟着往外跑。自卫团的机枪手是车庄村的王发成，他也和游击队有联系。在这节骨眼上机枪不响肯定不行，可是机枪一响就要伤人。王发成就把机枪的撞针卸下来装进口袋里，于是机枪怎么摆弄也打不响。翻译官跑过来问机枪为什么不响，王发成报告说机枪坏了，得扛回去修理。这一次游击队的人都很安全地逃走了，只有干沟村里的于锁、于胜娃、于万禄几个在慌乱中被打死了。

　　哥哥一直在八路军里干，日本投降后，十支队改编成太岳军区三分区五十八团，哥哥随部队参加解放运城、临汾、太原等战役。太原解放后，他跟着部队南下到四川，以后在四川的甘孜州等地工作。他担任过区委书记，1983年病逝。

　　前边说过，我家里本来就穷，平时就缺吃少穿的，光景很难过，日本人来后情况更糟糕。到第二年比这还糟，夏天种出的玉米，刚出来就有蝗虫把小苗吃光了。老百姓把蝗虫俗称蚂蚱，我记得以前也有蚂蚱，可从来都没见过这么多。小蚂蚱刚从土里钻出来还不会飞，爬到庄稼苗上吃，一棵小玉米苗上能爬十几个几十个。吃着吃着，小蚂蚱就长出翅膀，飞起来把天上的日头都遮住了，这一年几乎是颗粒未收。日本人在咱这里住了四年，蚂蚱就发生了三年，日本人走了，蚂蚱也少了。有人说蚂蚱是日本人带来的。事实上，日本人还让老百姓打蚂蚱、挖蚂蚱蛋，说明不是日本人带来的。

我父亲病死于1943年秋天，那时候我在唐回支差，伯父也不在家。等我得知父亲病重的消息赶回来，已经是第二天早饭时候，父亲天不明就咽了气。邻居对我说："你父亲临终前一个劲说，我的成学呢，我的成学呢？"大家告诉他："你成学还在唐回支差哩。"

那时候的人真是可怜，说出来现在的人根本不相信。我们一个村子当时住着一百几十口人，可这么多人竟然没有一家有火种。那时候没有火柴更没有打火机，做完饭就把没有烧透的火炭埋起来，第二顿做饭时再扒出来用。吸烟的人是用火镰火石打火的。我还见过用两块砖头使劲搓一根棉花捻子，搓出火的。

我父亲死后要剃头发，这一天全村里竟找不到一点火种，没有火就烧不下热水，也就没办法剃头。我另一个堂兄跑了几里路，才见到外村一个干活的老汉，他有火镰火石，打出火，堂兄用棉花捻子引着火，拿回家里烧下热水，才给父亲的头剃了。

父亲死后，穿的还是那身满是补丁的衣服。亲友们帮着用薄木板临时钉了一口棺材，草草把父亲掩埋了。那年他六十岁。

哥哥南下到四川后，就和嫂嫂离了婚，嫂嫂改嫁到别村。我伯父于1951年春天病逝，全家就剩下我一个人了，先是种自己家里几亩地，以后入了社，就在队里挣工分。一直到1963年，我都快三十岁了，这时候上唐回村周家男主人死了，留下一个年轻媳妇和两个小男孩，还有一个年迈的婆母，我这才经人说合跟她结了婚，以后又生了一男一女两个孩子。

我现在都八十多岁了，可是我的身体很好，老伴比我小几岁，她的身体也很好。但她的母亲命运很惨，也是日本人害的，中条山战役那天刚生过孩子，也就是我现在的老伴。那些天一直下连阴雨，躲在山坡上少吃没喝挨冻受冷，以后落下月子病，半辈子两只胳膊伸不展，死后进棺材身体也是蜷缩着。

郑铁娥

女，1927年生，山西省夏县祁家河乡杨家窑村

我娘家在七泉村，父亲郑可卿。说是七泉村人，可一家几辈都住在离村子七八里远的邢家洼，那里有几眼破窑，几亩坡地，需要照看。父亲和村里姓郑的虽然是本家，但门头

都远了，没事情时，一年很少回到村里来。

母亲张小妮不是当地人，娘家是河南省宜阳县福昌街。后来我才知道，福昌是一个很有名的地方，唐朝大诗人李贺就是这个村的。现在每年三月二十九村里逢会唱戏，就是为纪念李贺的。

母亲姐弟八人，她是第五个女儿。她的父亲是个木匠，常年在外做木工活养活一家人。因为孩子太多了，实在无力养活，就在母亲四岁时，四块大洋把她卖给了人贩子。这个人贩子又把她带过黄河，以十块大洋卖给我父亲当童养媳，这是1915年的事。父亲一家三口人，一年种几亩坡地，生活本来就紧巴巴的，又添一口人，更是艰难，但有了童养媳，也有了希望。

过了十年，母亲十四岁那年和父亲成了亲，父亲比母亲大三岁。第三年，我出生了。

我出生前，父亲就和我未来的公婆指腹为婚，给两个未出世的孩子定了亲。我男人叫杨小猴，比我大三个月。他们家也是很穷的，他五岁时，父母就在民国十九年（1930年）那场瘟疫中死去了，从此他就跟着他的堂兄一起生活。

本来说好的，等我们十六岁时就成亲，可还未等到那一天，日本鬼子就来了。村里很多人连夜跑到邢家洼，一时间平常很少有人光顾的偏僻山沟变得热闹起来，破窑里、山坡上到处藏的是人。大家本以为日本鬼子是来打中央军的，过几天就走，没想到日本兵住下不走了，到处杀人放火，把从山上搜出来的妇女，拉到我家的打麦场任意糟蹋。大伙说这里不能住了，赶快逃吧。于是纷纷逃过黄河到河南当了难民。

那年我十四岁，父母领着我，也跟上大伙一起逃过黄河，流落到渑池县吃起了舍饭。

母亲不想到宜阳县的娘家去，一来平时来往很少，母亲的生身父母，曾于1929年领着他们唯一的男孩到邢家洼住过一段时间，但现在老人已去世了，姐妹们也早已出嫁，只有一个弟弟还未成家，去了给人家添麻烦的。二来这次咱是逃难来的，脸上也不光彩。父亲却说："当年他们逃难到咱家，咱也没有外待他们，现在咱遇到难处了，到他家去也是应该的，俗话说'是亲三分向'嘛。再说，咱三口人都能干活，还能白吃人家的？"这样一家人就到宜阳县福昌街投靠了我的小舅家。

小舅家只有小舅一个人，他叫张来喜，已经二十多岁了，还没有成家。他是家里唯一的男孩，虽然家穷，从小也是娇生惯养的，长大了什么也不会干，也不想干什么。父母下世后，他把仅有的几亩坡地卖光了，钱也花光了，平时就是到几个姐姐家混饭吃，日子长了人见人烦。这次我们一家三口前来投奔他，也没有带什么好东西，他心生不乐意，但嘴上也不好说什么。

母亲那时三十岁，人很精明，眼看自己的弟弟把光景过成这样，心疼得不得了，就盘算着帮弟弟把日子过好，再娶个媳妇成个家。说干就干，她先把三间破房和小院收拾干净，再督促父亲和小舅给人家打短工挣些吃的，又和我帮人家纺花织布也能挣一点东西。到十月天了，地里农活干完，母亲就叫父亲和小舅跟着村里人过了洛河，到南山担些柴回来卖。这样忙活了大半年，小日子比刚来时有了不少起色。

可我的这个小舅却和他们想的完全不一样。他是个没有管束的人，东游西逛惯了，现在每天下力气干活，还真受不了这个苦。他总想着怎么能不出力还能挣到一笔大钱才好，又想不出发财的门路，只得每天不情不愿地跟着父亲到南山砍柴。

思前想后，他忽然打起了我和母亲的主意。母亲那时三十岁出头，我也十四五岁了，他就想怎么能把这两个人倒卖出去，弄几十块大洋。父亲那时也才三十来岁，身强力壮，这是他实现阴谋的最大障碍，他就思谋着先把我父亲害了，然后再实现他的计划。

这人要是一门心思往歪道上想，凭谁也拦不住的。一天他趁到南山担柴回来，到洛河滩无人处，就把我父亲砍死，然后在芦苇丛里扒一个坑埋了。我母亲见他一个人回来就问他："你姐夫呢？"他回答说："回来时天快黑了，我到河滩解了一下手，我还以为姐夫早回来了呢。"母亲听了这话，就连忙到外边打听，当夜没有消息，第二天又四下张贴寻人启事还是没有消息。在以后的几天里，母亲每天出外找寻父亲，小舅也假惺惺地四处打听，还掉了几滴眼泪。

过了几天，从洛河南边的村里传来消息，有人在河滩看见两只野狗啃一具尸体，从脚上看是一个男人。母亲急忙带着我和小舅去看，就只剩了一副骨头架子，但从撕烂了的衣服一眼就认出是母亲亲手做的，这肯定就是我父亲了。

母亲把父亲的尸骨和衣服重新埋到河滩里，因为在这里没有自己一寸土地可以安葬亲人，只好这样了。然后就想着这是谁，为什么要害一个身无分文的受苦人呢？

小舅眼见自己的第一步阴谋得逞，就想法要实现第二步。他先到西边的三乡街托人找买主，又跑到东边的村里打听需要女人的户，就这样把自己的亲姐姐和外甥女一连卖了两家。他原想把我们卖了，自己拿上钱一走了之。谁知他的算盘落了空，因为人家都是要一手交钱一手交人的。正在他做着发财梦时，东西两家都来领人了。母亲这才得知自己被亲弟弟连卖两家，再想想他这些天的举动，就断定是他害死了自己的丈夫。

母亲安顿好我，一个人跑到八十里外的县城告状去了。旧社会官场虽然黑暗腐败，但遇到人命关天的事他们也毫不含糊，很快，四个警察到村里把我的小舅捉拿归案。案情一点也不复杂，他很快就交代了全部罪行。可是不知道什么原因，杀人凶手并没有判处死刑，而是发配到不远的义马煤矿劳改去了。过了几年，解放军打到豫西，劳改犯们趁乱跑掉，我的小舅也回到自己家里，不久就病死了。

那两家买人的户，几乎同时到福昌街领人。我母亲虽然不识字，但她很有主意，遇事不慌。她用好话稳住那两家人，然后就想法脱身，托回山西老家的乡亲把信捎到家里，要家里人设法搭救。乡亲们倒是把信捎到七泉村的郑家了，可郑家和我家是远门的本家，而且又兵荒马乱的，还隔着省隔着县隔着一条黄河，谁也没有这个胆量和能力去搭救。于是郑家又把信捎到我指腹为婚的婆家杨家。

那时我男人正跟着他堂兄一家，逃难到了渑池县坡头街附近的小梁头村。我男人那时也就是十四五岁，一个半大孩子，没见过什么世面，单靠他是没有什么办法的。全家商量的结果，是打发干金沟我男人的姐夫李许德和本家侄子杨月胜两个前去看看再说。这两个人那时算是我们家最能干的人。

他两个临危受命，也开始想办法，姐夫猛然想起一个人来，此人名叫贾万超，是宜阳县张园村人。姐夫以前在窑泉村财主家干活时曾见过他一面，后来听说贾万超在老家拉起了杆子（土匪），手下有几百号人马，在宜阳、渑池一带势力很大。最近又听老家逃难的人说，贾万超对山西的难民很好，姐夫就想去求人家帮忙。

他两人走了两天，找到张园村贾家，贾万超听说山西有人找他，就接见了来人。等姐夫把来意说明后，贾万超满口答应帮忙。第二天一大早，贾万超骑着马，后边跟着八个扛枪的，带着姐夫他们出发了。

张园村在宜阳县西北方向，福昌街在宜阳县正西方向，两地相距也就四十来里，中午时就到了。贾万超到了福昌街，街里的头面人物立刻前来迎接，问贾司令亲自前来有什么要紧的事？他就说："山西有一家亲戚在福昌街有了难处，特意前来看看。"他们立刻打发人来叫母亲和我，贾司令派两个扛枪的护送我们和姐夫一起回到张园村，而他自己却在那里住下了。

到第二天，贾司令派人叫来那两家买人户主前来说话。这两家人在当地虽也有些根基，可谁也不敢得罪贾司令。贾万超当面一说，那两家人赶快赔不是，说："以前不知道是贾司令的亲戚，完全是个误会，今后绝不会再找什么麻烦。"一场天大的难事就这样解决了。

我和姐夫很快就回到渑池县的临时住地小梁头村。都是逃难在外，也没有举行什么仪式，我就和杨小猴成了亲，后来又随村里的杨占娃去了西边的灵宝县，我大儿子月喜就出生在灵宝。

这次我母亲却没有回渑池县，因为她一到张园村就病倒了，只得暂时留在那儿。还是那个护送母亲回张园的叫刘二娃的人，把我母亲领到他家，请人看病吃药。在他家住了一个多月，母亲的病好了，就和刘二娃成了亲，当了人家的二房。刘二娃前房的孩子都二十多岁了，也在贾司令手下干事。

母亲在张园住了两三年，日本投降了。山西的一支八路军过黄河到豫西渑池、宜阳一带活动，派了一个姓赵的和贾万超拉上关系，并说服贾司令把他的部队改编成了八路军。刘二娃被任命担任一个排长，他的儿子编在卫生队当医生。不过贾司令本人没有去，他把队伍交给八路军后自己回到家里，还没等到全国解放，就病死了。

八路军要返回山西了，我母亲也跟着部队回到山西阳城县。她心里时刻记挂着我，想着回到山西肯定离七泉老家近了，可不知道其实是越远了。母亲虽然随了军，但她只能是家属，在山西阳城住时，经常帮当地老百姓干活，一刻也不闲着。

刘二娃在部队时间不长，忽然得了病，还没有弄清楚是什么病就死了。母亲又一次失去亲人，也失去了依靠。但她是一个很坚强的女人，谢绝领导的照顾，只是找当地老百姓借来一辆纺车，她要靠自己的劳动养活自己。后来部队往四川去了，母亲还是住在阳城县的村里。一直到刘二娃三周年时，母亲才请人起出他的遗骨，用自己织的土布把遗骨包好，请人帮她把遗骨送回到河南宜阳县刘二娃的家里，她不忍心让他一个人埋葬在外地。

母亲又帮他家里人安顿好一切，想着后半生就住在刘家算了。可刘二娃前房和女儿不容她在家里存身，没办法，母亲只得离开张园，到附近的王沟村和一个单身男人再次成了亲。母亲在王沟村一直住了四十多年，老人家是1995年病逝的，终年八十五岁。

文居仁

男，1927年生，山西省夏县祁家河乡庙坪村，退休教师

中条山战役那一年，我十四岁，已经上小学了，对当时发生的事记得比较清楚。日本兵来以前，我们村里驻扎过许多队伍，先是第二十九军，又是川军和中央军，前两者驻的时间不长，只有中央军最长。中央军第三军第十二师的师部就扎在我家前后院，师长住在我家西屋，副师长和参谋长住在后院我大哥家里，电话兵、传令兵和护兵分住前后院。此外，第三军后方医院也驻在村里，记得还有几个苏联顾问。

日本兵是农历四月十三占领祁家河的。最早来的日本兵是从西边平陆来的，后来的是从北边马村来的。

因为连日都听见炮声，老百姓对打仗的事很关心。特别是前几天看见师长骑着马带着护兵走了，几天没回来，大家都说跟往日不一样，前线一定打得很厉害。

5月8日（农历四月十三）刚吃过早饭，师长太太穿着旗袍从外边回来。母亲问她："前头仗打得怎么样了？师长还没有回来？"太太回答："不要紧，师长正在前线指挥作战。"这样大家就没有在意。其实太太的话不真实，师长在前线指挥打仗是真，可战事不是不要紧，而是中央军完全打败，日本兵离祁家河已经不远了。过了一会儿，我见师长太太从西屋出来，手提一只小皮箱，和一个护兵每人骑一匹马走了。有人看见他们向文家坡方向走了。天快黑时就听见枪

59

声乱响，许多人顺大路跑来，有军人，也有老百姓，原来日本兵已经来了。村里人也着了慌，看见别人都跑了，我母亲说："咱家也走吧！"

那时我家共十六口人，除了二哥一家七口在文家坡住外，家里还有九口，有母亲、大哥、我和弟弟，续娶的大嫂和她娘家弟弟、大哥前房两个孩子，还有大嫂带来的一个男孩。这时，大哥他们都慌慌张张跑回来，胡乱拿一点东西，我背了一条被子就匆匆忙忙离开家，随着村里人跑到一个叫大草洼的地方。大家躲到大石头后面，看见日本人的飞机在我们村子上头来回飞，一边打机关枪。据村里没走的几个人说，日本兵为联络几路兵马会合，在河滩地上铺了很大几块白布、红布做记号。

我们在山上的窑里住了一夜，第二天又向更远的古垛沟跑去。小山村里每孔窑都住满了各村逃难的人，还有人继续往这里跑。这时，头一天跑散的弟弟和侄子也来了。

出来时太匆忙，拿的一点吃的很快就吃完了，大哥想回家里再拿一点，可是走到村上边看见许多日本兵在村里走动，原来日本兵把司令部扎到我们家里。这时麦子熟了，有人就弄些麦粒煮熟了吃，来不及煮的就干脆生吃。

在山上一共躲了十天，日本兵找到山上来了，还有汉奸带着日本兵到处找"花姑娘"，大家就商量着干脆逃过黄河去。走的那天是农历四月二十二，没有月亮，天很黑，大家手拉着手从杨家山柏峰头村下到黄河边。一路上见到的死人一堆一堆的，有时脚踩在死人身上，苍蝇被惊起碰到人的脸上。以前在村里听到人死了就害怕，现在从死人身上跳来跳去的也不害怕了。

下到下巴滩时，天已大明，白天不敢过河，大家只好在河边等着天黑。那地方没有树，除了沙滩就是石崖，大家又上到坡上的灌木丛里躲着，天黑了才请人用牛皮筏子推过黄河。又爬上很陡的石崖才到山顶，只见到处躺的都是人，都是刚从黄河对岸过来的。

天快明了，稍微看见一点路，大伙又跟着往坡头街去。半路上碰见二哥领着他一家人，十多天没见面了，现在母亲的心终于放下了。

在家里常听人说"吃开不吃开，到过坡头街"，我还以为坡头街是一个什么好地方呢，到了才知道，只是一个较大点的村子罢了，有几家小杂货店。因为这几天逃难的人多，临时增加了几家饭铺，还有卖火烧馍的，卖牛舌头馍的，大哥二哥给每个人买了一个火烧馍，许多天没吃过一顿正经饭，我几口就吃完了。

在坡头街住了三四天，就有"中央赈济委员会第五救济署"招收难童到难民学校去上学，只要身体好就行，学校管吃管住不收钱。大哥就鼓励我们去上学，这样我一家就报名去了好几个：我和弟弟养田，大嫂的弟弟任治平，大哥的孩子发安，二哥的两个孩子安顺、安定。还有村里好几个和我年龄差不多的孩子。在坡头街招学生的老师叫刘光华，他也是夏县人，戴一副眼镜，二十多岁。他把我们带到一个叫马口的地方，过了几天，招收的学生都到齐了，还有原来平陆县太寨村的难民学校的学生也陆续来了，老师就领着大家坐火车到陕西华阴县西岳庙住下来，稍加整顿就开始上课。

师生有七百多人，每天仅生活开支就不小，中央救济物资还没有拨下来，师生生活很困难，有些人嫌苦就又离开了，我一家六个人都没有走。在华阴县住了三四个月，日本人的飞机差不多天天在头顶上转，有时还会扔几颗炸弹，师生的安全没有保证。后来学校便转移到很远的扶风县绛帐镇，才算安定下来。我们在难民学校念到完小毕业，又先后到汉中读初中高中，后来我们六个都参加了工作。

我们上学后，家里仍有十口人，他们就在坡头街不远的小羊河吃舍饭，还到乡下要饭，实在要不下了就买一点充饥，就这样将着过日子。出来时带的一点钱是放在一只布口袋里的，归母亲和二嫂保管。

那时还是热天，大伙白天讨饭，晚上就成群搭伙睡在村外的打麦场上。有一天半夜忽然下雨，人们忙跑到村里人家房檐下避雨，匆忙中钱口袋忘了拿，再回来找时已经找不到了。这可怎么办呀？母亲悔恨不已。本来一家人还能凑合着过下去，这一下可就难了。

我二哥腿有残疾，行动不很方便，却自告奋勇返回老家想办法。他一个人回到家乡，却没进去家门，因为文家坡的房子已经被拆光，庙坪村成了日军的皇部，日本军官就住在我家的院子里，家里藏的一些东西也不敢取了。他想到了自家那两头牛。

老百姓都逃走，牛马驴骡和猪羊就没有人管，有些人临出门时把绳子解开放了生，有些没来得及放开的，饿急了畜生自己挣断绳子跑出去乱吃。日本人抓住就开枪打死后吃肉，糟蹋了不少牲口。隔了这么长时间，二哥竟然在村外地里找到了自家那两头大犍牛，它们完好无损。二哥把两头牛赶到黄河边，想把它们赶到河南卖了，可那头黑牛死活不下水，只把那头黄牛赶到坡头街换了一点钱，暂时维持一家人半饥半饱的生活。

二哥后来又回了一次家，当年冬天他就病死在渑池城边某村。大哥的女儿发娥那年九岁了，到渑池后的第二年春天也病死在那儿。还有大嫂带来的那个男孩，当时五六岁了，也连饿带病死于渑池。

一年多时间，我一家就有三口人逃难死于河南。这些是后来听家里人说的，因为那时候我在难民学校上学。

张刁娥

女，1932年生，山西省夏县祁家河乡西北庄村

我娘家是横口村的，日本兵来那年全家共十六口人，有爷爷奶奶、父亲母亲、我姐妹四个，还有二叔二婶，两个

堂弟，两个堂妹，还有三叔和小姑姑。那年我九岁，二妹七岁，三妹四岁，最小的妹妹才几个月大。

听说日本兵来了，大伙就躲到山上。东躲西藏十几天以后，有人开始往河南逃了。我一家老老少少十几口人，行动不便，就迟迟没有动身。但总躲在山上也不是办法，天气炎热，缺吃少喝，奶奶又生了病。后来父亲和两个叔叔说，咱也过河去吧，到河南虽然困难，但不用担惊受怕。这样我一家就和村里一些人去了河边。

奶奶由两个叔叔轮流背着，母亲抱着小妹，父亲背着三妹，我和二妹相跟着。那时二叔的大女儿送到她舅舅家去了，没有和我们一起行动。堂弟堂妹都还小，姑姑也才十几岁，一大群孩子跟着大人，趁夜里跑到黄河边的下巴滩。白天不敢过河，大伙在河边的树丛里藏了一天，天黑才过河。渡口只有一只很小的牛槽子船，很危险。奶奶本来有病，她说什么都不上去，还是三叔强把她抱上去。仅我一家人就过了两船。我记得坐在船上脚就伸到水里，好在是大热天。

过了河，别人都去了坡头街，我一家人没去，因为我的舅家就在离坡头街不远的史家洼村。

舅家也是穷家，一下子来了这么多人，不要说常住，就是临时吃几顿饭也不好办。我们就在村里随便找几孔破窑弄点草铺上，自己带的被子，也有做饭的家当，这样就算安了家。

这时河南的麦子熟了，大人们就去帮人家收麦挣点粮食。奶奶还病着，留下爷爷带我们七个孩子在家里照顾。住了一个多月，奶奶就病死了。爷爷本来就有病，再加上生气，就有些疯疯癫癫，有时跑出去还得人去找，这样一大家人更不好行动了。

有人说渑池县有舍饭随便吃，我们就相跟着去了县城。小羊河、苟不管、马口这几个舍饭场我们都去过。舍饭吃不饱，还得四处去要饭。人太多了，行动真是不方便，父亲就说："咱还不如再回到史家洼去，咱们几个干活挣点吃的，一群孩子总还有个安身的地方。"这样我们又回到史家洼，仍然住在以前住过的窑里。

在那儿住了几个月，秋庄稼收完了，我们几个孩子还拾了一点粮食。这时听说万寿村登记难民，父亲去看了一下，原来是上边救济难民，按人口发东西。第二天我一家都去登记了，大人每人发了一件旧棉衣，小孩子每人发半斤棉花，还有两条装过盐的口袋是让做衣服的。大人孩子每人还发了两块钱。

东西领了没几天，上边又把难民分散到外县去安置，我一家分到了宜阳县。去的时候还是部队派人护送的。宜阳在渑池县南边，路上走了四天才到。过了洛河就把我们分到联保处，又把我们分到各保上，保长把我们领走，给我们找了几间房子还送来些粮食。那地方是平地，但不远处就是大山。

有了住处，也有了吃的，暂时安顿下来了。河南人的家里没有火炕，他们睡的是木板床。难民是连床也没有，天冷了就在房间地上铺些麦草，大家都拱在草里睡，早上起来头上身上都是草。

去宜阳的时候已是冬天，父亲和叔叔给人家干活，家里留下一群孩子在一起打闹，我和姑姑每天主要就是看护爷爷。在那儿过了一个年，不知道为什么，叔叔、婶婶把自己的小女儿送人。正月的一天，爷爷跑出去了，我们赶紧找，就是找不到，就这样爷爷再也没有回来。

同去的还有我的一个本家爷爷，他们的女儿叫朵朵，那年十五岁了。一天夜里来了几个坏人，要抢朵朵。本家奶奶就用草把朵朵埋起来，坏人没找到就走了。第二天本家爷爷就报告了保长，保长召集保里的几个管事的人商量，说这事肯定是村里几个坏人勾结土匪干的，就把那几个平日不干正事的人找来打了一顿。

事情虽然过去了，可是父亲说，咱是外乡人，得罪了村里的小混混，恐怕他们以后再找麻烦，咱们干脆走吧。听说老家的日本兵"安民"了，咱们还是回家去吧。

正准备回家，这天夜里我们住的房子附近，不知道是什么东西搞得很响。叔叔说，不好，他们又来了。边说边急忙往外跑。不知道他从哪儿跳下去，竟把腿扭伤了。第二天叔叔拖着扭伤的腿和大家一起离开了史家洼。后来叔叔的腿一直没有好利索，留下了后遗症。

从渑池一路要饭，走到黄河边的白浪渡口，在那儿等着过河。我母亲脾气本来就不好，总是爱和人争争吵吵，到黄河边上要过河了，她和父亲坐在战壕边上又开始吵了。别人说，不要吵了，对面的日本兵听见了会开枪的。母亲说，让日本兵打死了也不用受罪啦。话没说完，黄河对岸的日本兵就开枪了，一颗子弹从我父亲左胳膊穿过去又穿过母亲的右胳膊，卡在母亲胸前的骨头缝里，登时血流得不行。大家胡乱从衣服上撕些布条把伤口裹住，可是血还是流，我们几个孩子吓得直哭。

离渡口不远的黄土坡有当地驻军的医院，他们免费为老百姓治病。叔叔他们连忙把父母送到医院里，留下小姑姑照看。他们就过河回老家了，我姐妹四个只好留到河南。

部队的医院真好，他们不但免费为病人治病，还给病人一个月发三十斤白面，连护理的家属也有口粮。可是我一家除了父亲母亲和姑姑三个大人外，还有我们四个孩子，我十岁了，最小的妹妹才一岁多，怎么办呢？医院里的人也很为难。他们说："孩子太多了，如果孩子把大人的口粮吃了，伤员吃不好饭，伤口就长不好，这四个孩子得另想办法。"

就在这时候，庙坪村的文小排要回老家去，他两口没有孩子，父亲就把四妹送给了他，父亲又带着伤把我送到二十里远的舅舅家。还有八岁的二妹和五岁的三妹，父亲只好把她俩送到渑池县舍饭场，嘱咐她们互相照顾，等母亲伤好以后再来领她们。

父亲母亲在医院里住了两个月，伤完全好了。这时还有人不断地回老家去，姑姑也想回去，父亲就托人把姑姑带回去了。父母到舅家找到我，又到舍饭场找二妹三妹，这时才知道二妹被人领走了，三妹病死了。我们找到埋三妹的地方哭了一场。听说二妹是被一个陕西人领走的，父亲决心要找回二妹，就决定不回老家了。不知道父亲听谁说的，那个人是扶风县的，我们就坐火车去了扶风县。

扶风县里老乡很多，没费多大劲就知道二妹在绛帐镇一户人家里，我们又去了绛帐镇，大家帮忙打听，终于问到二妹所在的那一家人了。

领二妹的那家也是没有孩子，他们对二妹很好。可能二妹跟着我一家东奔西跑饿怕了，等我们三口人找到她时，她竟然不认我们了。任凭大人怎么说，她总说不认识这几个人，没办法我们只好回到镇上。乡亲们说，要想要回孩子，只有到县里告状去。父亲真的到扶风县告状，一共去了三次，前两次被告没有到堂，第三次那个女的倒是带着我妹妹去了。当法官问我妹妹，谁是你妈时，二妹指了指抱着她的那女人。法官就对我父母说，孩子自己已经说了是人家的，你们还有什么说的呢？那个女人很快抱上二妹走了，她临走时还给了我父亲三十块钱。三口人大哭一场，这能怨谁呢？只能怨日本鬼子占了咱的家园。

既然来到扶风县，就在这里住下了。父亲每天到渭河南边秦岭山里担些柴火卖，母亲帮人家干一点零碎活，一家人就在绛帐镇住了几年。母亲在这里又生了两个男孩，大弟出生那年日本就投降了，可是我们仍然没有回老家。二弟一岁时，父母领着一家人去了麟游县，据说那地方能养活人。经乡亲们说合，我和西北庄的赵古范成了亲，一直过到现在。

在那里住了一年多，乡亲们都要回家了，娘家四口人，婆家三叔三婶和我两口都回来了，这已经是1950年春天的事了。

娘家人去时十六口人，回来时九口，回想起这些伤心的往事，我总想大哭一场。

赵乱平

男，1937年生，山西省夏县祁家河乡西北庄村，退休教师

日本鬼子打到家门口时，我全家十一口人，有大伯父和他的独生子官财，我的父亲母亲和大哥银平、二哥古范，还有三叔景林和三婶，四叔年胜和四婶。父亲兄弟四个一直没有分家，在一个锅里搅稀稠。人口多、劳力多，却是一个穷家，一家人的生活全靠离村十几里三官庙底下那几亩地维持。这样全家人大部分时间住在山上，只有冬闲时才回到家里住几个月。

1941年夏天麦子黄熟时节，日本鬼子来了。我那时还不足四岁，只记得那天气很热，四叔背着我到山上东躲西藏，山上找不到水，我总觉得渴得要命。

这样躲了十来天，村里有些人就趁夜里跑过黄河到河南去了，我父亲他们几个也商量着要逃过河去，可这时候我母亲正生着病，当时叫"汗病"，其实就是疟疾，身上一会儿冷一会儿热，这些天东奔西跑已把她拖累垮了。三叔就提议说："你俩先留下来，我几个把孩子们领着先走。"当时大伯母已去世，只留下一个十来岁的男孩，三叔四叔他们还没孩子，一直到后来也没有，三叔四叔是把我兄弟三个当作自己的孩子对待的。父亲没办法，只好和母亲留下来，后来他们就一直待在家里。四婶不知为什么也没有走。

大伯三叔四叔三婶他们就带着我兄弟四个，随便拿两条破棉被，几件衣服，还有一点吃的就离家出走了。一群人从村子对面走到七泉小洼，在这里和东北庄一伙同样逃难的人群相遇，这伙人中有我的老姑奶奶一家。当时我哭闹，老姑奶奶就对两个叔叔说："这孩子背着会拖累大伙的，把他扔下吧，不要连累了大家。"四叔就把我放到一个打麦场的麦秸堆边，我又哭又喊。三婶说："咱们临离开家时还说要照顾好几个孩子，这刚一出门就把孩子扔了，你想想以后怎样对哥嫂交代？"于是四叔又背上我走了，一大群人顺一条没有路的大深沟一直走到黄河边上的宝山渡口。

天太热，黄河水很混浊，不能喝也不敢去喝，附近有几股山泉小溪流，挤着去喝水的人就特别多。可是有水的地方死人也特别多，大部分是穿军装的人。也不知死了多少天，反正已经发臭，苍蝇、蛆虫一大堆一大堆的，看着就让人恶心。

说是渡口，其实连一只像样的小木船也没有，只是傍河居住了几户人家，每户家里有一只羊皮筏子，还有一户家里有一只鞋式小船，这种船特别像两只并起来的大号布鞋。据说一个人要收一块大洋，船家招呼大家不要急也不要怕。一只羊皮筏一次能带四个人，小船可以过七八个人还能捎一点行李。

过了黄河，仍是四叔背着我，沿着几乎没有路的山坡爬到山顶。稍微歇歇，大伙又跟着难民大军向坡头街出发。坡头街其实也是一个很偏僻的地方，只有几家小杂货店。可是随着大批难民的涌来，这几天格外红火热闹，要想在这里找一个住处安顿显然不可能。我们一大家子在这里歇息了一两天，听说渑池县有人放粮，还有舍饭，大伙便又潮水般地向渑池县涌去。

吃舍饭也是要有组织的。在逃难的大军里，以前各村的头面人物又出来成了难民大军的临时组织者，每天早晚两次不稠不稀的小米粥，吃不饱也饿不死人。

这时原在平陆县太寨村的难民学校也逃到渑池，并且大量招收沦陷区的儿童入学。只要年龄适合身体无病都可报名，学校管吃住不收任何费用。我大哥十六岁，二哥十三岁，都报名上了难民学校。没多长时间他们就坐火车往西去了。听说他们先到华阴，后又到陕西扶风县才算固定下来。不知什么原因我的堂兄没去上学，要不然他也不会像后来那样遭遇悲惨。

到渑池不久，我四叔又返回老家了，因四婶和我父母都还在家里。四叔到家不久就被日本人强迫参加了"民安队"。但四叔不甘心替日本人卖命，就乘着跟日本兵到后山打游击的机会，跑到游击队那里参加了八路军。

两个哥哥去了难民学校，四叔返回了老家，渑池县就剩下大伯、三叔、三婶、堂兄和我五口人，我们一边吃舍饭，一边还到附近要饭。但这不是长久之计，三叔和大伯就带领我们离开渑池县城往西边去了，最后到了英豪镇，离火车路（铁路）很近，找一个地方安顿下来。大伯、三叔和堂兄外出找零工干，三婶也给人家纺棉花挣一点吃的。五口人中只有我一个年龄小在家待着。记得住的是一户人家的草屋，早上大人们出门时，给我留一些吃的，把门反锁上，怕我跑丢了。一整天吃喝拉撒睡全在里边。这时我已记事了，开始是害怕，慢慢习惯了，只是每天一个人锁在屋里太孤单，总想出去。好在这草屋门是栅栏式的，从空隙里可以看见不远处不时有火车东来西往，我就整天扒着门缝看火车，听火车哐哐锵锵的响声。

在英豪住了一段时间，三叔看看总这样下去也不是办法，听别人说再往西边走走到灵宝、阌乡一带，那里各方面都要好些。这样一家五口人一路要饭又跑到阌乡县。阌乡比渑池、英豪要好些，这里老百姓也富裕，打短工的人不光管吃饭还给工钱。到这里第三天，大伯和三叔就找到干活的地方，三婶还是给人家纺棉花，堂兄领着我到处玩，再不用一个人孤零零地被锁在屋里了。

在阌乡县过了一个年，第二年一家人照样打工。但是这一年年景不好，这一带遭了旱灾，接着又闹蝗灾。短工们的活不好找，逃难人的日子更不好过。这时又有人传言说难民学校迁到陕西扶风县，有不少学生得病死了。三叔他们听到这消息放心不下我大哥二哥，于是决定到陕西去看看他们。

大人们说要坐火车去，但没钱买车票。看见有些逃难的人拖儿带女趴在火车顶上，我一家也跟着爬了上去。车站管理人员明知很危险，可是难民太多，也就默认了。老百姓只顾逃命，根本不考虑安全不安全，上到车顶上才知那上边是拱形的，稍不留神就会掉下去。好在那时的火车速度不太快，要是现在是万万不行的。

火车走没多远，天竟下起雨来，把从家里带的那些破衣服烂被子淋湿透了。车顶上本来就很危险，一下雨更光滑，大家都一动不动地趴在上边任凭大雨浇。

到扶风县绛帐镇，没费多大事就打听到难民学校的所在地雷家村。找到跟前才知道大家叫惯了的难民学校，其实应该叫"平陆县（扶风）儿童教养所"。因学生都住在湿窑洞里，生活又不好，很多人生病，也有几个病死了，但我两个哥哥却没事，大人悬着的一颗心终于放下了。

扶风县地处渭河平原，离火车路很近，这里人口本来就很稠密，一年多来又来了不少难民，人就更多了。我们人生地不熟的，想在这里落住脚很不容易。听人家说离这里不太远的麟游县山里，土地宽广，人口稀少，土地特别长庄稼，种啥收啥。三叔他们一听说有这样的好地方，就想着咱为什么不去呢？就决定到麟游山去。和我家一起去的还有本村的段鹏万、段鹏远两兄弟，他们的女人和他们的父亲宗廉老汉。鹏万家在河南生的男孩玉秦，那时还不到一岁。此外，还有七泉村的杨源水一家和交泉村的陈银窝一家。

这麟游县确实是个好地方，地处渭河北岸，是典型的黄土高原地貌。我们是从中条山走出来的，但这里的山和老家的山完全不一样。这里全是黄土，很少见石头，远看是山，上到上边是一道道黄土塬，地很平坦。稍高点的土崖上和沟边还有不少缺门少窗的破窑洞，正好让我们这些难民来住。这里也住有不多几户人家，都是一户住一个地方，相距较远。我们一同去的这几家人，就分别找了自己认为合适的窑洞收拾一下住了下来。我家住的地方叫薛家岭，杨源水一家住在我家下边沟沿上，段鹏万一家住在我家前边的岭头上。

自从去年麦熟时节离家出来，一路奔波，所到之处都不能真正安顿下来。现在这里有现成的窑洞住着，有大片荒地谁开出来归谁，而且也没有什么人来收税费，真是天下少有的好地方呀。这里先来的几户乡亲也特别好，他们很热情地接纳了我们，无偿把农具借给我们用。大伯和三叔高兴得嘴都合不拢，盘算着一年能打多少粮食，光景肯定会好过的。那时候他们都才二三十岁，都是做庄稼活的好把式。

就这样，靠借来的工具开始垦荒了。三叔又以换工形式换别人的牛来使用，以求秋后有些收成。

大伯三叔他们不停地开垦荒地，三婶操持一家人的吃食，一有空也到地里忙活。堂兄十四岁了，也是整天在地里干活。唯有我一个人悠闲，有时也到地里去玩，到地边摘一些野果吃。

当年秋天就收获了不少秋粮，除了还人家的种子和借的粮食外，剩下的足够全家人吃到第二年夏天，还有窑跟前种的萝卜、土豆也收了不少，而且长得特别好，三叔说他从来没有见过土豆能长这么大。

这年冬天，相继又来了几户老乡，我记得有槐庄的王德兄弟两家，窑泉村安文旺的父母，祁家坡的任乱娃一家，横口村的张德保夫妇领着女儿刁娥，还有文家坡邢三选一家。大家都很高兴，特别是我们这些孩子们，小伙伴多了，可以尽兴地玩，再不感到孤独寂寞了。

当年秋天又种了不少麦子。我那时小，也不知道有几亩几分，只记得这儿一大块，那儿一大块，麦苗绿油油的。

时间长了，听别人说，这地方收成好，但不宜久住。因为这里的水有毛病，人吃了这里的水，甚至吃了这里的粮食都会得一种怪病。大人们倒不要紧，主要是小孩子，个子长不高，手脚腿大骨节，严重的走起路来东摇西晃不能干活，女孩子则发育不好，长大了不会生育。

初听到这种说法着实有些害怕，但咱是逃难的人，哪能顾到那么多呢，再说这也只是听说，早到的几家人不都好好的吗？

后来事情的发展果然应验了人们的传言。就说我家吧，大伯三叔和堂兄肯下力气，没过几年就积攒了不少粮食，把刚来时少门没窗的窑收拾好了，又打了几孔新窑。秋天玉米丰收，把玉米穗编成辫子，挂到门前的木桩上，一溜黄澄澄的。冬天闲了，大人们就到山上担木炭卖。山上有专门烧炭的人，把人家烧好的木炭担到六十里外的姜德镇上卖掉，一天一个来回，挣一点脚钱。粮食打多了自己吃不完就开始交易。到姜德镇换回来一些劳动工具和生活用品，到后来就成批地粜粮食了。冬天山下的粮食贩子赶着骡子毛驴到塬上收粮食。有一次仅我一家就装了十几牲口驮子。卖粮食的钱买回来两头牛，后又买回来一头大青骡子。其他几家人也都不错。这些昔日的难民如今俨然成了小财主。

日子一长，附近的人都知道塬上有一些山西来的难民现如今都发财了，特别是一个叫赵三的，家里又有粮又有钱还有骡马。"树大招风"，这股风传出去，竟给我家招来灾祸。

一天晚上我和三叔、三婶刚睡下，就听得窑门被踹得直响，接着是一声接一声"开门，开门"。我那年八岁，吓得钻到炕上一个小窑里，连哭也不敢哭。三婶披一件衣服坐起，三叔只好下去把门闩抽开。四个土匪一下挤了进来，脸上涂着黑色，其中一个手里还拿着枪。他们二话不说，就把三叔捆到窑中间一根立柱上，口口声声"把钱交出来"。三叔战战兢兢说："我是一个逃难的，这几年只打了几颗粮食，哪里有钱呀？"土匪们说："好你个赵三，都说你这几年发啦，别的不说快把你担炭挣的钱交出来吧！"这时三婶接上话了："你要钱好说，等我穿上衣服给你们拿去。"说着穿好衣服到后边窑里一个装粮食的囤里摸了一会儿，把钱交给了他们。那几个坏家伙又到粮食囤里摸了一遍，数了数钱，大概与他们估计的差不多，就走了。

这次有目的的抢劫，把三叔他们几年来挣的一点积蓄全抢光了，三婶气得放声大哭，三叔反而劝她："破财消灾，今后再不会有人来抢了，再说咱还有那么多粮食，怕啥哩？"

这几个贼人肯定是近处人，对我家情况比较熟悉，因为他能叫出三叔的名字来，还知道咱担炭挣了钱。可咱一个外乡人，到哪儿说理去，只好打碎牙朝肚里咽了。

真是祸不单行。抢劫事情过去没几天，堂兄官财又得了病。堂兄比我大九岁，这时已长成大小伙了，干活都快能抵得住一个大人了。有一天担炭回来说腿疼，年轻轻的小伙子怎么就腿疼了呢？刚开始大伯说，这些天担炭乏了，让他歇几天。可歇了几天，腿越疼越厉害，到后来疼得都站不起来了，这显然不是担炭挣的。

就在官财哥哥腿疼前后，同村人段鹏万、段鹏远两个人的妻子相继因病去世，前后不过十天。那时玉秦才几岁，还需要母亲照顾，可这六口之家一下子死了两个女人，剩下老老小小四个男人，这日子可怎么过呢？

这时我也觉得手脚腿和以前不一样了，各关节疼痛，特别是手指头变得歪歪扭扭。很快发现，段玉秦，还有杨源水的女儿杨西爱，都有这毛病，特别是玉秦和他叔叔鹏远更厉害，就连杨源水的孩子还不足一周岁，看着和别人孩子都不一样了。看来人们的传说是真的，这里的水土对人有害，主要是伤孩子。

那时还不懂得这地方的水里缺铁、碘等微量元素。大人开始想办法，三叔在姜德镇上租了两间房让我和三婶堂兄住下，大伯和三叔两个成年人住在山上继续种地。但已经晚了，从此我落了终身残疾。

堂兄官财的病拖延了一年多，这期间也吃过一些药，也有人说过一些单方，但都没有效果。有一天忽然来了一个外地人自称是医生，专治疑难病症。病急乱投医，三叔就让这人给堂兄治腿，连用了几副草药也无效，这个人就说要以毒攻毒，专门开了些有毒的药，不料堂兄吃下这剂药竟然死了。那年他刚十九岁，正是青春年华，大人们哭得特别伤心。大伯哭得更厉害，大伯母早年去世，留下他父子相依为命，现在唯一的儿子又先他而去，自己今后可该靠谁呢？大伯恨这个自称是医生的杀人凶手，可这个人也是一个穷光蛋，只不过是想骗几个钱，不料闯下这样的大祸，你又能把他怎么样呢？

三婶连气带急，急火烧心，忽然眼前一黑什么也看不见了。有人说是什么鬼怪作祟，就四处求神拜佛，但对三婶的病没有任何作用，因为耽误了治疗，三婶的眼睛到后来一直看不见。

连续发生的种种怪事，让大伙发家致富的想法逐渐凉了下来。看起来这地方真的不能长住。

这时候交泉村的祁周文也来到这里，不过他没带家里人。周文是识字人，他告诉大家，日本鬼子早投降了，不过世事仍不太平，到处都在打仗。他也说不准是谁跟谁打，只是听说这里有山西老乡就跑来看看。

因为他识字，有人就提议大家集些钱和粮食，让他教这几个孩子识字。就这样我被三叔送到周文住的窑里念了半年书，后来周文被中央军抓去，学校也就停办了。

学校停办不久，二哥不知怎么打听到一家人住在这里，就找来了。多年不见，二哥已长成大人。他告诉大家，自己和大哥在难民学校念到完小毕业，后来又跑到汉中读中学，现在都上高中了。大哥到西安上了一个什么学校早已毕业，已经分配到外地干事去了。

二哥在这里住了下来，三叔做主给他定了亲并且办了喜事，媳妇就是横口村张德保的女儿，也就是我现在的二嫂刁娥。

大伙有了离开这里的想法，就不再开荒地，并且枲去多余的粮食。只是不远的地方经常能听到炮声，我也经常看见不远处过队伍，当兵的扛着枪背着背包，中间夹着骑马的军官。又要兵荒马乱了，大家心里都很慌，好不容易过了几年安生日子，这下又要乱了，怎么办呢？

这期间我们家又遭了一次土匪打劫，确切说是被骗了。

我记得那时候天还很热，大人们从地里回来吃过晚饭以后，几个老乡坐到一起聊天。刚坐一小会儿就来了三个穿军装的人，是两个军人中间夹着一个伤员，都背着枪。他们走到跟前说："老乡，我一个伙计负了伤，你们谁家有大牲口借用一下，明天一准送来。"那时候老百姓见了当兵的，心里就有几分害怕。我三叔站起来很爽快地说："这一块就我家有一头骡子，你等一下。"三叔很快就备好鞍子，那当兵的说要在鞍上再搭一件垫的东西。三叔就从屋里拿一条褥子垫上，并且扶那个伤员骑好。三叔牵着牲口送他三人到大路上，说要把他们送到目的地。可那几个兵不让送，并保证说："明天，最多后天，一定把牲口送回来。"可这三个王八蛋一去不返，我家的大青骡子就这样白白地被他们骗走了。

这件事发生后，三叔他们更坚定了离开这里的决心。这时听说家乡解放了，虽然不知道解放是怎么回事，但大伙还是决定尽快回去。就分头卖粮食，卖耕牛，卖不掉的就送给别人。

回来时仍是坐火车，不过这次不是趴车顶，而是买了车票坐在车厢里。我仍然感到什么都稀奇，这儿走走那儿看看，又想起小时候从栅栏门里看火车的事。这时陕西还没有解放，火车只能到潼关，再往东火车路被炸毁还没修好。出潼关进入河南，已是解放区了，就有人盘查过往行人。大伙一说是难民要回老家去，就放行了。

离家时很小，在外多年对老家一点印象都没有，就是对父母也没一点印象。可大伯就不一样了，他对老家一往情深，一到七泉村，他老远就看见七泉古垛地里有人干活，就激动地说："你看，那就是咱家的地，地里干活的肯定就是你爸爸。"

爸爸？多年了我没有叫过一声爸爸，也根本不知道爸爸是个什么样子。虽然在陕西时三叔不时地告诉我，你爸你妈在咱老家，他们肯定想见到你，但我仍然记不起他们是什么样子。回到家里，妈一把把我搂到怀里，儿呀肉呀失声痛哭时，我甚至有点茫然不知所措，因为自从我一过黄河就一直称三婶为妈，对家里的妈已经没有印象了。

三婶确实是一个称职的妈妈，要不是她老人家百般呵护，恐怕早就没有了我这条小命。所以我一直称她为妈，一直到老人家百年之后。如今我的亲妈就和我脸对脸，身贴身，我反而感到十分生疏。

大哥大嫂后来在河南开封工作，父亲又到开封把他们叫回来，这时他们的女儿都快两岁了。

至此，饱经战乱之苦的一家人终于团圆了。

大伯在家住了些日子又去了陕西麟游，他说那里庄稼好做，日子好过些。其实他是挂念长眠于麟游山里他唯一的儿子、我的官财哥哥。老人家于1952年病故到那儿，终年四十三岁。

1970年我父亲病重，自知不久于人世，就再三要求在他合眼之前，一定要把我大伯和我堂兄的遗骨迁回来，于是大哥才去麟游县搬回了大伯和堂兄的遗骨，他们终于魂归故里了。

王玉爱

女，1927年生，山西省夏县祁家河乡庙坪村

我的娘家在夏县祁家河乡七泉村。听母亲说，我刚满一岁时患小儿麻痹，落下个终身残疾。

记事时，我全家有爷爷、奶奶、父亲、母亲、叔叔、婶婶，还有两个姐姐、一个妹妹、一个弟弟，共十一口人。两个姐姐以后出嫁，婆家都在本村，大姐嫁给向阳号的杨渡水，二姐嫁给本村陈虎安。

家里人口多，村子附近的地却不多，全家大部分时间住在离家七八里的金银古垛，在那里种地。只有冬闲时节才回到村里。有一年春天（1938年）农历二月初二，二十九军来到这里，各村驻满了军队。后来听说他们是抗日的队伍，但这支队伍也有坏人。我父亲就是被二十九军一个军官打死的，起因是这个军官拉住村里一个妇女欲行非礼，被我父亲

撞见。我父亲大名王瑞真，村里人都叫他王金盛，是一个有血性的人，他见当兵的要干坏事，就上前大声喊叫。那女的趁机走脱，父亲却被恼羞成怒的军官拔出手枪当场打死了。父亲那年刚过四十岁，爷爷是一个老实农民，自己的儿子被无辜打死，也不敢找人家说理，只得忍气把我父亲埋了。父亲死后，我家再也不在山上住了，都回到村子，只有农忙了到山上住几天。

记得父亲的三周年刚刚过去没几天，天气还很冷，大家穿的还是棉衣服，日本人的飞机就来了，先是在村子上空转悠，后来就扔炸弹。我那年十四岁，因为腿脚不好，只能在门前走动。那天我刚走到村中间铁匠铺跟前，一颗炸弹就在我身边不远处炸开了。炸弹没有炸伤我，只是一股气浪把我的棉裤棉袄吹得开了花，棉絮和布片飞起来挂到附近的树上，我成了光身子。我被吓蒙了，不知道是咋回事，等苏醒过来，只觉得头疼，原来头上有一个伤口，脸上满是血。我用手捂住头上的伤，光着身子往回走。我还没回到家里，大人就知道我被炸弹炸了。他们见我好端端的光着身子回来，都感到吃惊，爷爷奶奶气得骂我，母亲吃惊地问："你没有被炸死啊！"大家跑到我挨炸的地方去看，原来是一道矮土墙挡住弹片，救了我的命。

麦子刚刚发黄的时候，日本人来了。因是大忙季节，天黑了村里人才从地里回来，刚要坐下吃晚饭，就听人说日本人进村了。我们急急忙忙吃一点东西，母亲从炕上抽下来两条被子叫妹妹背上，她叫我扛上馍篮子。给父亲过三周年的时候剩下一些馍，因是夏天，就把它晒成馍干。母亲匆忙中把这些干馍片全部背上。后来多亏了干馍片，许多天就是靠它养活的。爷爷奶奶拉上弟弟祁锁再拿一点东西，大门也没有顾得上锁，就随着村里人往山上跑。

母亲领着我和妹妹走的是往上岭去的路，人还稍微少一点。只是天黑下来了，农历四月十三晚上，月亮本应该上来，但这天是个阴天，看不到月亮，平日走惯了的路，也变得很难走，何况我一走一跛，真是受了大罪。刚出门时一家人还互相招呼着别走散，走到村上边的人流里，慢慢就走散了。祁锁跟着爷爷奶奶走了，叔叔婶婶也没有和我们在一起。当晚，母亲领着我和妹妹，就睡在上岭不知道是谁家的窑里。虽然是夏天，可半夜里仍然很冷。一觉醒来，我觉得腿很疼，母亲就抱住我的腿，一个劲祷告，要老天爷保佑一家人平平安安。

天明了，本来想着第二天如果没事，就回到家里去。可是听说村里驻了大队日本兵，当然不能回去，母亲就领着我俩继续往远处去，翻过唐沟，走到一个叫远洼的地方。这里是七泉村苏家的地，他家人常住在地边的窑里。这天晚上，我一家三口人就住在一孔破窑里。母亲不停地念叨，不知道你爷爷和祁锁他们跑到哪里去啦，也不知道你叔叔婶婶跑到哪里去啦。

第三天，母亲领着我们跑到方山上，恰好碰上大队日本兵往黄河方向走，我们几个就藏在路下边。日本兵大皮鞋蹬下的石块差一点打到我头上。日本兵走过去时间不长又回来了，我一家还在方山顶上，没来得及转移，这时只得藏在小树丛里。这里是高山，没有水喝，人渴得要命，虽然拿着馍，但咽不下去。

好不容易熬到天黑，我们还是不敢乱跑，总怕还有日本兵过来。其实日本兵晚上不敢出来活动。正在渴得嗓子冒烟的时候，天下雨了，我顾不得雨淋，张开嘴接些雨水喝，算是解了渴。

半夜雨停了，天刚刚有一点发白，母亲就领我们跑到方山背后的李家庵沟。在这里遇到村里杨占娃一家。他们平日就住在离方山不远的唐沟种地，对这里各个山洼都很熟悉。他把我们带到李家庵沟的大石庵里藏身。这个石头庵很大，在我们之前，已有十几个中央军败兵钻在里头。他们说自己是后山总部的，打了败仗，这些当兵的也不像以前那样威风了，几天没有吃东西，看起来很可怜。这石庵不远处有一个水潭，可以搞一点水煮东西吃。占娃领着他的小女儿，还背着不少粮食和一口锅，他用几块石头垒了一个锅台灶，大家拾些柴火煮了一锅白豆。那些败兵看着煮熟的白豆，连连叫着："大爷，给我们一点吧，我们已经几天没有吃东西了。"占娃老汉给每人分了一把，当兵的也有份，结果轮到他自己没有了。他说："咱不要和当兵的挤在一起，咱们走吧。"临走时，他把背的玉米糁子给当兵的每人分了一点。

当兵的都有一块小洋布手巾，就用手巾把玉米糁子包住，也不知道这些人后来到哪里去了。

出了石庵，母亲领着我们满山跑。走着走着，和村里杨彦胜的媳妇杨鸣朵一家相遇了。她父亲拿着一个铜脸盆，下雨的时候可以用脸盆接雨水喝。当天晚上又碰上杨有朵母亲领着她姐妹二人。我们一起走到唐沟一个很大的沟坪里，因为天黑迷路，怎么走也找不到路。我累得很，又怕跑丢了，只得跟着大家转。到天快明了，才找到路，原来这是平日很熟悉的冯家沟坪。这里距离金银古垛很近，几家人相跟着到了那里，又见到一些村里人。

在山上跑了几天，有一天和村里苏家的金英、桃英姐妹相遇，我两家又结伴跑到安家洼。这里原来住的人早跑光了，我们从窑里找出一个蒸馍用的铁笼盖，把它翻过来当锅烧水喝。在安家洼窑里躲了几天，下雨时，用笼盖和小水缸接一些雨水，天晴了大家又是满山坡跑。那地方没有大树，只有些能遮住人的小树丛。

日本人来搜山，抓住一个年轻妇女拉到不远的窑里，我爷爷也被抓住，跟日本人一起来到警备队后，身上带的一点钱全部被拿去了。爷爷不敢吭声。

这样在山上躲了二十多天，有人来喊叫让大家回去，因为日本人要"安民"了，说是不再糟害老百姓了，村里要成立维持会。母亲说，咱总在山上跑来跑去也不是个事，不如回去吧。回到家里一看，这哪里还是个家呀，我家有两座北房，一座南房，还有一间角屋，全被日本兵放火烧了，连一点房屋的影子也没有了。家里积攒的那么多粮食和过日子用的东西，连一点儿也没有了。以后这日子该咋过呀，母亲抱住我和妹妹放声大哭。

我和母亲回家的第三天，爷爷奶奶领着祁锁也回到村里，只有叔叔婶婶随着村里人逃往河南去了。爷爷看见自己家的房子不见了踪影，气得大声咒骂。有人就说，你千万不敢骂日本人，要是被维持会的人听见，报告给日本人，那可就没命了。爷爷只得忍气吞声。没有了自己的家，我们在几个地方住过，在王秀梅家东房住的时间最长，还在王学水家房子住过。

这时候麦子早已成熟，但许多人逃难走了，地里的麦子没人收。日本兵就把他们的大洋马放到麦地里乱吃乱窜。有些熟透的麦子淋雨后都发芽了，母亲就拿着一个大被单到麦地里，拾些被大洋马糟蹋剩下的麦穗，回来打打，找一个簸箕簸出来，这样也积攒了一点小麦。可一家六口人指望这点麦子怎么能活下去呢？奶奶就领着我们到地里拔些野菜，再拌一点面或者麦麸叫全家人吃。

说是"安民"了，但日本鬼子照样糟蹋老百姓，不过这时候七泉村的日本兵，有些住到祁家河据点，有些在东北庄炮楼上。东北庄炮楼上的日本人不时下到七泉村糟蹋老百姓。我亲眼看见东北庄炮楼上一个日本兵到七泉村，有几个妇女坐在一起说话，那个坏家伙就挤进人群里，把自己身上的衣服全部脱掉只穿一个三角裤衩，在这个人身上摸摸，在那个人身边蹭蹭。还有一个日本兵赤身裸体，脚上只穿一个木头板板鞋，走起路呱嗒呱嗒地响。他满村子转悠，大家见了也只是敢怒不敢言。村里杨某的妻子陈某，被日本人抓住，当着她父母的面强奸。陈某的母亲大声哀告："你把她杀了吧！你把她杀了吧！"日本人可不管你哀告不哀告，强奸完大摇大摆地走了。

有一天吃早饭的时候，我家熬了一锅野菜糊糊，我正在舀饭，东北庄炮楼那个被大家称为毛太君的日本兵就进了我家院子。我爷爷看见了，就叫我的名字。我一扭身，看见日本兵来了，躲已经来不及，我就假装大方的样子让他吃饭，毛太君看锅里是黑乎乎的东西，就皱着眉头说了一句谁也听不懂的话，转身走了。还有一次，我到村子不远的路边摘酸枣，一个日本兵忽然来到我跟前，我忙把盛酸枣的篮子递送到他面前说："太君，你的米西。"那个日本人不要吃，还说"小孩子的不要害怕"，就走了。

跟在日本人身边的警备队，都是山下各村人。他们帮着日本人干坏事，但许多时候还得看日本人的眼色，受日本人的欺负。七泉村一个警备队的人是专门负责"安民"的，因此大家叫他"安民官"。他来的时候，还从后山的野猪岭村抢来一个年轻妇女。这女人长得很漂亮，这个安民官把她安置到老百姓家里住，引得日本兵满村子找人，他只得过几天把那个女人换一个地方。

日本人来的那年，经常缺吃的。爷爷不知道从哪里找来一点棉籽，放到锅里炒焦，用手揉一揉叫我们吃。他还找来一些已经发黑的秕谷，母亲把它收拾干净磨成面蒸馍。虽然难吃得很，也得咽下去。

在村里没有办法活下去，许多人就结伴往夏县城里去，听说那里有舍饭场，可以管饱吃。但爷爷不相信，他不让我们去。

春天来了，地里稍有一点绿色，我们就到地里拔野菜。秕谷面里掺些嫩生生的野菜，比掺干柿树叶好吃多了，但是野菜吃得太多，人会得浮肿病的。等到地里的麦子稍微发黄，我就急不可耐地捋些回来放到锅里煮。

爷爷种的那点麦子，本来想要收回来一些，不料这年一开春就遇上干旱，收成很差。收完麦，又种了一点秋庄稼，但老天爷总不下雨，也没有出来几棵苗。那年夏天不知道从哪里飞来数不清的蝗虫，地里的庄稼苗全被吃光了。爷爷说，这是老天爷要收人了。

杨景致

男，1933年生，山西省夏县祁家河乡杨家窑村，退休教师

日本鬼子来那年，我家共八口人：奶奶、父亲、母亲、叔叔、婶婶、弟弟、妹妹和我。虽然是杨家窑人，但我家土

地全在南寨村，所以全家人常年住在南寨村。

日本鬼子到底是哪一天到南寨村的，那时我才八岁，也记不清楚，只知道跟着大人跑。南寨村往南不远是一条很宽很深的大沟，沟边有许多天然石洞，我们都把它叫作庵。其中有一个庵很大，叫戏楼庵。这庵分上下两层，每层站一百多人也不会挤，中间有竖洞上下连通。第二层稍小一些，里边还有一个台子，台子上也能坐几十个人，所以叫戏楼庵。这个大庵不止一个出口，光线和空气都比较好。听到日本鬼子来的消息，全村老少都钻到大庵的第二层里。那时南寨村也不过七八家人、五六十口吧，另外还有横口村和文家坡的几家人也在里边。开头几天还有吃的，大家在里边做饭也不怎么害怕，我们小孩子也不知愁不知怕地打闹着。通过庵内的几个大窟窿，可以看到对面椿头洼岭上日本鬼子打着旗走动的身影，也能看到沟底河滩日本兵的大洋马在快成熟的麦地乱跑的情景。

大约过了七八天，来了四个日本兵，有两个拿着枪，他们从竖洞爬到第二层。那时人们见了拿枪的人就害怕，听他们呜里哇啦乱说，但听不懂说的是啥。有一个翻译说："你们这里谁是中国兵，太君要抓中国兵。"大伙没有回答，他们就挨个搜查。日本鬼子捉住文家坡的王道龙，硬说他是中国兵，就用木棍狠狠地打。道龙的丈母娘眼看女婿挨打，心疼地爬到道龙身上说："这是我儿子，不是中国兵。"他们还是打。这时有个日本兵发现人群里有几个年轻妇女，就嚷着"花姑娘，花姑娘"，打人的家伙才住了手。他们把三四个年轻妇女拉到台子上，大伙被赶到第一层，这几个家伙就把那几个妇女糟蹋了。

日本鬼子走后，大家说这里不能停了，赶紧走吧，便回到村里。大概天快黑时，日本鬼子终于走了。当晚我一家住在祁金保家的窑里。第二天吃过早饭，日本兵又来了，村里的成娃那时正害伤寒，躺在场里晒太阳，被日本鬼子踏了几脚。我父亲见日本兵又来了，忙躲进拐窑里，还是被他们发现了，拉出来打得头上流血。这天晚上大人们就商量着要逃走。

说走就走，各人拿了一点吃的、衣服、被子，并且再三说路上不要说话，不要咳嗽，不要让小孩子哭，因为旗杆岭上有日本鬼子的岗哨。大伙相跟着成一路队，由路熟的人担任向导。那年我妹妹才六岁，我俩紧紧拉着，弟弟才一岁多，由母亲抱着。

大家先上到旗杆岭，再翻过沟到福家洼，天很黑什么也看不见，不时听人小声说："走快点。"从福家洼往任家堆去要下很陡的坡，本来就很难走，日本兵又把路炸断了，几个地方都成了几尺高的台阶，好几个人都掉下去了，幸亏没摔伤。我瞌睡得要命，走着走着就掉了队。只见眼前有一块白乎乎的东西，踩着软软的，我和妹妹几次没上去，我用手一摸，软软的，还有毛，吓了一大跳，原来是一头死了几天的牲口，已经胀得很圆了。

好不容易才下到沟底，到了黄河滩，这时天也明了，能看见路了。但这里还不是渡口，还得顺河向下游走，这时妹妹已随大人走了，只剩下我一个人。我看见不远处有一棵大树，树跟前有窑，心想这里有人家，我要进去喝点水，实在是太渴了。走到窑洞跟前，看见一个半大孩子死在门外，窑里还有两个死人。这是我第一次单独看见死人，吓得浑身打战，只好顺沙滩上的脚印追上去。路过一片李子园，看见李子树下都是死人，他们穿的都是军衣。这时也顾不得怕了，总算追上大人了。天很热，渴得更厉害了，很想找一点水喝，黄河边的小水泉倒不少，只是凡有水的地方就有死人，胀得很圆，特别害怕，水里有许多蛆在涌动，看着就恶心。强忍着总算走到下巴滩渡口，已是下午了，我才喝了些黄河里浑黄的水。

　　下巴滩是一个小渡口，只有一只小木船，大约能坐十来个人，还有几只羊皮筏子。筏子有大小两种，大的是四个羊皮捆在一起，上边放一个荆条笆，能坐五六个人。小的是两只羊皮绑在一起，一次也能过四个人，不过人是要下到水里的。我是坐在大筏子上过的。

　　刚到河南岸，就听到两岸山上枪响得像炒豆子似的，原来是河南岸的中央军正和河北岸的日本鬼子对射。因山上打枪，人们不敢上山，只好沿一条小小的山溪向上走去，大人说顺小溪就能走到坡头街。同去的人大多去了坡头街，而我一家人却在一个叫床脑的地方住了下来。因为连日奔波，加上天气热，一岁多的弟弟病了，这里也没医没药的，熬了三天弟弟就病死了，母亲哭得很伤心。

到了坡头街，这里逃难的人很多，没办法生活。听说坡头街西边有个万寿村，登记难民，父亲就领着一家人到那里登记。登记后给了一个证明，让我一家人到渑池县南边藕池村去，并在那里安顿下来。保长按月按人头给难民分发点口粮，父亲和叔叔外出干一点活，奶奶、母亲和婶婶也找一点活干，生活总算可以维持了。

在藕池过了一个年，到第二年春天，保长分的口粮就少了，后来干脆没有了。我一家又向南走，走到宜阳县三乡镇一个很大的村子，离洛河很近，过河不远就是大山，当地人叫南山。这里没有人给口粮，全靠父亲他们劳动挣钱和粮食。父亲和叔叔到南山挑木炭到三乡和韩城集上去卖，没有木炭时就担些柴火卖。母亲和婶婶帮人纺棉花，洗衣服，拆洗被褥，奶奶有时也帮人干活。只有我和妹妹年纪小白吃饭，有时到洛河里抓螃蟹捉鱼，那时洛河水里经常能见到一尺来长的鱼。

在这里又过了一个年。本来靠一家人辛勤劳动，日子也能凑合过下去，可是父亲听人说许多老乡都回老家去了，他们就也想回去，这里再好也不是自己的家呀。于是一家人又返回到了渑池县。在渑池县城见到几位老乡，他们说日本鬼子虽然"安民"了，可照样不把老百姓当人看待，杀人放火胡作非为，老家还是不能回去。这样一家人又在渑池城里停了下来。

渑池县的难民太多了，找不到活干，生活无着落。叔叔就说要去当兵，因为当兵是管吃饭的。那年他二十一岁，说走他就走了。父亲四处找活干，母亲也是找活干。奶奶、婶婶、我和妹妹去舍饭场吃舍饭，这舍饭也吃不饱，还得四乡去讨要。

一天，大伙听说来了一位大官专门给难民发钱，大家就赶紧去。我和母亲去得早点，每人领了两块钱。这四块钱到手还没暖热，转过身碰上了横口村的刘申典，既是熟人也是亲戚，我管他叫姨父。他对我妈说："我真饿得不行了，你把钱先借给我，等我吃一点东西再去领，领到后再还你。"我母亲本来就是一个心慈面善的人，何况还是亲戚关系，就把刚刚领到手里的四块钱全给了人家。其实那时穷人家吃一顿饭有几毛钱足够了。我连一毛钱也没花上，白喜欢了一场。听说刘申典后来饿死到舍饭场里。

不久，这里的舍饭场就停办了。没办法，我们又到小羊河舍饭场，边吃舍饭边讨要，有时一整天也要不来一口吃的。有一天我见奶奶和父亲面对面坐着哭，原来父亲眼看着一家人生活无着，自己作为一个当家人实在想不出办法了，也想当兵去。奶奶不想让父亲去当兵，但也没办法，只好答应。这时奶奶手里还有几毛钱，她用两毛钱买了一个牛舌头馍要为父亲送行。她不想叫我吃，可我实在太想吃了，不管奶奶怎样打发我出去，我都盯着那个馍不走。最后父亲含着泪把一个馍分成三份，自己一份，奶奶一份，我一份。吃了馍我就出去了，父亲走时我也没看见。

小羊河村边有一条小溪常年流着，水里有常绿的水草。难民冬天实在找不到野菜，就把河里的水草捞上来吃，我亲眼见奶奶边拔水草边往嘴里塞。剩下的拿回来，放到锅里加上从舍饭场领的一碗麦糁粥，煮煮让一家人吃。

舍饭场旁边有卖秕谷面馍的。有一天，奶奶给了我一毛钱让我买一个吃。秕谷面馍不能用手拿，得两只手掬着吃，我把馍吃光了，又把留在笼上没有掬完的一点馍馍渣子也吃光了。

舍饭场的粮食越来越少，饭里放的萝卜菜叶也就多了。可难民总不见少，差不多每天都有饿死的人，死了人就随便抬出去埋掉。终于有一天，小羊河舍饭场也停了，全家人又转到离城很近的马口舍饭场，这里是每人每顿发一个用杂粮面蒸的小馍，没吃几天也停办了。母亲也找不到活干，一家人只好全靠要饭了。那时要饭的实在太多，饭也不好要。奶奶提出把五口人分成两拨，她和婶婶、妹妹三人在马口一带，让我和母亲另找一个地方，这样我们就到了渑池县的小西关。

母亲领着我找到一个井房，就是一间房子，中间是一口井，供附近人打水的。我母子二人弄了一点草铺到一个角落里，白天讨要，晚上偎依在草堆里过夜。已经是冬天了，那些年的冬天好像特别肯下雪，脚上穿的是抬别人扔了的几乎没有底的鞋，每天脚冻得麻木。因为是井房，没有前墙，更不要说门了，这井房也不让生火，怕把水弄脏了。西北风刮来雪花吹到脸上，晚上根本睡不着，直到困得不行了才能迷糊一会儿。

一个下雪天，我母子俩到西门外黄花、池底各村去要饭，一整天几乎没要到东西，就到地里找一些干了的野刺蓟煮了吃，如果能找到一棵油菜苗，那可真是无上的美味了。那年冬天我们吃过干柿树叶，吃过麦叶子，都是煮多长时间也煮不烂的东西，吃到嘴里也嚼不烂，最后胡乱咽下去。

一天下午，奶奶托人捎信说妹妹丢了。母亲得信赶快去找，临走再三嘱咐我，白天要饭晚上一定要回到这里，要是你也跑丢了，那可真要了妈的命了。一连三天，我一个人外出要饭，晚上回来又冷又怕，总想着母亲。

有一天，我路过馍铺门口，看到刚蒸出来的馍又白又暄，热气腾腾，香气扑鼻，我馋得都流口水了，可是没有钱没办法买。这时一个五十来岁的妇女过来买了五个馍，我不自觉地跟了上去。走了一段路，她问我："想吃么？"我点点头，但她不给。又跟了一段，她竟然给了我一个白馍。我来不及细想，抓起几口就把它咽下肚子，只是太少了。她又说："你想吃，就跟我走。"我又跟上她，她又给了我一个。这回我慢慢地吃，想细细体会一下吃白馍的滋味。吃完了又跟上她，她又给了一个。我一共吃了三个白馍，饥饿暂时压住了。她要我到她家里去吃饭，我就跟着走。转了几个弯到她家门口了，是一座砖门楼，门口一对石狮子，看来这是一个财主家。她打开门让我进去，这时我多了个心眼："万一进去不让我出来怎么办？"就不进去。她先是推我，我抓住门框不进，她又进去拉我，我还是不进去。幸亏那三个白馍使我有了劲，到底没进她的门。

这天晚上母亲回来了，我把白天的事说给她，母亲说："多亏你没进去，你要是进去了，咱娘儿俩恐怕就永世不能见面了。她家肯定是没有孩子，让你去给人家当儿子呢。"

母亲没有找到妹妹，只打听到她一点消息，有人看见她在西门外不远的池底村一户人家里。我们找到那儿，真的见到妹妹了。原来是一个操陕西口音的当兵人把妹妹寄养到这户人家，说是过几天要来领走的。所以无论我们怎么说，人家就是不让我们领走。母亲就托人把大舅找来，几个人来领妹妹。原来大舅一家去年就从灵宝返回到渑池，住在城北不远处。

正当母亲为领回妹妹焦心时，奶奶又捎信说婶婶也丢了。小孩子会丢，一个大人怎么会丢呢？听到这个消息，母亲一下瘫软到地上。这可怎么办呀，要是找不到婶婶，以后叔叔回来该怎么交代呢？母亲只好丢下妹妹这头，又到马口找婶婶去了。

可是哪里都打听不到她的下落，大家猜想着，大概是婶婶看着实在没办法过了，就一个人逃活命去了，从此再无音讯。

正当母亲东奔西走寻找婶婶时，一个不认识的河南人跑来报信，说妹妹被一个人带到县南边藕池去了。捎信人说得真真切切，母亲来不及细想，跟上这个人就往藕池去了。我也不知道该怎么办，还是白天要饭，晚上一个人孤零零地躺在水井房草堆里，等母亲回来。

几天后，几年不见的大舅突然出现在我面前。他告诉我："你母亲被人扣住不让走了。"他要我赶快随他到母亲那儿去。我这才看见与大舅同来的还有一个河南人，但不是报信的那人。就是这人送信给大舅让他找我的。我们三个一路紧走慢走，赶天黑走到扣母亲的村里，见到了母亲忙问是怎么回事。原来几天前给母亲送信的那人是个骗子。他发现我母亲到处找女儿，就设了一个骗局，把我母亲骗到离藕池不远的一个村里卖给一户人家，他拿上钱溜了。

这户人家是一个小财主，家里已有两房妻室，他要母亲做他的三房。母亲当然不答应，再三说明自己是被骗来的，可这家人也不答应，他是花了钱的，怎么能人财两空呢？母亲看看硬扛也不行，就说孩子在渑池小西关，哥哥在城北某村，只要把这两个人找来，还可以商量，要不然死也不从。所以这家人就打发人找到大舅和我。

大舅弄明白了事情原委，当然不答应，母亲更是一百个不答应，可这家人是花了钱的，而钱又被骗子拿走了，谁有钱赎母亲呢？不过他也没有硬逼母亲，怕他的大房二房知道，就又把母亲和我转手倒卖给另一家人，离这村还有很远路。大舅没办法就走了，临走时母亲要他到马口看看我奶奶，再到池底看看我妹妹还在不在那儿。从此我和母亲便同奶奶、婶婶、妹妹分开了，到后来再也没有见过面。

我们到的这家也是一个小财主。他要母亲替他们洗衣做饭当用人，要我给他家割草喂牛，没办法我们就在这里住下了。

这家人心肠不好，待下人很凶，我母子干活稍不如意非打即骂。有一天我割了一大筐草回去，主人一见就抽了我一个耳光，踢了我一脚，还不让我吃饭。原来割的草里，有一种草牛是不吃的，而我又不知道。母亲也没办法，只能搂着我哭。后来他们把我的名字也改成"天财"。幸亏村子里与我差不多大的一帮孩子接纳了我，他们和我一起玩，还帮我割草，他们见我时常挨饿，有时从家里拿馍拿红薯让我吃。

秋天到地里割谷子，我不会割，主人捆了一大捆谷子让我背，我根本背不动，又是一顿打骂。母亲见我整天受罪，也不敢说什么，只能到晚上没人时才敢抱着我哭，边哭边念叨："什么时候世道太平了，能回到咱家里，一家人团圆就好了。"

就在那年十月，大舅来报信说，我父亲和叔叔都回来了。他只知道叔叔在城北一个叫罗面洼的地方给人扛活，不知道我父亲住在哪里。大舅说，我奶奶去年冬天就饿死了，是他掩埋的。并且说我婶婶和妹妹一直没有消息。大舅还说，我外祖父一家四口已在潼关遇难了。母亲听到这一切哭得特别伤心。

从此，母亲就想方设法要离开这里，去和亲人相会。

有一天，天都快黑了，母亲收拾了一大篮子衣服说是去洗，她要我走到村子北边岭上等她。我不明原因就说："往日洗衣服就在门前大泊池里洗，今天都快黑了，为什么要到那么远的河里洗？"母亲不说话，只是示意让我先走。原来她决意今天要走了。她把平日我们穿的衣服放在下边，又弄几件脏衣服放在上边，一边走一边装着骂我："也不知道这孩子又疯到哪里去了，洗这么多衣服，我一个人怎么能拿得回来。"边说边往村北的岭上走。往常洗衣服，母亲也经常到村北的小河边去，所以今天的举动没有人注意。

到了岭上，一看四处无人，母亲把自己的衣服拿出来，将篮子和脏衣服一扔，拉着我就走，边走边告诉我："咱今天就找你爸和你叔去，再不在这里受罪了。"走了七八里路，天完全黑下来，我们进到一个村里找了一户人家。母亲告诉他们说："我的一个亲人在渑池城里得了重病，急着赶路，想在你家里借宿一晚。"那家人就答应了。第二天一大早打个招呼，我们又上路了。

一直走到渑池城里才算放心，不怕那家人追了。我们出了北门，过马口向坡头街方向走去。忽然前边一个人迎面走来，特别像我们刚离开的那家主人。我心想，他已经走到我们前面来抓我们了。母亲也说很像，对我说："你都十来岁了，已经懂事了，他要是硬来，咱就跟他拼命，绝不能再被他抓回去。"待我们提心吊胆地走到跟前细看一下不是，虚惊一场。

　　整整走了一天，才找到罗面洼。在村口碰到一个熟人，是福家洼村的孙玉臣。乡亲几年不见格外亲热，他知道我叔叔就在下边窑里住着，也知道我父亲住在十几里远的西阳坡村。孙玉臣忙把我叔叔叫出来，一年多不见，一见面都不由地流出眼泪。等说到饿死的奶奶、失踪的婶婶和被人拐走的妹妹时，叔叔更加悲伤。当晚我娘儿俩就在叔叔扛活的那家吃了饭，歇了一晚上，第二天又按孙玉臣说的地方找到我父亲。分别了一年多，父亲好像瘦了，也老了许多。

　　父亲扛活的这家掌柜姓刘，是一个大烟鬼，雇了几个伙计干活，自己游手好闲。他有一个女儿叫巧儿，和我年纪差不多，我们经常在一起玩。母亲也在刘家干活，我有时也帮着干一点。虽然还是给别人干，可一家人在一起，心里就痛快多了。

　　我们去时已是冬天，在那里过了年，听说许多人回到老家了，父母一心也要回家去，于是叫上叔叔，四口人才又回到南寨村。一家八口人逃难出去，在外边东奔西跑几年，只剩四口人终于回来了。

　　这时日本鬼子还没有走，但没有那么凶了，只是"民安队"的人还时常祸害老百姓。我家原来的窑里住满了早些时候回来的人，我家的地也被他们开垦出来种了粮食。见我家人回来，他们腾出窑，也让出地，父亲和叔叔又开垦了一些荒地，一家总算安顿下来了。

又过了几个月，麦子黄熟时节，八路军解放了祁家河，家乡一带成了解放区。时间不长又搞土改，我们家分了四亩好地和一头大犍牛，这才真正过上好日子。

文桃爱
女，1935年生，山西省夏县祁家河乡福家洼村

我娘家祁家河乡庙坪村，日本鬼子来那年我六岁，当时家里只有母亲、弟弟和我三口人，母亲二十七岁，弟弟三岁，父亲两年前就去世了。

日本兵到祁家河的那天早上，村里人和往常一样该干啥干啥。大家也知道后山打仗的事，但不知道详细情况。再说打仗有那么多队伍，与咱老百姓啥事？母亲那天早上套着自家毛驴在门前石磨上磨面，村中不知谁家祭奠死去的亲人，正招待亲友吃饭，我和弟弟在那里看热闹。

快到吃早饭时，门前大路上跑来许多中央军，他们边走边喊："日本兵马上就来了，你们还烧纸哩，老乡们快跑吧！"他们边说边往前跑。听到这些话，烧纸的人群散了，母亲赶快把驴卸了，也顾不得把驴往圈里绑，随便拿了一点东西，匆匆忙忙领着我和弟弟从文家坡大路上去到横口村，然后到南寨村。南寨村虽然有我家的地也有窑，但自从父亲

去世后再没有人住过，里边也没有吃的东西。

南寨村人听说日本兵来了，都跑到大沟沿钻到一个很大的石洞里。我们以前经常在南寨住，也知道这地方，母亲就领着我和弟弟也跑到那洞里。这个洞叫戏楼庵，上下两层中间通着，地方很大住百十口人也不挤。南寨村、文家坡、横口村的许多人都在这里藏着。

别人出来时还拿有锅碗米面，在这里还能烧点热汤，我三口人什么也没有拿，弟弟饿得直哭，也没人让我弟弟吃。我也很饿，可我还能忍住。没办法，母亲只得把弟弟拉到怀里吮奶头，但弟弟早就不吃奶了，哪里还有奶水呢？母亲只好连夜出去找吃的，她在麦地里择了些快熟的麦颗，回到洞里借别人的锅煮了让我和弟弟吃。

一连几天藏着没事，晚上母亲就出去择麦颗，大家也知道这麦子是收不成了，就没有人阻挡。有一天，几个日本兵竟然找到戏楼庵里，他们强迫老百姓从二层下到底层，留下几个年轻妇女。大家才知道这里不能藏了，才想方设法往黄河边跑要逃过河去。

我一家人没有跟着去，而是回到庙坪家里。因为西山头村我外祖父捎信不让我母亲逃难去，他说一个年轻妇女领着两个孩子，跑出去肯定就回不来了，坚持不让我们走。

那天晚上回到庙坪，才知道日本兵就在我家住着。我婶婶那时才过门不久，她在东屋住着，那天晚上我们就睡在婶婶屋里。说实话，刚来的那几个日本兵还不怎么坏，对老百姓没怎么欺负。可是没过几天，住在我屋里的那几个日本兵走了，又换了几个，这几个日本兵坏透了。母亲和婶婶就商量往外跑。那天早上我们刚起来，母亲假装着打我和弟弟，让我和弟弟往文家坡跑，她和婶婶在后边追，一直追到文家坡村下边破窑里，我四个人才停住脚。但这里是大路边，还是不能藏身，母亲和婶婶白天就藏到不远的废墓坑里，到了晚上才找到我俩想法找一点吃的。

我四口人走了，日本兵就逼问我奶奶把两个媳妇藏到哪儿去了。奶奶真的不知道，日本兵就打她，抓住奶奶的头发拖着在地上转圈，奶奶还是不知道。

有好长时间我白天没见过母亲，我和弟弟在破窑里虽然很害怕，但到晚上母亲和婶婶就回来了，她们就在附近墓坑里躲着。母亲说有一回钻的那个墓坑外边的口很小，进去是一个下坡，钻进去时容易出来可就难了，人在下边往上爬用不上劲，口又很小钻不出来，后来费了很大劲才算出来。

家里本来有很多粮食，可是日本兵在屋里住着，老百姓不敢去拿，只得到地里挖些野菜煮了吃。冬天没有野菜了，只好拾些干柿树叶。我是一个小孩，日本兵还不怎么欺负，就到村边拾了两个日本兵扔下的小洋铁桶，到河里提一点水煮干柿叶。母亲不知从哪儿找来些秕谷，这两样东西煮到一块很难吃。后来我一家又住到窑泉村去了。

过了年，母亲把我交给奶奶，她要带弟弟到西山头我外祖父家去找点吃的。一天晚上，她拖着弟弟偷着过了门前的小河，因为很长时间没吃过饭，他俩都走不动，上一个小地堰都要费好大的劲。到外祖父家了，可他家粮食也不多了，母亲在那里住了几天，总算还背回来一点粮食。

春天人们饿得东倒西歪，有些人走着走着倒下去就断了气。人们把榆树皮剥下来晒干磨成面，再掺些野菜秕谷面吃。

地里凡是能吃的野菜都拔光了，河里的水草也被人捞上来吃光了。不知谁家还种了些麦，找不到野菜的人们就把麦叶拔回来拌一点麸皮谷糠面吃，麦叶咬不断，很难下咽。麦子起节了抽穗了，眼看不要多长时间就能有收成了，可眼下过不去啊。

有一天不知道是谁从七泉村回来，说是那里一户人家在笼里蒸了些麦叶菜，可揭开笼盖一看，里边却盘着一条小青蛇。这个说法很快传遍各村，大家认为这是老天爷警告百姓不能再吃麦叶了。不管这说法是真是假，总算还保住了些小麦。

不等麦子完全成熟，饿急了的人就把半熟的麦子捋回来蒸熟，再在石磨上磨成麦索吃。因为饿得太久，肠胃承受不了，有些人反而又撑死了。

我饿急了，就跑到日本兵吃饭的地方去要饭，那年月也只有日本兵和"民安队"的人才能吃饱饭。日本兵宁愿把吃不了的大米饭倒到泔水缸里，也不给我们这些要饭的孩子。我只好到泔水缸里捞吃的东西，然后到河里用水冲了吃。捞得多一点儿，还要带到家里给弟弟母亲奶奶吃。到日本兵那儿要饭的不是我一个，还有后村的文三柏、窑泉的安占业、蔡申有这几个，那时我们都是孩子。

日本兵后来用铁丝网把吃饭的地方围起来，我就从铁丝网底下钻进去。有一次我见一个日本兵端着碗过来了，我正等他倒饭呢，这个日本兵却走到我跟前，把大米饭从我头上倒下去了，闹得我头上身上哪里都是大米粒，我就把地上身上的大米小心地拾到洋铁桶里。有些日本兵见我们这些要饭的孩子去了，就故意放大狼狗来咬，我们吓得边哭边跑，日本兵在后边哈哈大笑。

日本兵来的第三年，人们好不容易种了点庄稼，可是那年不知从哪儿飞来那么多蝗虫，吃光了麦叶麦穗，又吃光了人们种出的玉米谷子苗。老百姓实在没办法了，有人就说蝗虫吃咱的庄稼咱就不会吃蝗虫吗？蝗虫再难吃，总比煮不软的老柿叶要强些，就趁早上蝗虫飞不起来时用簸箕端回来一些放到铁锅里用小火焙干，然后掐去腿和头就放到嘴里嚼。原以为这东西身上有肉，可是吃起来不知道是啥味道。开始几天都还有点稀罕，吃过几天之后就不想吃了。

我看见有些人在野地挖老鼠洞，想在老鼠洞里找出一点粮食，其实地里早就没有粮食了，老鼠洞里怎么会有粮食呢？我回来对母亲说了，母亲得到启发，她把住的地方的老鼠洞挖开，挖出一些老鼠吃剩的发了霉的谷糠，小心收拾干净，磨成面吃了。

后来窑泉还住了许多从外地回来的人，村里村外到处是人。我一家也是在村外一孔破窑里住，母亲和婶婶也不用每天都在墓坑里藏了。那一年，叔叔还在文家坡上边种了一点秋庄稼，收了一点粮食。有了粮食，奶奶就有了偏心眼，因为我父亲不是她亲生的，她就不让我三口人吃，只让叔叔婶婶吃。母亲气得另找一孔破窑住下，不跟他们在一块儿了。

就在吃蝗虫的第二年春天，母亲和弟弟染上了疥疮，而且很厉害，不只是发痒，抓破了流黄水更加难受。每天等日头一出来，母亲就和弟弟坐在外边晒日头，那时只有日头不分好人坏人，人人有晒的机会。可是窑泉村处在山沟里，晒日头的时间也不长。

我那年九岁了，幸运的是我没被染上，每天我用小洋铁桶到河里提一点水，然后自己到地里拔些野菜，煮成汤让母亲和弟弟吃一点。我还跑到庙坪日本兵那里，捞一点剩饭回来几个人分了吃。

一般人得了疥疮，夏天过去就好了，可是我母亲和弟弟直到冬天还没好，饥饿加上病，母亲那年刚过三十岁，却瘦得让人几乎认不出来了。腊月里的一天，西山头村一个亲戚到窑泉来，见到我一家三口的样子着实吃了一惊，回去对我外祖父说："庙坪我姐姐一家三口在窑泉村上边破窑里住着，连饿带病都不像人样了，我差一点认不出她来，你要是不想想办法，恐怕她三口人这个年就过不去了。"外祖父得到信，才给我们送过来几升粮食，三口人才算过了个年。母亲和弟弟整整害了一年疥疮，直到开春才慢慢好了。

祁发亮

男，1930年生，山西省平陆县马坪村张家底自然村

中条山战役前，我们村约七十来口人，姓祁的有五十口左右，姓陆的不到二十口人。我父亲兄弟三个，他是老大，我三叔祁文秀1937年就参加了革命，我父亲和二叔都是教书先生，家里雇了几个伙计干活，老兄弟三个一直没分家，在一起吃饭的有三十多口人。

我们村离南沟渡口很近，战役发生前，从南沟转运过来的军用物资很多，中央军第三军就选择我们村当作他们的转运站。我那时还小，经常跑去看民夫把整捆的棉衣、棉被和整袋的大米、洋面，还有许多子弹箱等东西搬进搬出。村里有的屋里喂着许多大骡子，那是第三军的驮骡队。

战役前几天，就有飞机来来回回地飞，有一次还扔下两颗炸弹，炸塌了村里的几间房子，但没有伤着人。驮骡队的人马走了，堆得满屋子的各种军用物资也没人看管了，老百姓也不敢去拿。

日本兵是分两路到我们村的，一路是从南沟上来，另一路是从马坪村下来的。村里人都吓得藏了起来，有些人钻到煤窑里，有些藏到山坡上。日本兵到村里放火烧仓库，里边的东西全部着了火，子弹砰砰乱响，老百姓都跑出去了，在村外看着自己家的房子着火，也不敢回去救。村里的几十间房屋都烧光了，只有村边上几间低一点的牲口棚、磨坊留下来。

正是麦熟的时候，我父亲和二叔看着黄熟的麦子扔了真可惜，就和家里人还有几个伙计到地里割麦。日本兵看见了，到地里把人抓起来就打，还要花姑娘，这样一大家三十口人才丢下麦子往河南逃。

南沟渡口是日本兵把着，大家就从老鸦石村再往下走，到福家洼村下边一个很小的渡口过河。这里没有船，只有对岸河南人的两只羊皮筏子过人，白天日本兵在山顶上巡逻不能过河，要到晚上才敢过。过河的人太多了，一时轮不上，大家只好藏在河边的石庵洞或者树丛里。身子背后的石崖很陡，面前就是黄河，一不小心就可能掉进黄河里，看着实在害怕。不过这里却很安全，村里有日本兵住着，他们也知道下边有老百姓藏着，但是他们不敢下来。枪只能打到黄河对岸或者是河中心。藏在石洞里的人反而很安全，我一大家人在这里一直藏了六天才轮到过河。

筏工送过去一个人是三块大洋，不要纸票，小孩和大人一样。从家里出来时什么也没带，只把所有的钱都带在身上。过了河，连夜上到半坡村，再到坡顶的西阳坡村，这里就有中央军的人登记难民了。登记以后，队伍上派人把我们送到渑池县马口舍饭场吃舍饭去了。没过几天上边又说，难民太多，要分流到外县去。我一大家几十口，家里的伙计一过河就走了，爷爷奶奶那时也就是六十来岁，还能劳动，他们到渑池后，就跑到后河村包些地种西瓜去了，剩下的二十口人被分到洛宁县，去时还是队伍上派人送的。我记得一连走了三四天才到洛宁县，当地有人接收难民，交接完毕后送的人才走。

洛宁县又把难民分到各联保处。到这里我一大家人就分开了，父母、哥嫂和我分到县城里，二叔一家五口和三婶两口人分到离城不远的一个大村里。有人说那村是土匪头子的老窝，外人去了不好办。可是土匪头子不识字，听说我二叔是个教书先生，就请二叔当了他们队伍的先生，这样二叔他们的生活暂时有了着落。

城里也有联保处，他们虽然接受了我一家，也给我们找了住处，可没法给我们收集粮食，还不如在乡下能按人口领些口粮。联保处有时给一点吃的，不给就去要饭。父亲在家里是教书先生，一时还磨不开面子要饭，日子真是不好过。

邻居是一个做小生意的，把我大嫂介绍给一户姓张的先生家里做饭，把我大哥介绍到一家做砚台的铺子里和泥做砚台，又把我介绍到一个点心铺隔壁的水烟铺去做水烟，这样家里只有父亲和母亲两个人了。我每天就到水烟铺里专门给人家抽烟筋，烟味很呛，我被呛得直咳嗽。

点心铺的小伙计心肠可好，没人时总问我饥不饥，想不想吃点心。我说："肚子倒是饥，也想吃点心，可我是一个要饭的，好不容易才找到一个干活吃饭的地方，我可不想为了吃一块点心丢了饭碗。"小伙计说："没事，只要没有其他人，你只管吃。"这样我就大着胆子吃了一块，比玉米饼子好吃得多了，从此以后没外人时，小伙计就给我点心吃。

在那里干了十来天，一天来了四个穿戴整齐的官太太，年纪大的有四十多岁，年纪小的只有十七八岁。她们几个到水烟铺里转了一下，那个年纪大的太太摸住我的头说："小孩，跟我走吧？"我回答说："我不敢去。"点心铺的小伙计说："你去吧，你这下可找下好活啦，还不赶快答应！"我是怕水烟铺的人不让我走，那个太太说："我一会儿跟他说，你跟我走吧。"我就跟着她走了。

后来我才知道，洛宁县里有一家姓张的大财主，住在离县城十来里地的城村。因为有钱，他把一个村子盖得跟一座城差不多，所以叫城村。他家祖祖辈辈都有当大官的，清朝末年最有名的一个叫张九思，我们在那里时，最出名的是他的孙子张居荣。洛宁县不很大，有人说县里一大半生意铺都是张家的。在洛宁县里只要提起"老号"来，都知道是城村张家的。我所在的水烟铺，还有点心铺、砚台铺，还有大嫂做饭的那家，都是张家的。张家在洛阳、郑州也都很有名，清朝时还挂过"千顷牌"，可见他家的势力有多大。

那天来的四个女人都是张居荣的太太，我跟着大太太一到她家，就给我换了衣服洗了澡。大太太只有一个女儿，和我差不多大，她要我每天接送她女儿上学下学，活儿倒是清闲自在。她还有意让我给她当儿子，可是没有说出来。没事时她就和我说话，她知道我父亲是一个教书先生，就要我去把父亲叫来和老掌柜说话。我父亲很快就来了，可是老掌柜不在家被县长叫去了，大太太就要我去县政府找。我说恐怕我进不了县政府大门，她就说，你只要说是"老号"的，就让你进去了。

我父亲在她家等着没事，看见有人打水，就去帮忙，不小心把水桶掉到井里了，大太太说："没有事，这井里不知道掉进去多少桶了，你掉进去一个怕啥，桶不掉进井里，难道井会掉到桶里？你不用干活，就坐到客厅里等着吧。"老掌柜回来了，他和父亲在客厅里说话，我没听见他们说什么。

后来大太太要我陪她玩，她一出门就要我跟着，别人见了我就叫我"小少爷"。又过了几天，另一个太太叫我去抱孩子，那个胖乎乎的小男孩才是真正的"小少爷"哩。我只抱了一天孩子，大太太又把我叫去了，要我妈给她做鞋，鞋做好了，她一直称赞活做得好。

说实话，跟着大太太的那几个月，一般人进不去的大门，我可以随便进出，真是和少爷差不多。

在河南过了一个年，第二年春天就逢大旱，又住了几个月，父母要回老家去。因为他们听说日本兵"安民"了，以后不怎么祸害老百姓了。另一个也是最主要的原因，在洛宁县张家虽然有吃有喝，但终究是在人屋檐下，处处要看人家的脸色。我父亲当了多年教书先生，把脸面看得比什么都金贵，他不愿低三下四地求人，所以决心回老家，哪怕回去饿死也算是死到自己家里。他们明知道我在那儿不愁吃穿，可是他们要回去了，不忍心把我一个留在河南。父亲找到我，要我跟大太太请假，说是家里有点事，明天一早就回来了。

我照父亲教我的说了，没敢跟人家说实话。大哥那时已经跟着二叔去了陕西，这次回来就我和父母还有大嫂四口人。

回到家里，房子早烧光了，什么也没有，连临时住人的烂窑洞也没有。日本兵怕河南的"中国兵"过来收拾他们，沿黄河十里地叫作"禁区"，我一家人只好住在北坡村。家里的地早荒了，草长得比人还高。父亲和我白天去开荒地，晚上还得回到北坡村。父亲不愿求人，可这是日本人的天下，时时刻刻得看日本兵的脸色。挨打受气不说，一不小心就会有生命危险。

北坡村公所经常派差，听说日本兵一般不打小孩子，所以家里一派下差来就让我去，大多是从祁家河据点背些东西往前窑据点送。支差多了，也学了一点窍门，如果背的是吃的东西，大伙半路上就偷着吃一点，有时几个人分着吃，一箱饼干就吃掉不少。背到姚家坪村要把东西放下歇一会儿，偷吃了东西的人不背自己原来背过的，拾起来一件背着走了，没有偷吃饼干的人却背起了半箱饼干。到前窑据点交货时，日本兵一看是半箱饼干，就打背箱子的人。

日本兵管钱的人被叫作"金票太君"，人家是到祁家河据点领东西的，来回都骑着大洋马。有几次金票太君专门叫我给他牵马，我个子不高也饿得跑不动，大洋马的嘴比我的头还高，一走起路就老啃我的头，有时马的前蹄踩住我的脚后跟，别人看着牵马是个好活，其实还不如背一点东西自由。我说这不行，金票太君就叫我到后边抓住马尾巴，我怕踢住，他说不要紧。上坡时抓住马尾巴倒很好，不用费劲就上去了，下坡可不敢抓了，要不然就会被拉得趴下来。大洋马在前边走，我一路小跑还跟不上。别人光看见我什么也没有拿，觉着很好，可不知道我吃的苦头。

日本兵不让别人偷东西，金票太君却趁领东西时抓几把糖块装着，不过他抓的是库房里的，半路上他还给过我糖块吃。

二叔一家五口和三婶母女俩，还有大哥几口人跑到陕西咸阳去了。二叔在咸阳阎锡山出钱办的纺织厂里当先生，三婶和大哥他们都在厂里上班。

日本投降了，二叔和三婶领着一家人往家里走，到了渭南这个地方，三婶和她的女儿都得了病，只好暂时留在那儿，同时留下的还有三婶的弟弟。二叔托他照看他的姐姐和外甥女，可这个人竟然把姐姐仅有的一点钱拿上走了，三婶和她女儿就没法活了。紧接着就是打内战，陕西、山西一河之隔却没法通行。等到陕西解放了，家里去找人，别人说她母女二人早就死了。

张士敏

男，1936年生，山西省平陆县曹川镇马坪村

我一家本来是夏县祁家河乡三尖头村人，因为老家土地少，生活无法维持，我爷爷在平陆县马坪村附近的春豆洼买了

几亩坡地，把家安到那里，从此一家人就住到平陆这地方。

我父亲兄弟八人，父亲最小，老弟兄一直没有分家，家境虽然不怎么样，可不缺劳动力。我爷爷就叫我父亲念书，想让他将来支撑门户。父亲在下涧完小毕业，那时候完小毕业就算是有文化的人了。中条山战役前，四位伯伯已经去世，就这还有三个伯伯，外祖母也常年住在我家，全家二十几口人吃一锅饭。

1941年农历四月，日本人占了中条山。在鬼子兵到之前，飞机先飞来侦查，后来就是打机关枪，扔炸弹。小村里的人都跑出去了，堂兄拉着我往山里跑。

我们村离黄河边不远，大家钻到老鸦石村前黄河边的大石头庵里藏起来。先是躲飞机，后来就是躲搜山的鬼子兵，到晚上才能回家偷着做饭，还得时时提防鬼子兵，因为那时我们村和大北坡村都有鬼子兵日夜放哨。我们在石庵里钻着，河边那些败下来的中央军很多，大家都想过河，但河南岸的中央军打枪不叫过河，再说也没有渡河工具，那些兵只好往下游走。

在庵里躲了几天，看看这不是办法。大伯和父亲就商量，还不如过河去，河南没有日本人。可一大家二十几口人，到黄河咋过呢？大伯那时也就四十几岁，他说："我一个人先过去，找一个安身的地方，一家人再过。"大伯水性很好，以前他经常横渡黄河，游一个来回不费什么事。大伯就趁天刚黑，在河边搜查的日本人走了，一个人下水往河南岸游去。

按说是不会出问题的，但这几天大伯一直在外跑，肚子里没有硬实东西，游着游着体力就不行了。再说老鸦石村对岸净是悬崖，人游过去已经很疲乏，还一时找不到上岸的地方，大伯最终因体力不支顺水漂走了。等在河边的家里人眼看自己的亲人被河水冲走，连哭也不敢哭出声来。大伯没有了，父亲他们商量说，过黄河到河南去，是最没有办法的办法，谁愿意离乡背井到外地要饭呢？还是继续躲在石庵里。

我的弟弟那时出生才四个月，大人整天东躲西藏吃不上一顿饱饭，母亲就没有奶水喂他。一大群人钻在石头庵里，最怕的就是有响声，可弟弟吃奶的孩子不管这些，他一个劲地哭。有人就说把孩子扔了吧，要不然把孩子抱到别处，我母亲只得一个人抱着弟弟，到另一个地方躲藏。

这样躲来躲去，又过了十几天，日本人不但不走，还在我们村的高处和大北坡村高处修炮楼，看来他们要长住下去了，村里人这才说还是往河南去吧。父亲的一个朋友就用他的羊皮筏子送我们过河。

往河南去，是趁夜里从老鸦石村外石庵出发的。临走时大家都说，千万不敢弄出响声。但我母亲抱着吃奶的孩子，根本不敢保证孩子不哭出声来。家里有一点不知道从哪里弄来的大烟土，过河的头一天，父亲除了带上家里仅有的一点钱，还把那点大烟土也带在身上。这时候就有人说，弄一点大烟叫孩子喝下去，他就不哭了。大人都知道大烟除了可以吸食外还能治病，平时有人肚子痛或者咳嗽，喝一点大烟立马见效。可这是个才几个月大的孩子，敢叫他喝那东西吗？母亲实在想不出什么好办法，就掐了一点大烟放进弟弟嘴里，大概有半个麦粒那么大。只见弟弟用小嘴咂几下就又哭了，母亲赶紧把奶头按到他嘴里。过了一小会儿，弟弟真的睡着了，而且睡得特别踏实。母亲看着只有一丝呼吸的孩子，哭着说我把娃害了。

大家离开石庵要走，母亲却把弟弟放到庵里自个儿走出来。见她没抱孩子，邻居李立才就说："婶婶，你不要娃啦？我看娃还有气哩，咋能丢下不要呢，叫我把娃抱上。"这位好心邻居就一直把我弟弟抱着过了黄河。弟弟一路不哭不闹一直熟睡着，直到一天一夜后，总算醒了过来。

过黄河坐的羊皮筏子很小，一次只能过几个人，我一家往返几次才过完。过了黄河，大伙又趁夜里往山上走，走到一个叫大洼的村里停下了。这是一个很小的村子，只有几户人家，还住得很分散，我一家二十几口人，住在这里没办法生活啊。有人说，不远的段村有舍饭场，专门管河北难民吃饭，于是我们又去了段村。

段村的舍饭场，每天管难民两顿小米饭（即小米粥）。可是吃舍饭的人实在太多了，每到开饭时，维持秩序的人让大家坐成两行，每人手里拿一个粗瓷碗。分饭的人抬一大木桶稠米饭挨个分发，轮到谁，就是一勺。一开始米饭稠，一勺能倒出多半碗，舀几下以后，米饭就把饭勺糊得差不多，一勺倒进碗里的饭就没有多少了，可人家就只倒一下，不管你碗里的饭有多少。小米饭是用多少年的陈米熬成的，很不好吃。刚开始，我不想吃这饭，后来肚子饿得咕咕直叫唤，只得闭住眼睛硬喝下去。吃舍饭的人越来越多，就是这有老鼠屎的小米饭也没有刚开始那么稠了，到后来简直就是清汤。

舍饭吃不饱，就得到附近村里要饭，或者到地里拔野菜，拿回来煮熟掺和到米饭里充饥。大群难民不但把附近地里的野菜拔光，还把当地人种的大片油菜也拔光了。当地群众也不敢说什么，权当行善积德。

大伯被黄河冲走后，他一家就剩下堂兄两口子，跟着一家人到段村吃舍饭。一天，堂嫂外出要饭没有回来，到处找也不见踪影，她是被人拐跑了还是自己跟人家跑了呢？我们找了很长时间也没找见。大伯家就剩下堂兄张士魁一个人了，他坚持要回到山西老家去，我父亲只得答应。回到老家仍然没有办法生活，堂兄就跑到后山参加了八路军领导的十支队。日本投降以后，十支队改编成太岳三分区五十八团，堂兄担任机关连的指导员。一次，他摆弄手枪走火，打伤了自己的身体。那时候部队几乎天天行军打仗，没有安定的后方休养，只得回到家里养伤。堂兄的伤养好以后，在靳家底村教了一段时间学，再次结婚。可时间不长，堂兄再次得病，不久就病死在家里。我父亲主持把堂兄安葬了，又过了很长时间，部队上来信问他的情况。人已经没有了，就没有回信。

堂兄走后，一大家人在段村舍饭场过了一个年。第二年春天，当地政府分流难民，我一家被分到洛宁县城附近的村里。当时说，当地联保处必须按月给难民按人口分发口粮。刚去那几个月还差不多，以后就再要不来口粮。保长说，收成不好，粮食收不上来。父亲就带上我和几个小兄弟到洛宁县城要饭，见了有钱人或者到生意铺子里，我们就跪下给人家磕头，人家就给一个牛舌头馍，有时候给半个。此前我没有吃过河南的牛舌头馍，觉得这比什么东西吃着都香。

光靠要饭也不是长久之计，听说老家的日本人"安民"了，不怎么祸害老百姓了。大人就说，还是回老家去。我记得是秋天回的，天已经很冷了。父亲领着一家人往渑池县走，出了洛宁城到北坡顶。在一棵大柿子树下歇息，我饿得把别人吸完了扔掉的柿子皮拾起来吃。

一大家人走到离黄河不远的黄土坡村，可是河南的中央军把守住河防，不叫老百姓过，山西那边的日本人也不叫老百姓过河。不知道父亲想了什么办法，在一个没有月亮的晚上，一家仍然坐羊皮筏子过来了。我赤着身子下到水里，手里抓着一只羊腿，心里特别害怕，可只有这样才能过黄河，也就顾不得危险了。

回来是从南沟过的黄河。日本人来以前，我跟父亲到南沟去过，那里有很多房屋，还有不少生意铺、药铺，可这次到南沟，连一间房屋也没看见，脚底下尽是碎砖烂瓦。外祖母的拐杖不小心碰到瓦片上，引来日本人的枪声。好在是晚上，他们只打了几枪，没有出来搜查。

本想着回到家里再种自己的地，可是春豆洼被划成了禁区，不让老百姓住，没办法只得住到李家川，趁日本人不注意偷着到春豆洼种地。没有牛，没有农具，全靠自己用镢头挖。村里大部分人还没回来，地都荒了，我们也就不管是谁家的，先捡好地开一些。当年没有种上麦，第二年春全部种成秋庄稼，想着怎么也能收一点粮食吧。谁知道这年春天，蝗虫爆发了，那东西多得实在没法说，飞起来遮天蔽日，落下去一层，不管地里有多少庄稼苗，一袋烟工夫就吃得一点不剩了。一家人气得大哭，难道老天爷真的要老百姓全都饿死吗？

到了秋天，地里的柿子也没人摘，父亲就偷着摘了不少柿子，切成柿瓣晒干储藏。那年冬天，我一家主要以柿瓣为生。姐姐吃多了屙不出来，憋得直哭。饿急了，我就把杏核烧了吃，吃得多竟然中了毒。母亲把我领回去，弄了一点什么东西，好像是解毒的药叫我喝，躺到炕上睡一会儿。还好，疼了一天就好了。

我们住在李家川，有一次来了两个日本兵，一个拿着枪，一个只拿一把刺刀，看见一孔窑里有妇女，就把枪靠在门外进屋找花姑娘。恰好我父亲走到跟前，他就把枪拿走了。日本人听外边有动静，也顾不得花姑娘，就出来追。父亲拿着枪本想要打日本人，可他不会摆弄，怎么也拉不开枪栓，无奈就把枪往石头上一摔，跳下地堰跑了。后来民安队有人知道是我父亲拿了日本人的枪，就要抓他。我们也不敢在李家川住了，就搬到东边的马坪村，从此我们就成了马坪村人。

上一次没抓到父亲，民安队的人又来，这次父亲躲在路边的地堰下，被人发现打了一枪。听到枪声，外祖母要一家人给土地爷磕头，保佑我父亲平安。我那时虽然还小，也顺从地跪下磕头。或许是土地爷保佑吧，这次父亲虽然被民安队打了一枪，可只是伤了一点头皮，流了血，伤势却不太严重。父亲不顾一切往山坡上跑，看见一个土洞就钻进去。这个洞不大，虽然能藏住一个人，但要是被人家发现就不好办了。正在这进退两难的时候，父亲发现洞顶上有一道裂缝，刚好容一个人钻进去，他就使劲爬到裂缝里。搜查的民安队跑到跟前，也发现了这个洞，还把头伸进去看了看，里边很黑，什么也没看见，就奇怪地说："这人跑到哪儿去了？"

这次仍没有抓住父亲，那些坏家伙就找到我家，把我母亲抓去关了起来，说是要父亲来换她，或者弄一条枪也可以放人。他们还说，前几天故意把枪打高了，没有伤我父亲的性命，这次只要他自己到炮楼上给太君说说好话，就没有事了。父亲当然不能自投罗网，可弄一条枪也很不现实。我几位伯伯就托维持会会长赵建文说情并担保，又四处设法搞到差不多能买一条枪的钱送去，总算把母亲放回来了，还要保证父亲从此以后再不要跟河南的中央军来往，一心给日本人办事。父亲只得答应，然后给他发良民证。

实际上父亲和河南的中央军一直有联系，只是更隐蔽了一些。那时候的中央军队伍下层官兵，生活也很困难，有些当兵的就趁晚上过黄河，来找老百姓要粮食和值钱一点的东西，或者把牲口拉走，甚至把老百姓的孩子背过河去，叫人拿钱赎"票"。记得有一次，河南的中央军晚上过河来到赵家川，把村里的牛驴都牵走了，还是我父亲到河南找到一位姓周的连长，才把牲口牵回来。另有一次，河南的部队把姚家坪一家人的孩子抱走了，大人知道我父亲在河南的军队里有熟人，就找到我父亲想办法，他拿些东西到河南才把孩子抱回来。以后这孩子就拜到我父亲跟前当了义子，一直和我家关系很好，解放后他到运城工作，每次回到家里总要来看望我父亲。

鲁晋武

男，1934年生，山西省垣曲县古城镇，退休教师

我们鲁家在旧垣曲县城里所谓的"四大家，八小家，二十四个匀称家"里，可说是首户，也是诗礼传家的大户。旧社会垣曲县有四位当军长的，鲁家就占了两个。

中条山战役前，我们一家就有二十六口人在一起生活，城里有我家的生意铺，乡下也有不少土地。我爷爷那时也就六十来岁，是一家之主。我父亲兄弟五个，父亲行二，家里

除了大伯和父亲帮助爷爷照管生意和经营土地外，三位叔叔都在阎锡山的军队里任职，三叔是师长，四叔任团参谋长，五叔是黄埔军校毕业生，时任营长。

日军1938年2月第一次到垣曲县，后来又几次占了县城，但时间都不长，城里的人虽然也慌乱几天，但很快就平息了。日军第一次占领县城时，爷爷就把一家人分成了两部分，妇女和孩子到离城十几里的原头坪村住下，那里有我家的地和房屋，身强力壮的男人在县城家里守着，情况不好时可以迅速撤离。心想着这样总可以保护一家大小平安吧，前几次都这样平安地过去了。

1941年5月，日军又占了垣曲县城。家里值钱一点的东西早就埋好了，生意铺虽然搬不走，剩下一些不值钱的东西也就顾不得了。伯父和父亲惦记着原头坪的老少妇孺一大家子人，就去了那里。路途中，我伯父被日军打死了，父亲含着悲痛把伯父草草掩埋，领着一家人仍然东躲西藏。

就在这兵荒马乱的时候，我母亲却要生孩子了，都不记得生的是男孩还是女孩，只记得过了没几天，母亲和那个小生命都没有了。父亲连气带急，不久也得病去世。

伯父和父亲相继死去，一大家人没了主心骨，不知道下一步该怎么办。城里的家里也乱成一团，日本飞机把炸弹扔到我家院子里，东房被炸毁了，我奶奶已经瘫痪几年了，天天得有人伺候着，这时候只得由人背着往外跑。在外边躲藏了十几天，这时候城里成立了维持会，他们叫老百姓都回去。外边实在也没法躲了，这样下去也不是办法，一大家老老少少才回到城里的家里，想着死活总在一起。

家里两个主要人物不在了，气氛一下子就冷清了许多。一天吃中午饭时，日本宪兵队的一伙人到了我家，爷爷虽然心里非常气愤，但仍然彬彬有礼地站起来让他们吃饭。宪兵队队长叫马云南（后来才知道他是中国人），没有搭理爷爷的话茬，竟然开口骂人。爷爷是一个知书达礼的老学究，想着咱以礼相待，你却这样蛮横，就回敬了一句。这一下惹恼了那几个坏家伙，顺手拾起顶门的杠子打爷爷，爷爷又说了一句，马云南掏出手枪就把爷爷打死了。

接着他们打开仓库门，把值钱的衣物细软抢走了。他们也知道我家是城里有名的大户，就上天入地地找东西。他们扒开地窖，把几辈子老人积攒的金银财物全都洗劫一空。就这样还不满足，还要抢人哩。我有两位伯母，是我伯父的正妻和后娶的二房，她们都没有生孩子。后娶的伯母很年轻，一天，宪兵队的人从房顶上下来，把二伯母抢走了。

婶婶看着家里实在不能住了，就带着自己的孩子往叔叔他们部队所在的吉县克难坡逃去。她们经历了千难万险，经横岭关到绛县，再经闻喜、稷山、乡宁才到吉县的。这些是后来才知道的。

短短的几天时间里，我们一个好端端的大家庭就被日寇糟蹋得家破人亡，家里只剩下瘫痪在床的奶奶、伯母和我三口人了。

我的伯母虽然不识字，但很能干，她掩埋了所有死去的亲人，又打发走了所有能跑得动的亲人，毅然一个人留下来支撑这破败的家。伯母以前对我就很好，自从我父母死后，我更把她当作亲生母亲一样，我们这老少三口人真的是相依为命了。

人死了，东西也被抢光了，虽然只有三口人，日子也难过。多亏了我奶奶的娘家就在城里，奶奶的一个妹妹家也在城里，还有我伯母的娘家也在城里。老舅家、老姨家，还有伯母娘家的大舅、二舅都接济我们一些，三口人就这样一天天熬日子。

日本兵的皇部扎在城里，县城东、西、北三面都修了炮楼，日军白天出城到乡下扫荡，晚上躲在炮楼里不敢出来，他们也怕有人收拾他。

那时垣曲县城附近的游击队、谍报队、独立支队、红学会、贾部（即贾真一部），这样的组织非常多，许多是打着抗日的旗号，向老百姓要钱、要粮，不给就抓去打，老百姓把他们当土匪看待。白天日本兵明里抢，晚上各种各样的土匪队伍暗里要，人们在这重重压迫下，真正是处于水深火热之中。

到了1942年，天大旱加上蝗灾，又使许多人家破人亡。饥饿的人们就把蝗虫捉住煮了吃，把蝗虫卵挖出来烧了吃。城外地里凡是能吃的野菜都被挖光了，人们就吃杨树叶、柳树叶，白杨树叶子嚼不动，人们吃的是一种小叶杨树的叶子。我伯母娘家门前有一棵大皂角树，大舅他们把皂角树叶子捋下来吃，还送给我们一些。大舅家里还叫人看着皂角树，不让别人采树叶。

城里城外的榆树皮都被人吃光了，枕头里多年的秕谷也倒出来煮煮吃了，这两种东西都不好吃，吃多了还拉不出来。

日本皇部灶房流出来的洗碗水里有大米和锅巴，我和一群孩子就去捞，回来用水冲了吃。有时垃圾堆里有日本人扔了的罐头盒，偶尔还有半盒变了质的罐头，谁要是能拾到，那简直就像捡了一个金元宝。有时拾到酒瓶子，里边有一点酒，我们也要尝一尝。

给日本人干事的一个苦力头，是我家一个远门亲戚，我实在饿急了，就去找他。他给我一块高粱面馍，我特别高兴。我就隔三岔五去找他，通过他又认识了一个给日本人喂马的。那时候喂马的饲料主要是高粱，那人看我可怜，我每次到马房去，他总要抓几把高粱叫我拿回去。

那个马夫也很可怜，他脚上的鞋烂了，没钱买新的，我伯母知道了，就设法做了一双鞋让我给他带去，他就又给了我一些高粱。

到1944年春天，日本人把城门封了，不准老百姓出入。当时不知道是为什么，后来才知道是日军准备过黄河了，怕走漏了消息才封的城。

这一下可苦了城里的百姓。许多人就指望每天出去挖些野菜度日，这样一来，连野菜也挖不来了。传说南门附近有人饿急了，把自己的孩子煮了吃。伯母听到后就告诫我，千万不敢出大门，要不然人家抓住你就杀了吃肉。

我亲眼见过一个叫马莹的孤老头子，他是我的邻居，儿女都被日军杀了，他没吃的，饿死到自家门口。

那些天，我站在自家房屋的高处，总能看见日本兵的汽车装着许多铁家伙往城里开。城门一直封了五十多天，直到日军过了黄河的第三天，才开门叫老百姓出入。这一下城里可真炸了营，凡是能走得动的人都摇摇晃晃涌向城门，唯恐出去晚了，别人把城外的吃食抢光。

其实那时城外也没有什么好吃的东西，只是远处地里的大麦穗已经发黄了，小麦刚刚扬过花，还早着呢。倒是地里的野菜因为近两个月很少有人挖，还显得有点生气。人们便迫不及待地涌到大麦地里，顾不得问是谁家的了，见了大麦穗就捋，一边往嘴里塞，一边往袋子里装。可是这大麦不是小麦，大麦粒前边除了有一根长长的麦芒外，外边还有一层硬硬的壳，很不容易脱下来。有些性急的人塞到嘴里卡住了又赶快往外吐，然后一粒一粒慢慢地嚼，才能品味到一点很久没尝过的粮食味。

伯母裹着小脚，又多日没吃到东西，几乎连路都走不成，但要活下去的信念促使她也一扭一扭地出了城。我们出城虽然晚了点，却也跑到大麦地里，边嚼生麦粒边往袋子里装，家里还有躺在床上的奶奶等着它救命呢。

仅仅多半天时间，县城附近能找到的大麦就全被饥民捋光了，还捎带拔去了所有能拔到的野菜和城边老百姓种的菜。主人看着满地没有穗子的麦秆，只有叹气的份。

大麦吃光了，接下来是小麦，不过小麦面积到底比大麦要大得多，还没听说城外的小麦被吃光的事。

在我的印象中，日本人占领中条山的四年时间，就数那一段时间老百姓受的罪最大。到后来日本兵越来越少，偌大的一座垣曲县城只驻有一个小队的兵力，正式战斗人员才十二个，城里城外的防务主要靠伪军（"大汉义军"）来承担。而我们中国人那时心不齐，没人敢对这十几个日本兵下手，现在想来真是可惜。

惠付荣

男，1934年生，山西省垣曲县皋落乡老屋沟村

老屋沟又名老鸦沟，位于垣曲县西北方向，北边和闻喜县交界，西边和夏县泗交镇交界。老屋沟村绝大部分村民的祖辈是清末民初从河南密县逃荒到这里的，还有一些是1960年逃荒来的。因河南人稠地少，穷人家没有地种，密县虽然是平原，可过去特别容易遭灾，不是水灾就是旱灾或是蝗灾，风调雨顺的年景很少。在老家生活不下去了，人们就出来逃荒要饭，过黄河流落到山西垣曲。

老屋沟虽然是丘陵山区，可这里地土宽广，人口稀少，自然灾害也少，只要你肯出力，就能养活一家人，所以很早以前就有密县人逃荒到这里安家，后来的再来投亲靠友。就这样，越来越多的密县人来到这里安家。

我本不姓惠，也不是老屋沟村人，我的生父姓李，是刘张村西河人。李家并不是富裕户，可我的父亲却染上了大烟瘾，把一点家产全部换了大烟，以后没有钱，就把我和母亲一起卖出去。那年我不满四岁，李家还有我的姐姐李兰英，后来嫁到古堆村。姐姐是不是被生父卖掉的，我不清楚。

买我娘儿俩的人叫惠点义，他家里也很穷，祖辈从河南密县逃荒到老屋沟村几十年了，只置办下几亩坡地，一年打不下多少粮食。我和母亲到他家时，他家里只有他和他的母亲，靠给别人扛长工为生。养父那时候三十多岁，没有成过亲，他有一个妹妹，嫁在离老屋沟不远的周家洼村，养父和奶奶待我像亲生的孩子一样，一家人日子过得虽然很紧巴，可也很和睦。

我到老屋沟村的第三年，日本人就来了。在这以前，日本人也来过垣曲，只是没有站住脚，很快就退走了，因为那时中条山驻扎着很多中央军，我知道的就有十五军、十七军，还有十九军。我们老屋沟村也驻有部队，听大人说是十七军的，他们的军部就驻扎在离我们村不远的武家沟村。

1941年5月，日本人从闻喜方向开始往垣曲山上攻，中央军打了一两天就顶不住了，往南边退。刚开始，部队和老百姓都以为还像前几次那样，日本人很快就会被打败，谁知这一次是中央军败了。

中央军一退，日本人跟着就来了。这可苦了老百姓，到处都是日本人，老百姓想躲也不知道该往哪里跑。钻到附近的山里，日本人就跟去搜山。我们在山上躲日本人时，还遇见两个中央军伤兵，其中一个就是贾真一，另一个姓高，是个小军官。贾真一原是十七军里一个副官，他两人被日军打伤了，躺在小水沟里没办法跑。村里刘俊秀的三叔叫刘菊，平时挑一副货郎担子沿村叫卖。刘菊以前就和这两个人认识，看他们受了伤怪可怜，就叫村里人把他两个抬到附近一个山洞里养伤，想办法找些药给他们治伤。日本人来搜山，刘菊就想法把这两个人藏起来。两个月后，他们的伤好了，就搜罗没来得及跑的散兵拉起一支队伍，说是要打日本。他们也确实打日本人，在我村北边一次打死了十个日本兵，可是他们更多的是骚扰老百姓。后来贾真一的队伍发展壮大到一千多人，成了附近几个县的祸害。刘菊老汉曾多次说，早知道贾真一是个坏蛋，咱那时候何必救他呢。

我一家人在山里躲了些日子，仗打完，大家回到村里，除了住人的窑洞外，家里什么也没有了。没有吃的，只得拔些野菜吃。周家洼我姑父本来就有病，在山上跑了好多天，少吃没喝的，回到村里以后病情反而加重，当年冬天就死了。姑姑跟前没有孩子，男人死了，本家就有人出面要给姑姑过继一个儿子，目的是想霸占姑姑家的一份家业。其实，

130

那时候所谓一份家业，也就是两眼破窑和边家沟二十来亩坡地，另外还有分家时分到的两副楸木棺材板。

那个时候，庄稼人把土地看得金贵。姑姑不要本家孩子顶门立户，就提出要我去顶姑父的门。为了那份土地，父亲就叫我当了姑姑的孩子。我本来是一个外姓人，现在竟然一下子要顶起惠家和周家两个门户，不过那时我不懂这些，再说兵荒马乱的，谁也没心思种地，加上旱灾、蝗灾，有地也种不成，所以边家沟的地就一直没人种。

不种地，当然没吃的，大家都饿得东倒西歪的，还得三天两头给日本人支差。这一年许多人又染上疥疮，这种病传染的速度很快，主要是卫生条件差造成。可那时候也没有条件讲究卫生啊，几个人合盖一条被子，没有衣服可换，怎么能不得皮肤病呢？我一家四口人都害了疥疮，父亲和母亲的病情严重一点，躺在炕上起不来。奶奶和我每天到地里拔些野菜，掺和些秕谷面将就着熬日子。随后我和奶奶的疥疮慢慢好了，过了差不多一年，父亲母亲的疥疮才彻底好。

单身的姑姑也来跟我们一起生活，这样家里就成了五口人。有一次，奶奶打发我到不远的老姨家去要一点吃的，但老姨家也没有什么东西吃，临走时，老姨给了我两双鞋，一双白的，一双黑的，还给了一点棉花籽。奶奶把棉花籽炒熟叫一家人吃了充饥，两双鞋却舍不得穿，拿到皋落集上换回来五升麦子。我见家里有了麦子，高兴得不得了，心想着总算能吃到白馍了，哪怕喝一碗白面疙瘩汤也好啊。眼看麦子磨成面蒸成白馍了，我的口水都要流下来，可奶奶不叫我吃。我委屈得差一点哭出声来，心想，到底不是我的亲奶奶啊。奶奶不叫我吃，他们也没有吃，原来奶奶是想把这一篮子白馍卖成钱，再多换一点麦子。

日本人占领时期，把食盐卡得很死，一般老百姓经常吃不到盐，有人就想法越过日本人的封锁线，到运城盐池担些盐回来换吃的。垣曲县北的人要往运城去，必须从我们村不远的郑家岭经过，在这里休息后再经泗交去到夏县城。奶奶看准这个发财机会，就叫姑姑把刚蒸出来的白馍拿到郑家岭卖给担盐人。郑家岭担盐的人还真不少，一会儿就把一篮子蒸馍卖完了。日本人统治时期用的是金票，还是很值钱的。姑姑用这些钱买回来一斗麦子，磨成面蒸成馍又卖给担盐人。这样滚来滚去，还真积攒了一些钱，家里也落下些黑面和麸皮，虽然没有吃到白馍，可有了黑面麸皮，就比整天吃野菜好得多了。

有了本钱，奶奶和姑姑就在郑家岭租房子开了一家小饭铺，做一些米汤蒸馍或者是面条、凉菜，仍然卖给担盐人。母亲病好以后也去帮忙。在郑家岭开饭铺的，除我家外还有另外几家。父亲病好以后，就和我到山上担柴，除了供自家小饭铺烧火用外，多余的还卖给另外几家。父亲担七十斤，我吃饱饭也能担三十斤柴。在开饭铺的那一段时间，家里的日子好过了，再不要经常吃野菜疙瘩。

到1943年夏天，我们村不远的山里，八路军游击队的势力大大增强，我们这一带就成了游击区，日本人再也不能独霸天下。游击队不叫当地群众使用日本人的金票，改用八路军的冀钞票，担盐的外地人手里却没有冀钞票，再加上那年秋天的雨特别多，没有担盐人路过，饭就卖不出去，只好关门。生意歇业后，一家五口的吃饭就又成了大问题。我记得几口人在米家庄王四德房里住着，七天没吃过一点米面，我到路边拾了几个蜗牛回来烧着吃。母亲他们吃的都是灰条菜，这东西吃多了人就会浮肿。母亲和姑姑的脸都肿了，腿上一按一个坑。

眼看一家人生活再次陷入绝境，父亲和我就到周家山表叔家里要回来一点高粱，东西太少，不能磨面，就把高粱浑个儿放到锅里熬成汤喝，吃了粮食，浮肿才慢慢消退。阳城县有两个人各担一担碗到山里卖，大家连吃的都没有，谁还有钱买碗呀，他们的碗就卖不出去，人也走不了。没办法，两个卖碗人就说，把这两担碗先寄存到你们这里，等以后天下太平了再来，他们就回去了。

没办法生活，可总还得活下去。母亲就说她要到古堆找姐姐去，这样家里就可减少一口人吃饭，父亲只好答应母亲走了。父亲和我想跟上别人偷着到运城担些盐，哪怕弄回来一点盐就能换些吃的。一来回走了三天，虽然没有弄下盐，但到夏县的曹家庄泗交走了一趟，看到那地方老百姓生活比我们这里好。父亲就对奶奶说："人常说，树挪死，人挪活。咱到夏县的泗交、曹家庄去吧，那地方就是要饭也比咱这里好些。"

真要走了，倒没有什么可留恋的，只是阳城人寄存的两担碗该咋办呢？人家可是托付给咱了。父亲说："反正他们一时半会儿也不来找咱，咱就自己做主处理吧。"他把一担交给一个姓黄的邻居担走，剩下一担，我和父亲担些，奶奶和姑姑背些往泗交方向走。

肚里没有东西，肩上还担着沉重的担子，头一天只走了八里地。第三天走到一个叫毛家沟的地方，有人要碗，一个碗能换一个玉米面馍，三个碗能换一升玉米，这一天一共换了二十多斤玉米，还换了十来个馍。很长时间没有吃过粮食蒸的馍，结果我一顿吃得太多，再喝一点水，肚子就发胀，差一点撑死。一家人到曹家庄一个叫水泉沟的地方歇了三天，剩下的碗，两个换一升玉米，一共换了二百多斤玉米，这样一家人就不愁吃的了。

正是秋天，当地人收庄稼，我们一边要饭一边打零工，还捎带拾一点人家丢弃的庄稼，加上用碗换来的粮食，就积攒了几百斤。父亲说，有这几百斤粮食垫底，就够咱一家吃到明年夏天了，还是回老家种地吧，到处流浪什么时候是个头呢？于是把粮食暂时寄存到一户农户家里，我们又回到老屋沟。

在老屋沟村，我家没有几亩地，而且都是坡地，打不下多少粮食。一家人就到边家沟去，把姑姑家前年撂荒的地重新开出来种，姑姑家的地比我家的要好些。

冬天，地上冻了干不成活，我就去古堆村找母亲。邻居说母亲和姐姐一家逃到绛县的西桑池一带去了，我只得再次回到边家沟。父亲和我到曹家庄把寄存的粮食分几次背回来，大部分是玉米，还有几十斤豆子。父亲说，豆子吃了怪可惜的，豆子能做豆腐，咱把豆子做成豆腐，再换成豆子，这样可以多少赚一点，剩下豆渣也可以吃，要是生意做得好，豆渣多了还能喂猪喂鸡。说干就干，父亲借来一盘石磨，我们就开始做豆腐。正如他盘算的那样，一升豆子可以做六七斤豆腐，把这些豆腐换成豆子就是三升。剩下豆腐渣，除人吃一点还喂了两头猪，这样干下来就再也不愁吃喝了。1945年日本投降时，我家的豆腐坊还一直开着，光景也一天比一天好了。

刘治法

男，1928年生，山西省夏县祁家河乡福家洼村，后移民夏县水头镇中原村

日本兵来那年我十三岁，当时全家七口人，有父母、大哥、三弟、四弟，叔叔事变（中条山战役）前病死了，留下婶婶和我们在一起生活。大姐事变前已出嫁到横口村。当时家境不行，大哥二十岁了还没娶妻。

日本兵是哪一天到我们村的，都记不得了，每天只是

跟着大人干活，所以只知道麦子熟了，有些人就要动手割麦子了。听大人们说日本兵到了庙坪，也有人说日本兵到了横口，但谁也没见过日本兵。只是中央军许多人那几天成群结队地从旗杆岭往黄河边跑，他们说日本兵马上就来了，但村里人照样干活。我和弟弟每天放牛，从山坡上看见黄河上游老鸦石河滩和不远处下游的任家堆河滩队伍很多。河南岸也不时打枪，心里有些害怕。

过了两三天，一天吃早饭时候，就看见对面旗杆岭上来了一队日本兵，村里的大人已经往外跑了，我正好把牛从地里赶回来，就跟着往外跑。许多人都往黄河边去，那里有一个很大的石洞，村里人叫它石庵。大伙都往石庵里钻。父亲和哥哥没有跟大伙一块儿走，他说人太多钻到一起，万一被堵住就不好办了。这样我一家七口人离开家就往东边山沟里跑。

父亲和大哥背着许多东西，母亲给我一条被子让我背着，婶婶一手拖着小弟，一手拿一个包裹，在山上东躲西藏了好几天。

天气很热，躲到山上树丛里晒得直冒汗。村子前后都是石头山，根本找不到水，平时吃的都是自家水窖里的水，一到野外总是觉得口渴。没办法只能等到天黑，才能回村里喝一点水。有一天中午突然下大雨，我们几个也顾不得淋雨，用手接一点雨水喝起来。喝了几口雨水，冒烟的嗓子才好受一点。大雨把人浇得睁不开眼，母亲把淋湿的被子顶在我们头上才好一点儿。那天晚上因为被子不能盖，睡在野外的破窑里，冷得厉害。

这样东躲西藏十几天，开始大家认为日本兵只是闹几天就走了，可是眼看着他们不走，还在我们村对面盖起了炮楼，大家才动身过黄河逃难。

白天不敢走，只有夜里，一家人和村人相跟着，从任家堆走到王家滩渡口，一路上见到的死人特别多，被日头晒得胀得很圆，臭得厉害。大家顾不得害怕，只想早早过了黄河。

渡口上有几只羊皮筏子，我们都是坐筏子被人推过去的。一只筏子一次只能坐四个人，过河的人太多，一时还轮不到我们。我在河边瞌睡得不行，大人再三说不能睡觉，小心掉到河里去。过了河已是后半夜，大伙又摸黑往山上走。从王家滩过去河就是河南的宝山，往上再走那地方叫床脑，再上去就是金太沟，上到山顶就是白羊山。一路上看不清路又瞌睡，迷迷糊糊跟着大人走，直到天大亮才上到白羊山。扭回头远远看着自己的村子、山底下的黄河，母亲说："什么时候才能再回到咱家呢？"我什么也不懂，这时只想美美睡一觉。

在白羊山下边一个地方歇了歇，我睡得正香，又被大人叫醒说还要走。又走了十几里地说是到坡头街。我以前听人说坡头街的牛舌头馍可好吃，现在已经到了坡头街，大人也没有给我买，只是吃了一些头一天烙的馍，找人要了一点水喝。

有人说渑池县城有专门给难民发钱的地方，大家又结伙到渑池县去了。吃了馍身上有了劲，我就和一群小伙伴打打闹闹跟着大人走。天黑了才走到渑池县城边，大人边走边问什么地方救济难民。有人就说，前几天城里给难民发钱，现在不发钱了，改成管吃饭。父亲问清了管饭的地方叫"苟不管"，就领一家人去了那里。我头一天没睡好，又跑了一天，总想找个地方美美睡一觉。弟弟已睡着了，婶婶背着他，跑到舍饭场已经很晚，要到明天才有饭。不管怎样我躺到地上就睡着了。

第二天到吃饭时我才起来，看见吃舍饭的人真多。几口大锅里热气腾腾的小米饭，吃饭的人排好队，拿出自己的碗，每人分一大勺不稀不稠的小米饭。我感到很稀奇，觉着也很好吃。吃一碗还想吃第二碗，可是每人只能吃一碗。

吃舍饭时间稍长一点，才知道逃到这里的难民不只是夏县的，还有垣曲县的、平陆县的，都是被日本兵赶出家门来的。

开始时饭还稠一点，到后来就稀了，里边放了许多萝卜条，再后来没有小米了，变成了麦糁子汤。舍饭吃不够还得到乡下去要饭。父亲和哥哥到附近村里找活干，母亲和婶婶领我兄弟三个边吃舍饭边要饭，就这样在舍饭场过了一个年。

以往在家过年总能吃几天白馍，这一年就只能吃舍饭过年了。过了年没几天，出嫁到横口的大姐找到我们。以前母亲总是念叨说不知道大姐一家逃出来没有，现在总算见到她了。原来大姐他们一家也是在渑池吃舍饭，不过是在另一个地方。大姐说他们一家人要往陕西去，得知我们在苟不管舍饭场，就找来了。从此大姐就一直在我们家住着。后来想，如果大姐跟婆一家人早去了陕西，就不会有后来被炸的事了。

在渑池舍饭场的第二年春天，天特别旱，春天几乎没有下雨，麦子收成不好，好不容易种的秋庄稼到伏天又旱死了。那时不懂事，听大人们说庄稼旱死，我就说："咱又没种庄稼，和咱有什么关系呢？"大人拍着我的头说："憨娃，地里收不下粮食，咱要饭的到哪儿去要呢？"

政府也是想方设法解决难民生活，就动员大家往陕西去，说越往西去走得越远越好，因为河南的地方遭了灾，陕西没遭灾，这样我父母领着全家八口人就准备搭火车往陕西去。舍饭场还有许多夏县老乡，大家就商量相跟着往陕西去。到火车站没钱买票，见车顶上有人坐着，我们互相帮扶着上到车顶上，车站上的人也不管。我和哥哥手脚利索，很快上去了，还拉了几个人。和我们在同一节车顶上的大概有三四十个人，多是咱老乡。我记得有横口张祁才一家四口，还有我的本家叔叔一家三口人，这两家是我大姐的邻居。还有鲁坪村一家我不认识，大人们都很熟悉。

上到车顶上才知道车顶是拱形的，很危险。各家带的一些破烂行李，还有锅碗瓢盆不好放，可是已经上来，就只好听天由命了。我那时也不知道害怕，只觉得一切都很新奇，拉着弟弟玩，父母再三说要小心，可不敢掉下去。火车一开我才知道厉害，咣当咣当地响，摇晃得很厉害，耳旁是呼呼的风声，稍微抓不牢就可能掉下去。我也不敢打闹了，紧紧地靠在哥哥身上，三弟靠在母亲怀里，四弟是被姐姐紧紧地抱着，父亲和哥哥还要照管行李。母亲一个劲嘟囔："知道火车顶是这个样子，还不如在渑池县饿死也不用这样担惊受怕。"可是已经上来了也没有办法，只好自己小心些。火车一路上还要钻几个隧道，一进洞里车头上冒出的烟连熏带呛让人喘不过气来，声音更是大得吓人。

从渑池上车是早饭刚过，到下午火车停了，大家还以为到了陕西，一问才知道这是会兴镇，离陕西还远哩。大人孩子互相搀扶着下来歇一会儿又上去，可火车老不开，问人家才知道火车要等到天黑才能开的，因为从会兴再往西，火车离黄河很近，黄河北边的日本兵沿路架了许多大炮专门打火车。白天不敢开，要等到晚上摸黑往西开。大家又下来找点喝的，父亲身上还有一点钱，给每个人买了一点吃的。

终于等到天黑，车站上的人大声告诉大家火车要"闯关"了，要大家格外小心。母亲和姐姐又念叨着要老天爷保佑。弟弟钻在母亲和姐姐怀里睡着了，我一点也不瞌睡，紧紧拉着哥哥的胳膊看火车怎么"闯关"。后来才知道，火车从会兴镇到潼关这段路，要闯过几道日本兵的大炮封锁线，闯过去就可以平安到陕西，闯不过去可就倒大霉了。漆黑的夜里，坐在车顶上，耳旁是呼呼的风声，身上冷得直打战，我才知道这关真不好闯。

火车开动了，虽然不敢开灯，但是发出的声响照样引来黄河北岸的大炮。过不了一会儿就有炮弹在火车附近炸响，可是火车照样往前走。到灵宝车站停了一会儿，又继续往西走。鸡叫时候火车走到离潼关不远的地方了，同行的人就说，车一过潼关就好了，这关就算闯过去了，因为日本兵的大炮打不到陕西。母亲和婶婶连声说老天爷有眼，总算要到陕西了。

正在大伙暗自庆幸的时候，对岸风陵渡的大炮响了。我正和哥哥说话呢，一颗炮弹不偏不斜打到我们坐的车顶上，炸开了。大伙还没有反应过来怎么回事呢，有人就被炸伤炸死，也有人被震得掉下去。大人孩子一片哭声，我只觉得什么东西一下子飞到我头上了，还热乎乎的，用手一摸，好像一团人的肠子粘到我脸上，我猛一甩扔了出去。后来用水洗了几天，脸上好像还有一股腥味，脸也肿了好几天。大姐原本是坐在母亲边边的，可是炮弹响过后就再也没有见过她。火车一点也没有停，还是一个劲往前跑，母亲急得大声叫"停住停住"，但火车身子已钻进了隧道。张祁才四口人本来坐在我一家前边的，这时一个也不见了，只听见刘治全的母亲大声喊叫，原来她的肚子上炸开了一个大口子，肠子全都流出来了。可是火车一刻不停地走，什么也看不见。车厢里的人乱成一团，有人负伤了，有人大叫。

火车到潼关站没敢停，又走了一站到东泉店车站才停下来，大家这才七手八脚地下车。天微微明了些，能看见路了，我婶婶说她的脚痛得厉害，脱下鞋一看，才知道左脚大拇指炸掉了。鲁坪那家的男人脖子上有一个窟窿流着血，把浑身衣服都染红了。我母亲前后左右找我姐姐，可是她早已不在车上了。张祁才一家四口也不在车上了。刘治全母亲这时也不再大声喊了，只是有气无力地叫渴，治全父亲到车站找了一点水让她喝，她很快就死了。我站在跟前，看着她的伤口，很害怕。

我母亲大声喊着姐姐的名字，可是哪儿也没有，母亲一下子坐到地上大声哭起来。父亲把能找的地方都找遍了，还是没有姐姐的人影，还有不少人也不见了，大家说肯定是炮弹打死或者掉下去了。父亲和哥哥要回去找，我也要去，母亲也一定要去，可是还有婶婶和我兄弟三个，好说歹说总算把母亲留下了。

和我们一起返回潼关找人的还有许多，从东泉店到潼关有二十多里，我们沿着铁路往回走。大约早上七八点钟才走到潼关车站，再往东走了三四里，出隧道就到了火车被炸的地方。一出洞口就看见破衣服片挂得树梢上、枣刺上哪儿都是，地上被炸死的人已经血肉模糊。我们找了半天也没有找到姐姐，可能她已经被炸碎了。只见一个女孩髋骨以下部分还完整，裤子也没有了，上半身不知在哪儿。大人们从这半截身子的大小来看，确定是张祁才的妹妹。还有些根本辨不清是谁了。父亲蹲到地上双手抱着头一声不吭，我和哥哥还在到处找。人肉、手脚、大腿、肠子、头发到处都是。我心里很害怕，哥哥说，这都是咱的乡亲咱的亲人，不要怕。

这时来了许多当地老乡，不知道是火车站上人叫的还是当地政府派的，他们把死人的尸体和其他乱七八糟的东西用铁锨收拾到一起，因为已经分辨不清是谁的了，就在不远处挖了几个坑，把能分开的男的埋一堆女的埋一堆，实在分辨不出男女的就埋在一起。七泉村那个没受伤的小女孩，认出自己的哥哥和嫂嫂，要求单另埋在一个地方。

我们家来了三个人，可是没找到一点我姐姐的尸骨，父亲已经痛心到了极点，亲人们被炸烂的衣服和随身带的东西，当时也没有想到拿一点做纪念。因为当时已经认不出是谁的了，只好空着手回到东泉店车站。母亲还在那儿坐着等我们带回姐姐的消息，等哥哥哭着告诉一切后，母亲坚决不到陕西去了。因为刚到陕西地界就遇上了这样的灾祸，她一定要回到河南去。父亲和哥哥也拗不过她，一家人只好搀着母亲和婶婶一路要饭往回走。

走到潼关时，母亲要到埋姐姐的地方去看看，谁也劝不住。我们只好又陪母亲回到遇炸的地方。因为不知道姐姐埋在哪一个坟里，母亲和婶婶就挨个地哭，我们也陪着哭。然后我们边要饭往回走，最后走到灵宝县。

我记得一家人大多数时间在灵宝川口村住着。父亲和哥哥给人扛活，我也十四岁了，给人家放牛，母亲和婶婶给人家纺花织布做杂活，一边照看两个弟弟。我稍大一点就不放牛了，而是学犁地，算多半个劳力，放牛成了三弟的事。刚学犁地时掌柜没少骂我，我气得直哭，父亲和哥哥在另一家干活，也没人同情我，哭过之后还是扶犁吆牛犁地，后来也就学会了。

放牛时，主家只管饭没有工钱，成了正式伙计就要挣钱，不过主家不给工钱，给的是棉花。灵宝那地方产棉花，父母和哥哥他们挣的也是棉花。半年下来把挣来的棉花背到川口集上卖成钱，再给一家大小买些吃的穿的，生活就比刚来时好多了。不过眼看我兄弟四个一年比一年大，特别是哥哥，逃难出来时都二十岁了，要是家里条件好些早已娶媳妇生孩子，现在逃出来这几年哥哥仍是光棍一条，我也十五六了。为孩子娶媳妇是父母最大的事情，他们把棉花卖下的钱积攒起来说是要留给以后用。

我们一直在灵宝一带流浪着。一天父亲突然得了病，找个大夫抓了些草药，但是没有用，不久父亲就去世了，那年他还不到五十岁。

直到1949年春天灵宝解放，上级工作人员征求我们的意见，说你们的家乡早解放了，你们想回去也行，不愿回去可以在这里给你们分土地。当时还没想着要回老家，当地农会就按人口给我们分了地。后来母亲和哥哥又一心要回老家，这样我一家六口人背上父亲的遗骨，于1952年才回到离别十一年的家乡。这一年大哥三十一岁，我也二十四岁了。

张年才

男，1934年生，山西省夏县祁家河乡关家沟村

日本人来以前，关家沟村住的人很少，只有沟前边孙小汉兄弟常住，沟后边有张鲁德兄弟住着种地，现在关家沟姓张的那时大部分人都住在柴洼，到种地时才到关家沟来。

1941年中条山战役后，中央军的人大量往黄河边退，但河南的守军却打枪不让他们过黄河。另外，没有任何渡河器具，也是没法过去的。头顶上飞机来回转，飞得很低差一点挨住山尖。那时我七岁了，见到日本兵之前先见的是日本飞机，队伍上的人被打死很多，加上天气热，没过几天到处都是死人的难闻气味。

当时我家共七口人，有父母、兄、姐、两个弟弟和我，大弟四岁，小弟不足一岁还在吃奶。因为飞机不停地在头顶上飞，见了人就打机关枪，也不管是队伍还是老百姓，所以大家只好在家里藏着不敢出来。

过几天日本兵到村里来了，大家才跑出去躲藏。不巧我父亲和哥哥正害伤寒，浑身疼，出不来汗。母亲怀里抱着一个吃奶孩子，我和两个弟弟还得人照顾，只有姐姐十三岁了，还能帮大人一点忙。家里这个样子，往山上跑很困难，但村里人都跑出去了，我们也只好跟着离开村子，到坡下不远处的大石洞里藏起来。

一家人拖着病人抱着孩子还背着被子，吃的用的东西

拿得很少，再加上天气热，大人少吃没喝的，小弟弟没有奶吃，饿得直哭。和我们藏在一起的人就对母亲说："你把孩子扔了吧，要是哭声引来日本兵，会连累大家的。"母亲当然舍不得扔，他们就说："要不然你把孩子抱远点，不要和我们在一起。"母亲就让父亲和哥哥留下来，让姐姐照顾他们，她抱上孩子带着我和二弟离开大伙，跑到柿坡沿的大梨树下，那里也有一个石洞。一家四口就藏在那里，母亲不住地对天祷告，求老天爷保佑一家人平安。

一天中午，听着大皮鞋走在石头路上咔咔地响，知道日本兵来了，我和二弟吓得不敢吭声，只有小弟弟仍然一声接一声地哭。母亲吓得把他紧紧地按到奶头上不让哭出声来。好不容易等这几个日本兵走远，一看小弟弟脸色乌青，已被捂死了。母亲想办法救他，已经晚了，母亲很后悔，连哭也不敢大声哭出来，只得把弟弟放到不远的地方。可这里全是石头杂草，连一点土也挖不出来，母亲只好抓些碎石乱草把他盖住，再折些树枝放到上边。

中央军的士兵也很可怜，刚开始时还一群一伙地乱跑，后来他们的人不多了，就钻到老百姓中间。他们先是跟老百姓商量要人家给他们一身旧衣服，后来就强迫老百姓跟他们换衣服，这样大家也不让他们在人群里躲藏了。

弟弟没有了，母亲倒轻松了许多。她趁天黑还回家背来两条被子，拿来一些米面锅碗等。

第二天日本鬼子就开始烧房子，我们柴洼村所有的房子就是在那天被烧光了。大家就躲在不远处的大石洞下，眼看着家被烧，只能暗里流泪。

一天，日本兵从黄河滩抓上来几百个中央军，全部用自己的绑腿带拴着，扛着没有枪栓的步枪。日本兵把他们集中到关家沟东面的小山上，架上机关枪打死。没被打死的又用刺刀捅，后来老百姓就把这个小山头叫成"死人疙瘩"。直到几十年后，那里还有许多人骨头。

说全打死了也不完全对，我亲眼看见一个受伤的军人，从山上爬下来到我们中间，向老百姓要吃的。他身上有两处伤，衣服被血染得很脏，头上有很多土和杂草。他说日本兵把没有打死的人又用刺刀捅死了，他是受伤了躺下装死才逃了一条命。大家看他实在可怜，就给了他一点吃的，却不让他在大家跟前藏。他慢慢地爬着走了，最后死到干沟东边一棵大树底下。

从"死人疙瘩"往东走一点叫南山，从南山再往下去叫干沟。这里只住了一户人家种几亩地，主人是我的一个远门姑父，我不知道他的名字，只知道大家都叫他王老三。逃难的人在山上跑了几天，带出来的一点东西吃完了，家里的房子也被烧光，就商量着买他家的粮食，开始是一块大洋两斗粮食，过了两天成了一块大洋一斗。一斗就一斗，人死不了就得吃饭，反正活一天算一天，也不知道什么时候就死了。

他家门前有一盘石磨，只要头上没有飞机，近处没有日本鬼子，大家就不分白天黑夜地推磨，把粮食磨成糁子，再到下边沟里提一点水煮了充饥，就这样一天天地熬着。

一天，一个中央军当官的带几十个人从黄河滩上来了，一个勤务兵还抱着一个孩子，他们找到我们藏身的地方，求人给他的孩子喂一点奶。自从弟弟死后，母亲的奶水没孩子吃正撑得难受，就给那孩子喂了奶。我见那是个男孩，长得白白胖胖很惹人爱。那个当官的说，孩子的妈在黄河滩被飞机炸死，孩子没人管了，他想把孩子送给我妈。说着就趴到地上磕头，边磕头边说："我要记住你一家的住处姓名，等以后天下太平了，再来报答你们的大恩大德。"还说到那时给我们许多钱，金子银子，好话说了一大堆，有些我也听不懂。

母亲看着那孩子太可爱也太可怜，就答应了人家。那个当官的安顿好孩子，扭过头对当兵的说："仗打到这份上，我也管不了大家了，你们自己想办法各自逃命去吧。"说完他就一个人走了。

转过一个弯，他竟然开枪自杀了。

我那时还小，也不知道他是什么官，我和几个孩子还跑去看他的尸体，枪是从头上打进去的。

母亲本来轻松了几天，这下怀里又抱了个别人的孩子。有人说，你把自己的孩子捂死了，却把别人的孩子抱上，还是把他扔了吧。可是母亲舍不得扔，一个白白胖胖活蹦乱跳的孩子怎么能扔下不管呢？何况孩子的父亲临死前再三叮咛要帮他带好孩子。也许是做母亲的天性吧，母亲把那个孩子抱走了。因为有孩子，别人又不愿意和我们在一起了。我和母亲只好又到另一个石头洞里藏身。

一天日本兵又到山上搜人，母亲抱着孩子实在走不动，就把他放到一块大石头后边。日本兵走了，母亲又回来给他喂奶，喂好后又放到大石头后边。但第二天再回来看时，孩子已经死了，可能是天气太热被晒死了。因为头一天还吃了奶，不会是饿死的。母亲又流了泪，也不知道他们一家姓什么叫什么是什么地方人。

大家在山上躲了十来天以后，听说河南守军让人过河了，不管是当兵的还是老百姓都叫过。可是大家还是犹豫不决，到河南人生地不熟的，一家人老老小小的怎么生活？就在这时，发生了一件让人难堪又难以说出口的事，大家这才纷纷离开家过河走了。

在躲日本兵时，年轻男人大都跑到远处去了，妇女和孩子总是在离家不远的地方藏身。附近几个村里的十几个年轻妇女，白天总钻在干沟下边一个石头洞里，一直没被日本兵发现。我一家老老小小的，有病的跑不了，也总是在柴洼干沟附近躲着。干沟的王老三因为有病也没到远处去，有一天日本兵抓住他，向他要花姑娘，他说不知道花姑娘在哪儿，就挨了一顿打。第二天日本兵又来找王老三要花姑娘，他还是不说，那些坏家伙还是打他。老汉被打急了，就说下边石洞里有。日本兵又用刺刀逼着他带路，到石庵里把那十几个妇女都抓来了，其中还有他的干女儿，我是叫表姐的。

日本鬼子用刺刀逼着她们脱光衣服，躺在王老三家门口的场里，由这十几个鬼子任意糟蹋。那天我一家人都在他家窑里藏着，我亲眼看到这些兽行。

这件事发生以后，大家知道日本鬼子真是连畜生都不如，家里是不能待了，这才纷纷趁夜里下到黄河边下巴滩的小渡口过河。

过了河叫宝山，上去叫金太沟，再走远一点就是坡头街。我一家几口人这一路可是受了大罪，因为父亲和哥哥有病，又在山上躲了半个月，少吃没喝的，病就加重了。过了河别人早跑到远处去了，父亲和哥哥只能拄着一根棍子，由母亲照顾着一点点地挪。

到了坡头街，听人说县里小羊河地方有舍饭，我们又互相搀扶着去了那里。舍饭场是七泉村杨受益、杨治水几个管着，我父亲以前当过村长，和他们几个都很熟悉，就安顿我们吃了饭住下。杨治水还会看病，就给父亲和哥哥看病，时间不长父亲和哥哥的病都好了，但大弟弟却忽然得病死到舍饭场里。

吃了几个月舍饭，政府动员难民往西边去，说是坐火车不要钱，这样我一家就去了陕西。一起去的人很多，车厢里坐不下，有些人就爬到火车顶上。

很多人要去陕西扶风县，是因为他们的孩子在扶风县的难民学校里念书。我一家人也稀里糊涂跟着到扶风县绛帐镇下了车。

已经到了学校门口，哥哥那年也十岁了，可是父亲不让他上学，好像说，孩子念书以后就回不到老家了。

从家里走时已经知道房子全被日本鬼子烧了，家里什么也没有了，可父亲总是割舍不下老家。姐姐那年都十三岁了，难民学校有许多和姐姐差不多的女孩子，可父亲更不让姐姐念书。这理由更简单：自古哪里见过女孩子念书的事呢？一个女娃家还怕长大了嫁不出去吗？这样，哥哥姐姐虽然到了学校门口，也还是没有机会念书。

难民学校附近人很多，一家五口人吃饭的事就不好解决。听人说往北走不远就是麟游县，那里山上土地宽展，地里肯长庄稼，父亲就领着一家人去了麟游县，在那儿开了些荒地，种上麦子。我们家去得比较早，像西北庄赵古范家、横口村邢三选家都是第二年才去的。我们住的地方叫薛家岭，赵古范的三叔去了以后也住在薛家岭。我家在那儿收了一料麦子，又收了一料秋粮，已经不愁吃喝了。但父亲却得了病。那地方很荒凉没有医生，病人只能在炕上躺着，没多长时间父亲就病死了。母亲领着我姐弟三个也种不了地，没办法就离开麟游回到绛帐镇。

没了当家人，生活无着，母亲只得改嫁给一个姓刘的人。他也是难民，是平陆县茅津渡人，他答应照管我姐弟。其实他家里有妻子儿女，只不过现在一个人在外边。他是一个识字人，在附近村里教一个小学。本来他一个人还可以混下去，现在一下子加了四口人吃饭，就很难应付过来。再说我姐弟几个也大了，明知道不是自己的亲人，相互之间关系自然不太好，过了一段时间，我们就离开母亲走了。

那年我九岁，只知道跟着姐姐哥哥，其实他们也不知道该往哪儿去。就顺着火车路没有目的地边要饭边走，走着走着就到了宝鸡。

那时火车只通到宝鸡，再往前就没有铁路了。我三人又沿着汽车路（公路）要饭，走到哪里算哪里，根本没有目的。可是这一回不是往西，而是往南走到秦岭山里了，原来我们走的是去四川的公路。

在秦岭山一个叫双十铺的汽车站，我们遇上了一个河南人，老家是驻马店汝南县的，他本来是当兵的，开小差跑了不敢回家，就流落到这里。他推一个独轮车帮人搬运东西挣一点钱糊口，是一个老实人。我姐弟三人到处流浪没个安身处，经人说合，我姐姐就嫁给了他。那年姐姐十六岁。解放后，姐姐随他回到汝南县沙口乡家里，2000年去世。

姐姐有了安身之处，可是姐夫却养活不了这么多人，我和哥哥就离开姐姐，继续沿汽车路要饭往山里走。过陕西地界到甘肃地方，再往南就要进入四川了，那一带全是大山，人烟稀少，见到的人家也都很穷，比老家的人还穷，饭也不好要。这时我兄弟俩都大了，有时帮人家干一点活挣一口饭吃，在甘肃四川两省交界处住了很长时间。一直到日本鬼子投降，姐夫要回河南老家去，他打听到我二人在汽车路边帮人干活，就捎信让我们回去。这样我和哥哥又顺汽车路走到双十铺见到姐姐他们。

姐夫离开家许多年了，也不知道家里是什么样子，他不想让我们跟去，其实我俩也不想去，我们还想找到母亲。我俩干活挣了一点钱，就搭顺车到了宝鸡。一边帮人干活一边打听着往扶风去。找到母亲原来住的地方，可他们不知道什么时候已经走了，邻居们也不知道他们去了哪里。

我兄弟俩继续找活干，想挣点钱好回老家去，这样在陕西又住了几年才回到家里。已经是1950年了，家乡的土改早已结束，原来家里的房子被日本人烧光，柴洼村成了一片荒坡，回来的人都住在关家沟村自己打的窑里，我们也就在那儿安了家。

出门那年我才七岁，回来都十六岁了，哥哥已经过了二十岁。他后来招到槐庄村做上门女婿，也算安了家。

解放初，关家沟属平陆县三区管，我托去平陆县开会的人打听母亲的下落，原来她几年前就跟继父回到茅津渡村。后来继父去世，1960年我又把母亲接回家里来。在这之前，我已经去陕西麟游山里，把父亲的遗骨搬了回来。

赵勤俭

男，1930年生，山西省平陆县曹川镇马坪村

那天中午日军就进村了，父亲拉着我，母亲抱着弟弟，爷爷、奶奶和乡亲们一起钻到村下边沟里树林里。一连数

天，四面枪炮声不断，夜里见姚家坪村上空火光冲天，后来才知日军把那里的房屋烧了一百多间。等我们回到家里，一头牛被日军抢走，粮食、衣服被洗劫一空。爷爷奶奶当场大哭："这以后叫我们怎么活啊！"不久日军又突然来到我村，挨家挨户抓男人，汉奸王帮法说："皇军要在观音圪塔建炮楼，需要砖和木头，命令你们把村里的房子拆了，"并威胁说，"如不老实干活，同'中国兵'一样对待！"接着就叫伪军用刺刀赶着人们拆房屋。

一家人没米下锅，只好给汉奸王帮法家扛长工维持生活。我当时年龄小，是给他家放牛。有一天早上我在离观音圪塔炮楼不远处放牛，看见炮楼里出来四五个日军，到下边村里去了，大约两个钟头就回来了。不一会儿村民祁疙瘩和他的两个儿子保富、保德三人一块儿到炮楼上告状，来找日军讨公道。说他们去地里干活回家后，得知保德十六岁的童养媳被轮奸了，躺在炕上奄奄一息。他们知道是那几个日本兵作的孽。日军小队长听后，叽里呱啦几声，几个日军全副武装，押着他父子三人向前边马坪方向走去，走到柿树底下的地边，日军就对他们下了毒手，一枪就把祁疙瘩打倒，鲜血直流，不见动静。儿子见父亲被害，家人受凌辱，弟兄两个就扑向日军，厮打起来，结果被日军用刺刀戳进胸脯，用脚一蹬，把他们都蹬下地堎。老大保富捂着伤口往后跑，到村边时被日军开枪打死了。老二保德捂着伤口顺坡溜下去，钻入灌木丛里，日军开枪没打着，他沿沟跑前去，过黄河逃到河南去了。

以后听人说，他在那里养好伤，参加了抗日游击队，回来为家里人报仇，在后山打游击与日军周旋，被日军打伤后抓住。日本鬼子在地里挖了个坑，把他埋在里边只露出头，用牲口拉着铁耙，保德就这样被活耙死。

当时家里人怕我和弟弟钢娃都饿死，使赵家断了香火，就打算把弟弟留在身边，让我逃到河南保一条性命。

在渑池各地吃舍饭三年多。1944年5月份日军已经过了黄河，舍饭吃不成了，难民又开始向西大逃亡。

一连逃了有半个多月，糊里糊涂来到陕西的潼关县离黄河边不远处。一天夜里，我们许多难民露宿在黄河边一块有二十亩大的空闲地里，地里有当地老百姓用牲口驮的粪堆。在这里过夜的难民大概有好几百人，一家人睡一小块，睡满了那块地。我是小孩就挤在人堆里，觉得很疲倦，眼都睁不开了，很快就睡着了。

夜深人静，人们都在地里鼾睡，谁能料想到灭顶之灾已悄悄降临。

原来是黄河东岸的日军发现了我们，天快亮时这些毫无人性的东西向难民住地连放了三炮。朦胧中天空三道火光闪过，炮弹落到难民堆里，嗵、嗵、嗵三声巨响，把人们从睡梦里惊醒。瞬间血肉横飞，尘土、人肉、四肢炸得满天飞。我被气浪扔出去一丈多远，摔在死人堆上。出于第一反应，我急忙想站起来跑，可怎么也站不起来，挣扎着坐起一看，浑身是血，右腿齐脚脖处被炸断了，鲜血直流。我费力地抬起腿，腿后边脚只有一根筋连着，在下边吊着。我惊呆了，吓得直哭，大声惨叫着："妈！妈！"我挣扎着从死人堆里往出爬，身后流下一摊摊血。

眨眼间，难民群里的许多人都被炸死炸伤了，有囫囵全尸的，有缺胳膊少腿的，还有肠子肚子被炸得流出来的，到处都是血腥味，嚎哭声一片。

后来经难民委员会清查，除去炸死了的，还有七个伤者，包括我在内。他们就和当地政府联系，用二指宽的纸条写"派单"，安排难民中间的青壮年男人，用木棒绑成担架，把伤员送到附近的孟塬火车站，然后乘火车到西安治疗。我被抬到车站上火车时，我腿上流出来的血和泥土结成一个碗那么大的血疙瘩，抬担架的人就把它扔到铁道上。

那时，火车白天怕日军飞机炸，晚上跑也不敢开灯，叫"闯关"。上了火车，医生用剪刀把我腿上牵着坏脚的那根筋剪断，那只没用的脚就扔了，把伤口临时包扎一下。到西安下火车后，不知被送到什么医院治疗。医生见我满身都是血，叫护士用温水把我洗干净，换了衣服。给我做手术时打了麻药。医生见我流血过多，下肢已经感染了，就用手术刀把我腿上的皮肉割开，再把骨头和肉剥离、翻起，用锯子把小腿坏死的一节骨头锯掉，用锉子把骨头棱角锉成圆的，然后把肉皮翻回来包住骨头缝合。

被送进医院里的七个人中，有两个是胸脯中了弹片，手术都做完了，可是过几天死了一个，又过几天又死了一个，最后只剩下我和一个五十多岁从肩膀处没了胳膊的人活了下来。医院生活比我逃难时强得多，还能吃到肉。我是六月份住院做的手术，三个月后伤口就好了，能拄着拐杖走路。

出院时医院安排一个人护送我，我们从西安坐火车到乡坪车站下车，过渭河到户县把我安排在那里的一个养老院（残疾院）里。刚进院门，就看见医院里都是些缺胳膊少腿的伤员，有的拄着双拐，有的拄着单拐。我是拄着单拐。到养老院时正好是中午开饭时间，他们吃的仓谷米（陈谷米），一股霉味，比医院伙食差得很远。我拄着拐杖，走出养老院大门后跟护送我的人说："我不想住在这里，我要到宝鸡去。"护送的人说："你不把手续交给养老院，院里不开接收你的证明，我回去后无法交差。"我说："我不愿住在这里，还交什么手续，你回去后就照实说吧！"他回了西安，我就又坐火车去了宝鸡。

晚上我乘火车到宝鸡车站下车时，四面一片漆黑，只有天上星星一闪一闪的，只见车站候车室里灯光雪亮，旅客们在那里候车休息。我想自己一人流落到宝鸡，无依无靠，帮人做工混饭吃，又怕年龄小没人要，再说自己现在已经成了残疾人，在这人生地不熟的地方怎么生存呢？这时，肚子又饿了，先解决燃眉之急再说，要饭是咱的老本行，轻车熟路。于是进了候车室我就说："大爷大妈，大哥大嫂帮帮忙吧，我一天没有吃东西了……"候车的旅客见我是个残疾的孩子，拄着拐棍怪可怜的，就送给我些吃的。填饱肚子后，我就在候车室的凳子上睡到天亮。醒来后，我出了候车室，来到当时宝鸡城里最长的一条街，一边走一边看，这里卖什么的都有，看得我眼花缭乱。转了半天，顺风飘来一股饭菜的香味，馋得我直流口水。凭味道找到饭铺，只见桌上有顾客吃剩下的饭菜，我随手拿来，风卷残云一顿。

龟有龟路，蛇有蛇道，讨饭乞丐也有规矩。各有各的地盘码头，不能随便要饭。我是新来的，没有地盘也不懂这些，有时讨饭还会被其他乞丐赶走，常常饥一顿饱一顿。一次讨饭时，一个老叫花子见我可怜，没有赶我，还让一个小乞丐喊我去见他，他对我说："要讨饭，就得加入我们丐帮，要下钱财交给帮主，让帮主来分配。"从此我就加入了丐帮。

加入丐帮，就得学一些生存的技巧。乞丐讨钱要饭的套路花样很多，一般常用语有："打发点喽！""大哥大姐帮帮忙吧！"见什么人要说什么话，如遇到小孩就说："读书成绩好，以后考状元。"遇到大人就说："身体健康，事事如意。"见到老人说："长命百岁，儿孙满堂。"也有的不说话，拿着破盒子在车站行人多的地方伸手要钱。有的在纸上写些字，旁边有一个破盒子，让行人施舍。还有的拿着胡琴竹板唱着莲花落：

打竹板，迈大步，一来来到蒸馍铺。

158

烧大火，发大财，金银元宝一齐来！

官老爷，发善心，生儿育女都是宝。

不用跑，不用找，连升三级就是好。

大老板，发大财，金钱美女随手来。

筑金屋，藏娇女，不考进士捐候补。

……

　　丐帮到大户商铺去乞讨，有的掌柜很爽快地给些钱物，打发我们早早走了了事。有的则要轰我们出去，遇到这样的掌柜，丐帮就会拿出绝招来对付。其中有一招叫"开顶"。有一个年龄大的乞丐，一手拿着用高粱秆扎成的二指宽八寸长的签板，一手拿一把剃头刀，把刀刃按到额头顶部，刀把朝上，一只手扶住，另一只手用签板一敲，刀刃割破头皮，鲜血直流，流过脸流到下巴上，再用签板接住血，胳膊一挥，鲜血就洒在商铺里的柜台上、货物上，洒得到处都是。老板见乞丐玩命了，这是在糟蹋他，是要把他的生意搅黄，只好赶快拿出钱物打发，遇到这种情况，给少了还打发不走呢。

　　我在宝鸡城里到处流浪，为生存加入丐帮，学会了乞丐生存的各种技能。城里的大小市场、大街小巷我都讨饭走过，城里的老居民大部分都认识我这个断腿的小乞丐。在宝鸡要饭的四五年间，夏天夜里常住火车站、戏院、礼堂、寺庙院里，数九寒天就蜷曲在饭铺边的火炉旁熬夜。

到1950年3月全国已解放，我千辛万苦回到老家。回来后，尽管残疾给我带来许多不便，但我不愿示弱，一般人能干的活我都能干。后来我娶了崖头村的白女为妻，生了三男二女，生活过得还可以。

解克友
男，1927年生，山西省平陆县圣人涧镇崔家坡村

抗日时期，卫立煌是第一战区总司令，司令部设在洛阳，任务之一是指挥中条山地区国民党守军与日军作战，阻止日军南侵进入我中原地区，其前线指挥部一度设在平陆县曹川镇太寨村。中条山上的平陆、夏县、垣曲等县的百余里的大山上，驻有二十万国民党大军。在前线总指挥部的太寨村，设有一所难民学校，即"平陆儿童教养所"，收容有难民儿童五百多名，有一百余名教职员工。

1941年5月7日，日寇集中优势兵力十万人，加飞机、大炮等重型武器，进攻中条山，中条山上的平陆、夏县、垣曲成了百里战场。

日寇的魔爪很快就伸向我们儿童教养所所在的太寨一带。第一天，先是日寇的飞机来侦查，接着就是轮番来轰炸、扫射。教养所的情况十分危急，学校为保护师生的安全，决定从离学校五十多里的尖坪渡口渡过黄河，到河南去

躲避。五百多名师生转移，白天行动暴露在日本飞机的目标之下，非常危险，所以学校决定晚上行动。

当晚九点多，师生集合向尖坪渡口摸去。当晚还有一丝月光，师生们就在崎岖不平的山道上赶路。总务处李主任的家属是小脚，走不动，有部分师生为照顾她，也随之慢行，五十多里的路走了一个晚上，到第二天天亮才赶到尖坪渡口。这时鬼子的飞机已经开始袭击，三架一组轮番来轰炸、扫射。在这种情况下渡河，如果船行至河中间飞机来袭，会造成很大的伤亡，所以不能冒这危险。还有河南岸的国民党守军也不发船过来，这样就无法渡河。最后决定到黄河下游的南沟渡口渡河，尖坪渡距南沟渡约有五十里。

老师带着我们顺河沿往东走，这里没有大路，就行进在这高低不平、蜿蜒起伏的羊肠小道上。行进中，不但路难走，而且常有死人挡道，加之日军飞机还是不停地轰炸、扫射，师生们也乱了，相互失掉联络。敌机嗡嗡飞来，我赶快拉着身后的小弟克平向大石崖下躲去，那里边已有一个军人，嚷着不让进，我强把弟弟推拥进去，随后我也挤进去。到石崖下后，日机投下了炸弹，爆炸后震得整个石洞都在摇晃。我非常惊恐。敌机响声远离后，我们才慢慢从石崖下出来。这时感到头痛，一摸才知头顶有几个疙瘩，不知是进去时碰的，还是掉下的石头砸的。放眼一看，只见死人遍地，不见活人踪影。我们兄弟二人被眼前的情景惊呆了，不知所措。

过一会儿，一名老师带了一些学生过来，我们一起往东赶。路上我看见古继先同学在休息，我让他快走，他说累得走不动。我们一些体力好的同学和老师就不顾一切地往前跑。到南沟渡口后，这里挤满了逃跑的军人和逃亡的老百姓。日军开始进攻中条山后，镇守这里的国民党八十军不予抵抗，官兵们弃枪逃跑，他们连人带马来到渡口，如惊弓之鸟。在没有船只的情况下，他们一群一群地挽着手，相互壮着胆下水游渡，在奔腾的河水中大部分被淹死。渡口河滩上人满为患，一片混乱。

老师喊话和河南岸的国民党守军联系，让学生过河无果，校领导和老师感到这个人员集中的渡口不行，必须尽快离开这里。师生们只有继续往东寻找渡口。这时敌机又来了，向着人群狂轰滥炸，军人、老百姓和我们师生死伤无数，河滩上一片惨相。

我们三三两两结伴而行，一会儿躲避飞机，一会儿加速赶路。路过老鸦石村，翻过一道山岭来到鲁坪村。师生们来到这里，也不知道日本鬼子在哪里，感到相对平静和安全。村里的老百姓为躲避日军，跑得没有一个人了。师生陆续赶来有一百二十多人，暂在这里借宿休息。我们沙涧村的大部分同学已赶到，相互有个依靠和照应。

转移中，席老师被日机的炸弹炸伤，伤势较重，有几个大龄同学抬着，走到半路不行了。

学校的李主任、牛老师、车老师、郭老师，还有四个太寨长官司令部电报局的电报员，住在一座老百姓窑院北边的三孔窑洞里，东边有个没有门的小窑洞，放的是干柴。炊事员、电报员和大同学在路上捡到的八十军丢弃的十多支枪就藏在小窑的干柴堆下。有部分同学住在院内的其他窑内。师生们怕暴露目标晚上推磨磨面、蒸馍。每人每天发两个馒头，一碗玉米糁汤。

一天，祁老师、傅老师、刘老师，还有另外两名老师，也带了一百二十多名学生来到这里。队伍一下子增加了一倍，这么多人，吃饭就成了问题。粮食不多了，老师们研究饭量减半，每人每天发一个馒头半碗汤，勒紧腰带苦熬。我在打扫房东院时，发现一孔窑洞有个老鼠窝，从里边挖出来七八斤玉米粒，我趁无人注意时装进小袋子保存起来。后来生活愈加困难，饥饿难忍时，我就偷偷拿出来，把弟弟克平和妹妹贞秀叫到一边每人发一把，缓解嘴馋。

傅老师来到这里后，在两部分学生中没见他的孩子，看来他孩子是跑丢了。他独自一人冒着生命危险，返回南沟一带找孩子去了。据说他白天找孩子，晚上就在老鸦石的大石崖下过夜，三四天后找到了丢失的孩子和其他几个同学。他们一起渡河去了河南，之后不知下落。

一天中午，我们有几个同学在大门外墙根捉虱子，突然发现三个日本兵过来了，我们急忙回到院内报告老师。同学们出来观察情况，鬼子大吃一惊，马上卧倒拿枪准备射击。院内的炊事员也要到小窑拿枪抵抗，祁老师立刻上前拦住，说这样对学生不利。这时两名夏县学生向日军喊话，一个说：我们是学生，不是坏人！另一个补充说：我们是辣子街（日语把夏县叫辣子街）的学生。就这样鬼子不开枪了，跑到窑顶挥动太阳旗招来十多个日军和伪军，把师生、炊事员和电报员全部赶到院子里，大人和小孩分别站在一起，然后逐个检查了大人们的手和小腿（他们认为军人和一般人这两个部位不一样）。检查完后，日军认为四名炊事员是"中国兵"，就把他们带到不远处杀害。

然后，由日军和伪军押着我们来到夏县祁家河窑泉村。这里有日军中条山纵队的大队部。鬼子让翻译把我们学生按县分成大队，分有平陆、夏县、绛县、垣曲四个大队。每个大队发两面大旗，每人发一面小旗。旗帜是白纸上印有红日图案。在押送和操练时，每个大队前后各打一面大旗，中间的每人各打一面小旗。

一天，日军把我们押送到窑泉村河滩的一片空地上，架起机枪准备枪杀我们，但日军内部有分歧意见，据说在那里的河东道穆绪参谋不让杀害我们，他的意见是把我们训练后，送到日本国内当劳工，最后他的意见占了上风。后来就有人喊：一县来两个人抬大米。大米抬来后，大家就在这河滩上开始做饭吃。日军来到这里后，把老百姓的牛抢来打死，他们只把牛的四条腿卸下来吃，其他部位的肉他们不吃。这河滩上躺着不少没有腿的死牛，我们就在牛身上割了些肉和米一起煮了吃。到下午太阳快落山时，日军又将我们押到横口村，交给一个日军看管着。不一会儿吹哨将我们集合到一个大场上，来了一个日军给我们训话：你们不要怕，要听话，保你们回家……之后又让我们唱歌。六年级学生崔小仙是大队长，他给大家起头指挥唱歌，他起了一首《大刀向鬼子们的头上砍去》，在鬼子们的眼鼻下唱着这首歌，我们有些担心，但鬼子听后却不以为然，可能他们也听不懂。

在这里待了几天，平陆大队的同学没有找到炊具，所以也就没有办法吃饭，饿得狠了就生吃米面。后来日军又将我们押送到离这里五六里外的另一个村。来到这里后，我们平陆的同学抓紧时间找炊具，一下找了四套，这下做饭没有问题了。鬼子要我们准备七天的食物，我们割了老百姓的麦子，蒸了馒头。接着又把我们押到唐回村。在去唐回村的路上又有五六个丢失的同学归了队。

在这辗转的过程中，日军不断审讯老师和电报局的人员。审讯中他们用了重刑，把老师和电报局的七个人活活整死。其中把教我们音乐的刘老师和电报局的一个女电报员审后关在一个房间，以他们发生关系为借口把他们杀害。

在审讯李主任时，发生了一件奇迹。

日军井上纵队长主审，问："你是哪里人？"

李主任答："太原人。"

"你的中国兵？"

"不是！"

"你的年龄、几月几日生？"

"三十六岁，1月15日生。"

"你夫人的年龄、几月几日生？"

"三十二岁，2月15日生。"

"你的女儿年龄、几月几日生？"

"十二岁，3月15日生。"

问完后，这个纵队长哈哈大笑起来，说："太奇妙了，真奇妙！"原来他、他的夫人和他的女儿，与李主任、李主任的夫人还有女儿，竟是同年同月同日生。"不审啦，放他走。"

还有一个年纪不大的教一年级的女老师也被放了，他们就这样侥幸活了下来。他们回来后，我们看见他们手腕上被绳索捆绑的印迹还是血淋淋的。

我们被押到唐回后，日军就用十辆嘎斯车把我们运往运城。当晚赶到夏县城，在那里过夜后，第二天到运城阜巷——河东道青年训练所。来到这里，我们二三十个人分一间小房，那年闰六月，天气非常热，伤寒症发作蔓延。这是一种流行非常快的传染病，不到一周的时间就有四十几名同学被传染，我也被传染发病。染病的同学被隔离在不远的另一间房子里，日方派了几名女医生（据说是朝鲜人）来给我们看病，她们来也是草草了事，应付一下关门就走。我们中间最严重的是绛县一个叫柴喜智的同学，到最后他口鼻出血，按住口鼻，血又从耳孔中流出来，到这里的第六天，病魔就夺去了他的生命。后来我们被转移到运城城郊的池神庙，这里的空气好，加之用了些药，我的病竟渐渐好了。

运城盐务局局长的通讯员王举才是我的亲戚，我叫他二叔。他事先知道我在儿童教养所上学，后来又得知运城来了教养所的学生，他就到阜巷找到了我。在我得病期间，他照顾我很好，常给我送水送饭，还领我外出治病，我的病能好，多亏了他。

病好后，新的"任务"又来了。日军给我们每人发了一套白洋布罩衣，就和现在的囚服差不多，让我们穿着作为特殊标记，以防我们逃跑。逼着我们所有的同学都在这里接受军训并学习日语。

我们这些学生年龄参差不齐，有男有女，大部分是十几岁的未成年人，小的还不到十岁，没有鞋的同学就有二三十人。日本教官在军训中对我们这些学生的特殊情况全然不顾，非常残酷，一个动作不对就是拳打脚踢，或者出列罚站晒太阳，一罚就是两个钟头。八月份的天，两个钟头大太阳在头顶晒着实在难熬。就这样的军训一日三次，另加一节日语课。在生活上，每日两顿饭，每顿饭每人一份馒头，一根葱，一碗咸水。这样的生活，特别是长期喝这盐池边含硝的咸水，许多人喝得面黄眼突，不时有人死去。死掉的同学他们偷偷埋掉，不让大家知道。幸运的是我们三个村的二十多个同学，只有涧东的冯镜同学在得伤寒病时偷跑，剩余的同学都保住了性命。

三个月的军训后，日军还组织我们进行分列式表演，让运城有关单位的长官和居民来观看，炫耀他们的训练成果。之后，日军谎称让我们去日本国参观，实际是让我们去充当劳工。他们把我们带到飞机场，等了两天飞机没有来，又把我们带回池神庙，之后再没有听说去日本的事。又停了几天，就让我们回家了。

我们是五月初在"太寨儿童教养所"出逃，九月初回到家，四个月的逃亡生活就这样结束了。

王正义

男，1927年生，山西省平陆县圣人涧镇北桥村

1939年6月6日，日军发动了第一次中条山战役，平陆的西部沦陷。我们南村一带的北桥村，虽暂时没有被日军占领，但战火随时都有烧到家门口的可能。老百姓人心惶惶，各自盘算着如何躲避战乱，讨个活命。

我们家当时有十四口人。父亲去世早，我从小由母亲和哥嫂抚养。在那兵荒马乱的年代，听说一百多里外的东山太寨村，第一战区卫立煌在那里成立了"儿童教养所"，吸收战区无依无靠的孩子上学，并且吃、穿、用都管，感到特别高兴。我们姊妹几个是够条件上这个学校的，但是刚开始大家都搞不清这个学校究竟怎样，所以家里就让比我大三岁的五叔去探个究竟。爷爷去世早，五叔也够上这个学校的条

件。五叔去后，学校接受了他。过一段时间，他捎信说，那里可以，学习生活都很好。

接下来家里又让二哥去上学，二哥说就是不错。家里大人就把我送去了。到太寨村后先找到五叔和二哥，他们再三交代，报到时一定要把父亲去世的情况给工作人员交代清楚，不然就不让入学。按照他们的交代，我顺利地报到入学。那年是1939年后半年，我十二岁，被编在三年级甲班。后来我的妹妹也去了，我村先后有十四名儿童上了这个难民学校。

当时学校有五百六十多个学生和教职员工，来自中条山的芮城、平陆、夏县、垣曲和山下的解县、永济、猗氏、绛县等县，其中女生六十多名。有一至六个年级，共编有十多个班，每班有五十人左右。开设的功课有语文、算术、历史、地理、自然、卫生、音乐、体育等。教室是借老百姓的民房。每天上六节课，早晚各有一个自习。学校制度规定很严，如果学期考试一门不及格，降为自费。年末考试一门不及格，就要开除。老师抓得也很紧，如果功课做不下来，就严厉批评，甚至体罚学生。在生活上，衣服、被褥、生活用具都由学校统一配发。学习用的笔墨纸砚也由学校配发。吃饭是八个人一摊，在操场上席地而餐。一般早上是小米饭，中午、下午是面条、馒头，每摊四个（盆）菜，馒头随便吃。菜主要有土豆、南瓜、白菜、萝卜、豆腐、粉条、小白豆、咸菜等，基本天天能见到肉。住宿也是借老百姓的房子，有的房子有木板楼，楼上楼下同学们打通铺。作息时间以哨声或锣声为号令统一掌握。早上要统一上操，下午可以在操场上打球或看打球。学生有病，可以到病号室就医，炊事员做病号饭，每天送四五次病号饭。这种关怀让我们感到无微不至。

记得一位个子不高的刘老师教我们数学，他毕业于西北大学，教得非常好。有个年纪大的杨老师，我们称他老杨老师，他个子不高，曾留学日本，是带我们语文的；有个年纪轻的杨老师，我们称他小杨老师，是我们的班主任，他个头大，年轻，精力充沛，工作认真负责，把我们班管理得井井有条。学生中有班长、宅长等，常常到总务处领被褥、衣服、纸张等生活和学习用品，发给同学们。

太寨村东北方的山圪垯上驻有部队，大约一个排，任务是保护设在太寨村第一战区前线指挥部和儿童教养所。

我进了儿童教养所，对这里的学习和生活都非常满意，感到快乐如意。但好景不长，到了1941年的5月，在中条山下的日军把魔爪伸向了这里，再一次发动了大规模的中条山战役。这场战役彻底打破了我们的平静生活，使我们开始了流亡。

1941年5月7日，已占领永济、运城、夏县的日军以精锐兵力和武器，向中条山上的国民党守军猛扑过来。镇守在中条山的国民党中央军无力抵抗，被日军的飞机、大炮吓破了胆，布防在这里的二十万大军不堪一击，节节败退，经营几年的中条山防线毁于一旦，几日之内中条山失守。

在这之前，学校方面就得到日军进攻中条山的消息。日军的飞机也不时地在太寨一带上空盘旋，丢炸弹。学校为保证学生的安全，采取了一系列措施：第一，校领导亲自过黄河到河南，联系学校转移事宜；第二，暂时让学生离开太寨这个空中目标较大的村，到村西边约三四里外的胡树凹窑洞里躲避和上课；第三，做好转移的一切准备工作。我们白天在胡树凹的窑洞里躲避上课，晚上回太寨就宿。晚上同学们回到宿舍都把被褥、衣服和学习用具打成背包，准备随时出发转移。同学们在宿舍议论着、收拾着，一片喧杂。老师为稳定同学们的情绪，到各宿舍劝同学们不要慌乱，说有部队保护我们，要求把背包解开，早点入睡。可是老师走后，同学们把解开的背包又打了起来，背靠着背包入睡。

第三天晚上，学校突然打钟集合，要求带上行李，说校长已经联系好，全体师生要马上离开太寨，到西边的尖坪渡过河，转移到河南去。我背着被褥、衣服和学习用具，跟着老师和同学们，踏着月色，于天亮前赶到尖坪渡口。当时有点兴奋，背那么多行李，连夜赶五十多里路也没感到疲累。

学校领导和老师与渡口方面联系后，得知我们搞错了，过河的船只安排在南沟渡口，不在尖坪渡口。所以又决定前往东边黄河下游的南沟渡口过河，两渡口之间约三四十里。这时天已亮，日军的飞机已在上空盘旋，不时俯冲丢下炸弹或用机枪扫射。老师要求同学保持距离，我当时紧靠黄河边走，心想要是日本人来到这里，我就往黄河里跳。

中午时分，我们赶到了南沟渡口。由于日军飞机不断来袭，山坡上的大树下、灌木丛中、石崖下都藏的是人。学生来到渡口后就站在岸边，等着校领导和老师与渡口人员联系。班主任小杨老师不让我们动，等候船只过来。不一会儿过来了一只船。这时几万败退下来的中央军，先后来到这里。急于逃命的中央军，一窝蜂似的拥到岸边，争抢上船，把同学们都挤在一边，只有王立吉同学裹在人群中侥幸上了船。有不少人被挤掉下黄河，船工见势不妙，很快划桨离岸，向对岸划去，在山坡上等候多时的人们都从隐藏的地方出来，抢着往河边跑，企图上船渡河。一时间漫山遍野都是人。

山坡上、河滩里到处是死人，有的地方层层叠叠。骡马驮的军饷被炸后，中央票散落一地，背包、枪支、子弹扔得到处都是。真是兵败如山倒啊。在这危急时刻，小杨老师还不让我们动，继续等候对岸船。这时对岸有两只船向我们划来，可是敌机不断轰炸，船又掉头返了回去。这时一颗炮弹丢到了我们一旁的沙滩上，一声巨响，飞起的沙石落下来把我们都埋到下面。当我从沙石下爬出来时，感到胳膊疼，以为胳膊被炸断了，我晃了几下，还没有断。从沙石里爬出的同学，有的哭喊着，有的在找行李。突然有个同学说，怎么不见小杨老师了？大家不停地在沙石堆里刨，终于找到了小杨老师。好在他还没有受伤。敌机还在轰炸，小杨老师让我们赶快离开这里，大家拼命往东跑。

慌乱中同学们都跑散了。我和王生娃同学跑到了一起。我们是邻村，他小我一岁，论辈分他平时称我三叔。来到儿童教养所他编在一年级甲班。我们两个拼命跑。路上的死人不计其数，还有骡马的尸体横七竖八，我们就跳着从尸体上过去。缺胳膊少腿的伤员，呻吟着、喊着："救命！救命！"我们跑出河滩来到一个山沟，这里相对平静。发现路旁有一个水泉，就在那里喝水休息。已是下午时分，生娃在转移时，把所有的衣服都穿在身上，一路跑过来非常热，就在这里脱衣服。脱下棉衣里面有夹衣，脱下夹衣里面有单衣。在脱棉裤时，发现裤腿上有个洞，里面夹裤上同样也有个洞，裤子完全脱下来，发现大腿上有个筷子头大小的洞，不知是子弹还是弹片打穿的。当时没有出血，他也没有感到痛。休息后，穿好衣服，我们又上了路。走一段路程后，天渐渐黑下来，这时我们有点怕了，发愁晚上怎么过夜。走着走着发现前面有个小山村，我们来到村里，正好碰见提前回家的赵建文同学。真是天无绝人之路啊。他把我们领到他家，吃了晚饭就让我们在他家过夜。这时生娃的伤口开始疼了，他疼痛难忍大声哭了起来，并要回家。我劝他要坚强，并安慰他说，我们明天就回家，今天要早点休息。一会儿我们就睡着了。

第二天我俩醒来，发现他家里一个人也不见了，到村里找了一圈也没有发现。我俩害怕，决定赶快到村外找人。生娃腿痛不能走，我就把他背到村外，一段路后还是不见人。我把生娃放下，四处张望，发现山坡上有几孔烂窑，我就一个人爬上去，拨开窑口的草丛，看见里边挤满了人。窑里的人压着声音，愤愤地说："这是哪里的孩子，你不看对面山头上和头顶的山头上都有日本人吗？你来到这里不是把日本人引来了吗？"我这时也就不顾一切了，跑下山坡把生娃同学背了上去，硬着头皮挤进了窑洞。好在没有被日军发现。天黑后我们又随大伙回到了村里，仍在赵建文同学家吃住。建文同学对我们说：再往东边走，翻过一架沟有个鲁坪村，那里有咱们的老师和同学。

赵建文就领着我们，轮换背着生娃同学，连夜往鲁坪村赶。

鲁坪村只有一家人，坐落在山坡上的一座坐西向东的圈椅形土窑院，西南北三面都有窑洞。日军占领后，这家人都跑完了。来到这里的老师同学有一百多人，我们的小杨老师也在这里。来到这里总算归队了，有了依靠，也有了集体的温暖。小杨老师安排我俩和他住一孔窑洞。后来陆续集中了二百多师生，每天大家就挤在窑洞里，出来怕山头上的日军发现。白天怕暴露目标，不敢动烟火，晚上做饭吃。师生越来越多，粮食越吃越少，后来我们每天吃一顿饭都没有保证了。老师叫同学们不要动，以节省体力，我被饿得眼睛都发黑。

小杨老师的家属不知信的什么教，每天凌晨三四点钟起床在院子里念叨祷告，预测来日祸福。前几天她都预测平安无事，十几天后的一日，她预测说，今天不好，福过祸来，正午时有灾祸降临。同学们对这半信半疑，不过听到这话还是有些紧张和不安。果然到早上，有几个日军从门前路过，中午时有五个日军来到院里。在这之前，小杨老师对我们说："日军如果来到这里，大家就喊'太君万岁'。"意思是讨好日军，求得平安，所以这几个日军进院后让我们出来，师生们都出了窑洞站满一院，并喊了"太君万岁"。约一两个小时后，又来了一个手持镰刀的日军和一个伪军，把我们押走了。

日军把我们押到不知什么地方的一个村子里，几天后，把同学按县分组，发给通行的旗帜，还有每人一捧煮熟的玉米粒和一个半馒头，让我们回家。临行前他们又变卦了，不但不让我们回家，而且放话要挖掉我们这些共产党八路军的根。第三天，就把我们押到一个大河滩上，排成八行，四周架起四挺机枪，还有八支步枪，要把我们一扫而光的架势。当时我已做好一死的准备。几个钟头后情况又缓和了，日军把我们押到一个叫寺沟的村里，交给了那里的日军。在寺沟村日军翻译给我们开会，说什么不要怕，学生到老百姓家里有什么吃什么；会后老师留下，商量学生复课事项，并有奖品发给老师……

刘老师和一个年轻的女老师个子小，他俩在日军押解过程中一直和学生在一起，按学生对待，可是这次听说要发什么奖品，会后刘老师留下了。年轻的女老师有小孩，为照顾孩子，她就随同学们一起走了。

老师留下的情况我们不得而知，后来听小杨老师说，日军翻译说的完全是骗人的鬼话，把老师留下不是研究什么复课问题，更没有发什么奖品，而是把他们关了起来，让他们给日军背子弹。刘老师身小力薄，背不动子弹，日军看他没用，走到一个沟边用刺刀把他捅死，踢进了深渊。

刘老师是刚到教养所不久的西北大学毕业生，就这样惨遭毒手。

逃亡队伍中的三十六名教师，有三十五人被关，有三十四人被日军以不同的手段残害。在审讯中，日军给教师们灌辣椒水和碱水，然后用木板挤压灌涨的肚子，并用脚踏，把一部分教师活活整死，有的则和刘老师的下场一样……存活下来的只有那位年轻的女教师和小杨老师。小杨老师个子大，有力气，留下为他们卖力气。另外传说他有个亲戚在太原伪公安局，给这边打了招呼。不过他也受了不少罪，后来把他放出来后，他的手腕上被捆绑勒下一道深深的印迹，肿胀的，血淋淋的。他含泪给我们讲述了其他老师被日军残害的情况。

在寺沟住了有十多天，同学们到老百姓的麦地割麦子，拿回去搓成麦粒磨面吃。之后日军用汽车把我们押到运城。在运城盐池旁的池神庙搞了四个半月的军训，其间经历了三伏天，大强度、法西斯式的军训使不少同学病倒，有的被折磨死了。

到农历的八九月间，不知什么原因，日军竟然让我们回家。我们平陆的孩子先用汽车拉到八政日军皇部，又送至张村伪县政府所在地，而后又通知家人把自家的孩子领回家。

孙法武

男，1927年生，山西省夏县祁家河乡寺沟村，离休干部

中条山战役发生时我十四岁。那时全家共八口人：父母、大哥、两个妹妹、一个弟弟和我，还有大哥的儿子。

1941年农历四月十三，日本兵到了祁家河，第二天从庙坪上到我们村。当时我正在山上放羊，看见村里人纷纷向后沟方向跑，向孙家洼方向跑，我也不敢再把羊赶回去了，就跟着大人返回孙家洼，一连跑了几天，羊群也没人管了。

开始几天日本兵没有打村里人。他们住在庙坪村，每天早饭前后出来，天黑时又回到庙坪。

有一天从方山上下来一队中央军，二十几个人，这些人和以前见的中央军不一样，每人一支冲锋枪、一支短枪。他们不和日本兵交火，而是直接到我们村的后沟搜索。后来得知，这是河南洛阳第一战区司令部派来接第五集团军司令曾万钟的。也不知道他们从哪里得到的消息，说曾万钟藏在我们村后沟的石洞里，就冒死前来营救。他们下到沟里到处

搜寻，也没找见，其实曾万钟根本没有到这里来。这些中央军进到沟里，四面山上有日本兵把守也不好出来，日本兵也不敢贸然下去，他们发现这些"中国兵"武器好战斗力强。双方对峙两天，中央军的人乘夜从桃园方向突围出去了，日本兵这才下到沟里。这时不知什么人竟然用枪打死了两个日本兵，一个死在龙岩寺旁边，一个死在桃园的麦场边。这一下日本兵恼羞成怒，就对老百姓下毒手了。我亲眼见他们把从沟里搜出来的七八个老百姓拉到文家坡村后边的瓦窑旁打死。这样村里人纷纷向黄河边跑去，想要逃到河南。

我全家八口人是一天夜里从鲁坪经福家洼下到黄河边，从下巴滩渡口过的河，到渑池县一个叫马口的地方吃舍饭。马口离县城一里多路，是一条小土沟，沟两边不知什么时候挖了许多防空洞。这里的舍饭是小米饭，有一股霉味不好吃。

吃了五六天舍饭，一天村里孙杨管的伯父孙张才说："城里难民学校招收难民儿童入学，管吃管住还不用掏学费，你们这群孩子上学去吧。"就这样，我和同村的孙文宣、孙永银、孙文喜、孙官喜兄弟俩，还有我九岁的妹妹共六个人报名去了难民学校。

难民学校是平陆县太寨的学校迁过来的，全称应为"平陆县儿童教养所"，老百姓习惯叫作难民学校。这个学校专门招收沦陷区失学儿童。学校在太寨村时，村里许多和我年龄差不多的人都去上了，但我家人口多生活困难，大人就没让我去上学而是让我放羊，现在当了难民才去上学了。

学校在渑池招了不少学生，没过几天就让我们坐火车到陕西华阴县，学校就设在一座大庙院里。只是这里离山西很近，日本的飞机不时从运城起飞来这里轰炸，很不安全，这样我们又随学校一起迁到扶风县绛帐镇，才算安定下来。

扶风县是离西安市很远的地方，这里的老百姓大多住的是窑洞。难民学校初迁时，选择离绛帐镇不远的雷家村作为校舍。学校师生一共有七百多人，现成的窑洞根本不够住，学校就请当地老乡又挖了一些窑洞，我们这些年龄较大的学生也动手挖窑洞。又临时找了些桌子，又用木板搭了一些桌子，白天上课，晚上把桌子收起来教室又成了宿舍，有些人就睡在桌子上，那可比地下强多了。

刚挖的窑洞很潮湿，地上铺些麦草，许多人就睡在地上，加上褥子也很差，学校发给同学们的衣服都是部队换下来的旧军装，破旧又不合体，所以许多人就生了疥疮，每个人身上生的虱子多得没法说。疥疮这病传染很快，大部分人都有，老师弄些硫黄熬了水让大家洗洗顶点事。虱子只有自己捉了，那时候人人都捉虱子也不感到难为情，有时候反而比赛谁捉的虱子多、谁的虱子大。

吃的饭菜是上边按人头发的。一开始还有大米白面，虽然菜很少，总算可以，后来伙食就差了。原来许多沦陷区的人都跑到陕西来了，我的同学中就有河北的、山东的、山西的、河南的，还有东北的。这许多人都要吃饭，交通运输也很不方便，一时间粮食就成了大问题。学校只好采购到什么吃什么。记得有一个时期运来大批挂面，师生每天就吃挂面，也没什么菜，时间长了一见到挂面就不想吃。另一次从四川运来一批糯米，大家就每顿饭光吃糯米，没有别的食物调剂，尽管学校又买了许多大枣，可上顿下顿就是这糯米大枣，吃得许多人得了痢疾。那时医药也稀缺，记得第二年春天就病死了几十个学生。其中也有祁家河的老乡。比如窑泉的安战胜、祁家坡的祁发中，都是那时候病死的。

有些同学受不了这罪就离开了，我们村的孙文宣和他叔叔孙永银就是那时离开的。西北庄村的段安玉也是因病被家里人接走的。

尽管条件非常艰苦，但老师都是思想先进的知识分子，他们不挣工资，和学生同吃同住也不叫苦。其中就有夏县一个叫刘光华的老师，戴着一副近视眼镜，教国语的，还有河北籍和东北籍的老师，他们教同学们识字唱歌，讲抗日爱国道理，教大家热爱祖国。到这里上学的大都是贫苦人家子女，在这国破家亡的时候，尽管学习条件差，大家也是拼命学习文化知识。我那时十四岁，年龄比较大，但学习基础差，早先在村里只上过几天私塾，识字不多。刚入学从小学二年级上起。那时学生过一段考试一次，考得好是可以跳级的，我就是跳了两次级，到1943年离开学校时，已经是小学五年级学生了。

1943年，时任新疆省政府主席的盛世才，向内地提出要一批青年到新疆支援边疆建设，陕西省就从当时的儿童教养所首批选派了一百二十名学生去新疆。这时我才知道，除了我们所在的"平陆儿童教养所"外，还有"长安儿童教养所""洛阳儿童教养所""济源儿童教养所"等，不过这几所学校是设在西安市的。

当时选派学生首要身体好，个子高，年龄大，当然学习成绩也要好。我们学校选出了三十名，我和横口的张仁发、东北庄的赵治定都在其中，另外长安、洛阳、济源三校各选出三十名。每所学校还选了一名老师带队。这些师生首先集中在"长安儿童教养所"做简短培训，主要是要求大家要有爱国热情，要有吃苦精神，准备到条件相对艰苦的地方去支援边疆、开发边疆、保卫边疆。

培训一个星期后，就正式出发了。

那时陇海铁路已通到宝鸡，但我们却没坐火车，而是由省政府调来四辆带篷的大卡车，每三十名学生乘一辆卡车，带队的老师坐在驾驶室里。西安到迪化（现在的乌鲁木齐）有几千公里，而那时的汽车因缺汽油改作烧木炭，速度很慢。车也是老爷车，一路没少出毛病，那时的路况也很差，特别过了哈密往西简直就大漠孤烟，几乎认不出路来，所以平均每天也就是走一百多公里。出发时还配备了两名医生带一点常备药。

我那时十六岁，什么也不考虑，只知道每到一个宿营地，就有人安排吃饭、睡觉的事。第二天早上分发路上吃的干粮，自己只管上到车上就行了。

开始几天，大家还有新鲜感，在车上打闹说笑，一连多日颠簸，每个人都晕晕乎乎的，到地方胡乱扒几口饭就躺下睡了。第二天一大早，被老师叫起来吃几口饭，又迷迷糊糊上了汽车。特别是过了嘉峪关再往西进入沙漠边缘，一眼望去尽是戈壁黄沙，没有一点生气，不知道目的地会是个什么样子。有些同学就有点后悔，不该贸然报名支边。我那时却没有那种多愁善感，只想早一天到达迪化。

就这样一路风尘，一连坐了十六天汽车，总算到地方了。那时候的迪化市到处是牧民的帐篷，还有一长串的骆驼。偶尔有几座两层楼的建筑，就是省政府和重要机关所在地了。

到住宿的地方，每个人都像害了一场大病，躺下就不想起来。虽然还是秋天时节，但那里已相当冷了。休息了两天，省政府要员召集大家训话。有人说主席台中间坐的就是盛省长，他也给我们训了话，满口东北音。他讲话的大意是在国难当头的时刻欢迎大家到新疆来，他要大家好好学习，将来好建设新疆，保卫新疆。并且说你们这是第一批，将来会有更多的青年人到新疆来。

原来盛世才在迪化市成立了省立第一师范学校，计划从内地招收五百名学生将来为新疆教育服务。因为我们这批人来时都是五六年级学生，所以刚入学就学习初中课程，增加了英语、物理等课程。

这里虽然地处边陲，但无论学校设备和教学条件，还是师生的生活条件，都比在难民学校强多了，学生的学习和生活用品全由省政府按月供给，基本没有短缺，据说许多物资都是苏联支援的。

在省立一师学习了两年，日本投降，省政府主席也换成了张治中将军。他把省立一师更名为国立天山中等师范，这前后又招收了几批新学生，我们这第一批仍然在那儿学习，不过这时学习的就是高中课程了。上到中师二年级，国民党新疆后勤总司令部办了一所卫生学校，迪化市市长屈武亲自兼校长。这所学校招收初中毕业生，说是毕业以后安排当医生。我们的同学就说，咱这批人师范快毕业了，毕业后当一个教师没多大出息，不如到卫校去学医生。我听了他们的话就和一部分同学离开天山师范，报名上了卫生学校。和我同去的有横口的张仁发，同乡中的赵治定仍然留在天山师范。

卫生学校因为是部队办的，各方面条件比师范学校更进一步。学校主要科室领导和许多教员都是留学归来的，他们教学经验丰富，教得也特别认真。加上我们这许多同学都已经是高中文化程度了，接受能力也比较强。我觉得在这所学校真是学到了不少知识，为以后从业打下了坚实的基础。

学生也是按部队人员对待，各方面条件都比较好。在这里又读了二年，就到了1949年，当时内地的解放战争已见分晓，国民党败局已定。这些当然也影响到了新疆。那时张治中将军已调走。我们第一批学生本来还要到医院实习半年才正式分配工作的，因情况特殊，就取消了实习期，直接分配到各部队团卫生队当见习医生，按上等兵对待。

过了几个月，到9月20日，新疆在屈武和包尔汉等领导下和平解放，我所在的部队改编成了中国人民解放军，我这才正式参加了革命工作，成为人民解放军的一员。

鲁璐

男，1927年生，山西省垣曲县古城镇，退休教师

日军侵入垣曲最早是1938年，那时我在城里读小学。前几次占领的时间都不长，城里的老百姓每次都出城躲避，我们学生也跟着大人往外跑。尽管每次都有损失，但不很大，人们也就没当回事。1941年5月这次，日军占了县城以后住下不走了。那年我十五岁（虚岁），已经是六年级学生了，记得很清楚，日本兵和伪军到处烧杀抢掠，糟蹋妇女，老百姓想要躲也没地方可躲了。

那时我们鲁家在垣曲城里是一个大家族，生意铺子很多。只是在我很小的时候父母去世，从我记事起就一直跟着大嫂生活，因为我的大哥二哥都在傅作义的部队里干事，家里只有两个嫂嫂。

日军来了以后没几天，所有铺子里的东西都被抢光了，还打死打伤了不少亲友。乡亲们看着这情况，家是不

能待了，先是逃到城外，后来又趁夜里渡过黄河到河南的渑池县。旧垣曲县城离黄河只有两三里地，过了黄河就是渑池县的南村。我和大嫂一家人连夜过了黄河，从南村到仁村再到坡头，又去了渑池县城。送我们过黄河的是嫂嫂娘家哥李嘉庆。

渑池县难民很多，虽然有几个地方临时搭有舍饭棚，可逃难的人实在太多了，光靠吃舍饭会饿死人的。正在没办法时，听人说，马口有难民学校专门招收难民儿童上学。得了这个信，我就和原来的几个同学一起报名上了学，记得有一个同学叫石新书。学校先是设在陕西华阴县，后来又迁到很远的扶风县。

学校的教室宿舍都在窑洞里。我们到扶风时还是秋天，每人发了一身队伍上退下来的单军装。我个子比较大，穿着也很不合体。许多同学都是七八岁、十来岁，穿一身很宽大的军衣，看着很别扭。

很长时间吃的都是带一股霉味的小米干饭，没有菜。说实话，以前我家里条件比较好，虽然也经常喝小米汤，可从来没吃过发霉的小米饭。不过成了难童，说不得当年了，每到吃饭时虽然很不想吃，可是肚子饿得咕咕叫，还是强迫自己吃一些。

我在家里就读到六年级了，到难民学校仍然读六年级。国难时期，各方面条件都很差，没有课本，靠老师在黑板上抄写书上的内容，自己再抄到学校发的本子上。这本子的纸质量很粗糙，还是自己动手钉的。不过老师抄的这些，大都是我以前学过的，我学起来很轻松。

难民学校的老师都很年轻也很有知识，原来他们大都是大学生。比起老家的教书先生，这些年轻老师的教学水平可要高多了。他们不但教我们文化，还教抗日爱国的道理。学校里有专门的音乐老师教我们唱抗日歌曲，还有专门的体育老师上体育课。虽然条件简陋，我感到还是很充实的，没有白费光阴。

在难民学校不到一年时间，1942年春天，学校推荐我们六年级学生中的一部分同学到汉中去上中学，就是人们常说的"国立七中"。我当时成绩不太好，是以备取第一名的成绩才上了中学。

"国立七中"原来是国民政府应流亡到西安的山西人士要求成立的"国立山西中学"，后改成"国立七中"，校址在汉中东边的洋县。学校设有初中部和高中部，由于条件限制，一个学校被分成三部分：高中部设在洋县城边，初中部被分设在县城东西两处，我们上的初一年级在离县城东边几十里的大庙里，初二、初三年级则在县城西边几十里的一座寺院里。我们去时，初一年级共六个班三百多学生。虽然条件很差，不过我们住的是房子而不是窑洞。课桌凳子都是旧的，还有的就是用砖头支起来的一块木板。

这里的老师也和难民学校的老师一样，教学特别认真。学生是几个人发一本书，有些还是旧的。初一有代数、外语，初二又增加一门物理课。星期一早操完了，师生一起大声背诵"总理遗嘱"，再唱"校歌"。学校还有"校训"，其中有"勿忘国耻、发愤图强"。学校还教学生"好学、勤俭、诚信"等。学校虽然条件很差，但师生的精神面貌很好，上操时步伐整齐，唱歌时雄壮有力，学习也非常认真。

我上了一年初一，就转到另一个校址读初二。刚到新地方，才上了一个多星期课，学校就号召青年学生参军，这是1943年夏天。因为抗战需要，国民政府要组织青年军，专门招收有一定文化的青年学生。当时提出的口号是"一寸山河一寸血，十万青年十万军"。我们经过难民学校和"国立七中"老师几年的辛勤教育，特别是我亲身经历过日本强盗的欺辱，所以大家都怀着一颗赤诚的爱国之心，决心投笔从戎，到战场上去和日本鬼子真刀真枪地干一场，可谓热血沸腾。所有学生都积极报名，写决心书，甚至还有的写血书。我们初二年级四个班二百多学生，就有三十多人参了军，一些年纪小不够条件的同学眼睛都哭肿了。我那年虽然刚过十七岁，可是个子又高又大，很荣幸被选上了，那种激动的心情是不能用语言表达的。积攒了几年的国仇家恨，现在终于有了报仇的机会。

"国立七中"那次共二百多人参了军，现在只能记住张廷俊一个人名。我们徒步走到汉中，发了军装，临时编了班排。当官的说，我们这批新兵要到很远的云南接受训练。

从汉中坐汽车到四川，再经贵州最后到了云南省会昆明。那时年轻，天天坐在汽车上颠簸，也不觉得累，一心想的是到前线杀鬼子。以前在书上知道昆明是"春城"，现在真的到了，气候果然十分宜人。到这里又发了一身新军装，据说是美国货，颜色和国产的不一样，质量也好很多。

在昆明受训半个月，主要是提高思想认识。当官的说我们这些学生军要到印度去接受更严格的技术训练，然后从印度出发消灭缅甸的日军收复缅甸北部。从昆明出发时，我被编在"汽十四团"，英文叫"JMC"。我以前学过地理课，知道从云南再往西南就是缅甸。现在经过训话才知道，世界反法西斯阵线是一盘棋，我们这里属于中缅印战区，中国方面此行的目的，一是阻止日军入侵印度，更主要的还是保卫自己的大后方云南、贵州、四川，要不然会腹背受敌。还要打通中印公路，保障这条国际大通道，使美国援华物资不再经驼峰航线能尽快到达昆明。

训练结束后，往印度是坐飞机去的。我才知道我们经过的这条航线就是著名的"驼峰航线"，危险性很大，但头一次坐飞机的好奇心早就把这些抛到脑后去了。

到了印度，我们住的地方叫"兰姆伽"，这里有美国人为支援中国抗战开设的许多军事技术学校（即兰姆伽训练营），如战车学校、汽车学校、通信学校、工兵学校、指挥学校，还有专门训练炊事兵的后勤保障学校等。学校和部队住的都是帐篷，质量很好。

我们这些学生军有几万人，都是初中高中的在校生，还有不少是大学生。大家都是怀着一颗报国之心来到这里的。教官全是美国人，他们把学生军按学历分到各个学校，我被分在汽车学校，学习开十轮大卡车。

后来才知道，这些学生军到印度来接受训练，是美国人史迪威将军"人猿泰山"计划的一部分。这个计划分两部分：一是X军（中国驻印军），目的是从印度出发收复缅甸北部。二是Y军（在云南的新远征军），任务是收复云南境内怒江西岸大片沦陷的国土。随着X军的推进，还要把一条从印度出发的公路经缅甸和中国境内的滇缅公路连通，同时还要铺设一条大口径输油管道，从印度的加尔各答直通云南昆明。当然这在当时属于高级军事机密，只有大官们才知道，我们这些普通士兵只要把教官教的知识学会就行了。

应该说，美国人支援中国抗战也是下了很大本钱的。兰姆伽这里本来就有前一年缅甸战役失败后退下来的几万中国军队，这次又来了几万名学生军，所有人的后勤物资全部是美国人供给的，生活各方面供应与当年的难民学校还有汉中的"国立七中"比起来真是天壤之别。当然我们接受的训练也是十分艰苦的，因为来的目的主要是训练好了打击日本强盗，而不是来享受的。

美国教官也很能吃苦，他们也不打骂学员，只是要求很严格。我亲眼见过史迪威将军，他穿一身旧军装，到我们汽车学校视察。他见我们学习、训练都很认真，就跷起大拇指说"OK"。

以前国民党军队大都是抓来的老百姓，他们大多数不想当兵，而且绝大多数都是文盲，不知道为什么打仗，上了战场光想逃跑，所以屡战屡败。我们这些学生军的到来，不仅增加了"驻印军"的数量，更主要的是充实了军队的质量。这些学生军有文化，接受新事物快，而且懂得为谁打仗，战斗力当然就强。

在学校学习训练了三个月，我就学会了开汽车，修车技术在屡次比赛中也是名列前茅。1943年10月，反攻缅甸的战役开始，我们的汽车学校改成"汽车兵团"，仅美国十轮大卡就有几百辆，拉着军用物资往前方送。

我们那时候是绝对服从长官的命令，随时把前线需要的物资送上去。我记得当时从印度到缅甸的密支那，这一路打了差不多一年仗，也修了一年路，修路的有美国人也有印度人，我在那里第一次见到黑人，有人说那是美国的"黑人工兵团"。我们有时拉的是枪炮子弹汽油，有时也拉修路用的东西。

密支那收复以后，日军的嚣张气焰也被压下去了，后边的战事就进行得快多了。到1945年元月，收复缅甸北部的这场战争终于以日本强盗的彻底失败而结束。我们开着十轮大卡把大批的军用物资运到昆明，已经是二月份了。

回到国内，汽车兵团的任务主要是以昆明为中心，向贵阳、重庆运送物资和人员。我们出国快两年了，现在终于胜利地返回祖国。昆明的老百姓把我们当英雄一样夹道欢迎。

以后我所在的部队就一直驻在昆明附近。当年8月日本宣布无条件投降，经过多年浴血奋战，中国人民终于胜利了，军营里一片欢腾。

　　但是不久国内战争就爆发了，当年的"驻印军"编成的新一军、新六军被调往东北战场，我们的汽车兵团大部分开走了，我和一小部分人却被留下来，仍然驻在昆明附近。咱是一个小兵，当官的叫干啥就干啥，不问为什么也不知道为什么。直到1949年的年底，云南和平解放，我所在的部队被解放军接管了，要把我们改编成解放军。

　　我虽然当了几年国民党兵，可一直是个开汽车的，解放军的领导征求我的意见，是继续留在部队还是回家。我离开家快十年了，一直没和家里联系过，十分想念家乡的亲人，就要求回家。部队领导给我发了路费，让我回家，那时叫"资遣"。

　　这时老家早已解放了，我回来后，没过几个月就报名到太原参加考试，我考上了"山西公学"。学习了近一年时间，结业后被分配到山西北部的灵丘县中学教历史课，后来还担任了学校的教导主任。

沉默的父亲

唐 瞬

"看着生动的大地，我觉得它本身也是一个真理。"

驴

父亲去世后，再次观看李睿珺导演的《隐入尘烟》，我有意无意间开始注意到了那头驴，注意到它那灰白的毛色，那惹眼的长脸和大头，还有那竖起来能招风的大耳朵。它就在那儿，一声不响地待在角落里，或奋力扬蹄奔跑在田地间。无论如何，我闻到了它的气息，初看时我压根儿就没有留意到这些，好像它不存在似的。

看到后来，越发觉得它跟我记忆中的父亲很像。

我出生的时候，父亲才二十五岁。等我长大一点，有清晰的意识和记忆时，父亲已经三十多岁了，随后三十多年里，他模样几乎没有太大的变化，国字脸，宽下巴，坚挺的鼻梁，黑亮的眼睛，顶着一头浓密而粗硬的短发；因为繁重

《隐入尘烟》出来的第一个镜头有点意外，居然是一头默不作声的驴。紧接着画外音冒出来："老四，你咋还没出来？"这句旁白的字幕，也压在这个画面上。

的劳作和风吹日晒，他的肤色呈自然的古铜色，额头被晒得像刚刷过油的皮鞋头那样发亮；脸颊上没有一丝多余的肉，这让他那不爱笑的表情，像柄磨得锋利的刀，让人莫名其妙地紧张——我妈、我姐和我，都有这样的感觉。

父亲干农活的时候，总习惯戴顶帽子，一顶军绿色的确良老军帽，搭配深蓝或军绿或深灰色的确良上衣，再踩上一双破破烂烂的解放鞋。很长时间，他都不习惯用剃须刀，嫌麻烦，胡子长了，就顺手操起母亲做针线活的剪刀，咔嚓、咔嚓，几剪刀下去，就完事了，这让他那又短又硬的粗黑胡子特别扎眼。

父亲不爱说笑，他的话很少。在我的印象中，他一天从早到晚，总在地里跟泥巴打交道，一声不响埋头干活，很像片中那头驴。很小的时候，我和姐姐跟在他屁股后头，去做各式各样的农活，帮忙插秧，帮忙犁地，帮忙双抢，帮忙挖薯，帮忙摘茶籽，帮忙割大豆和高粱，总是伴随他的沉默和他的嫌弃。沉默是因为他长时间专注在手中的活计，做得又快又好。那时听村里的叔婶跟我讲："你父亲十三岁起，就像大人一样在公社挣工分了。"在农村的集体化年代，父亲是村里公认的干活能手，堂哥跟我说："他那会儿还当过村里的生产队队长。"嫌弃是因为他总嫌我们干活干得慢，干得不好，还喜欢偷懒——要么是插秧插得队形歪了，要么是割稻子割半天还没有他半个小时割的多。小时候暑假农忙，是记忆中最难熬的日子，顶着炎炎烈日，双脚踩在随时都可能被蚂蟥叮咬的水田里，双手撑在裤管早已湿透的膝盖上，望着一大片还没割完的稻子，心里想着什么时候才能收工，但等来的却是父亲一声劈头盖脸的怒吼："就知道偷懒！"这种记忆一直延续到大二那年暑假，我记忆中最后一次陪父亲搞双抢，跟他一起抬打谷机，一起割稻子，一起挑谷子回村。我小心翼翼地做着一切，但总在担心，担心沉默的他突然发作，劈头盖脸扔来一顿怒骂："都这么大了，还像小时候那样！"

我看着片中老四牵着驴进城拉家具，牵着驴去耕地，牵着驴去割麦子，牵着驴去掰苞谷，忙前忙后，忙里忙外，脑海里浮现的，却是父亲过去三十年，他在家里家外忙来忙去不知疲倦的身影，以及他那副仿如锈铁般凝重的表情。记得有一年冬天，那时他还没有去煤矿做工，家里非常拮据，他大清早起来，挑了满满的一担白萝卜去镇上赶圩，希望能换几个钱贴补家用。镇上离村里大概有十几公里的路，来回要走上两三个小时，快吃中午饭的时候，父亲又挑着满筐的萝卜回来了，气急败坏地跟母亲说道："宁愿喂猪也不卖给他们吃！"后来，母亲从赶圩的同村人那里打听才得知，当时的萝卜特别不值钱，一毛三分钱一斤，父亲想着怎么也得卖两毛一斤才划算，不善吃喝、不懂讲价又不愿做亏本买卖的他，大冬天站在寒风中，苦苦等了半天，一根萝卜也没有卖出去，最后只能气鼓鼓地又赶半天路，将一担萝卜挑回家来。现在想起这些，他那个大冬天里挑着满筐萝卜赶路的沉默身影，再一次跟片中那头驴叠映在一起——轴；执拗；死脑筋；半天放不出个屁来——那些年母亲数落父亲的形容词，一个个像挖土机扬起的沙石纷纷扬扬降落下来。

老四

父亲也是家里的老四，上面有三个姐姐，下面还有一弟两妹。按现在的生育情形，一个家庭七个孩子，简直让人无法想象，但让我无法想象的，不是兄弟姐妹多，而是另一

195

片中老四名叫马有铁，他三哥叫马有铜。上面还有二哥有银，大哥有金，他们都已经去世了。村里人叫他马老四，三哥也叫他老四，片尾出字幕的时候，剪辑也将老四这个名字排在最前面。

种情形。父亲和他前面的三姐，与后来的一弟两妹，并非出生在同一个家，而是同母异父、两个家所生的。爷爷去世得早，走的时候父亲才四岁，然后奶奶就改嫁了。奶奶改嫁的事，父亲从未和我讲过。我大概等到上初中的时候，才知道这么回事。那时候，奶奶也过世了。

父亲葬礼上，那天我跪在灵堂前守孝。比父亲大六岁的年桂伯，坐在我面前左侧的高脚凳上，双手交叠放在膝盖上，用他那略显中气不足但还算温和低沉的声音，跟我讲起他记忆中的一段往事："你爸十三岁的时候，就跟着我们去煤窑里挑煤、捡煤。那时候，他个头还小，跟在我们后面，挑担煤的样子还有些吃力啊，但已经出来挣工分了。你爷爷去世过早，奶奶另嫁，老爷爷一手把你爸带大。你爸啊，从小立家，吃了不少苦。"这些事，关于奶奶改嫁（据说还改嫁了两次），关于他自己的成长经历，关于他从小吃过的那些苦头，那些往昔的贫贱和卑微，伤疤和阴影，他从未和我讲过，以至于整个少年时期，我对父亲三十岁以前的事，其实一无所知。现在回想起他的一生，年桂伯那句不经意间说出的话，久久回荡在心头："你爸啊，从小立家，吃了不少苦。"

何止是吃了不少苦啊？

在《弃猫》中，村上春树谈起有关父亲的记忆，其中有两个细节印象深刻。一个细节是开篇讲的，某个夏日午后，他跟父亲去海边扔猫，扔完之后骑自行车回家，但没想到的是，他们走进家门，那只被遗弃的母猫正"喵、喵"地叫着，竖起尾巴亲切地来迎接他们。另一个细节是文中谈到父亲的成长经历，村上讲他的父亲小时候曾被祖父送给人家当养子，但因为身体难以适应那边的环境，又被人家送了回来。回想起这段父亲被祖父母抛弃的经历，村上说："我能感觉到，那段经历恐怕在父亲年少的心里，留下了深深的伤疤。"紧接着他又补充："这类记忆恐怕会成为看不见的伤痕，纵然深浅和形状会逐渐变化，也还是会纠缠人一辈子。"

成年后，我已经从叔伯姑婶们的讲述中，零零碎碎地拼凑起父亲的成长经历，知道那段"被遗弃"的经历意味着什么，但在与父亲无数个相处的日子中，它依然像谜一样横在我们中间。我一直想听听父亲亲口说出这些，在某天的饭桌上或某个无聊的夜晚。但父亲一直默不作声，闭口不谈。这沉默的背后，是不是他一直对被奶奶抛弃这件事无法释怀？是不是这些童年时期沉重的记忆和阴影让他永远无法启齿？是不是走到生命的尽头他仍然被那道"看不见的伤痕"深深纠缠？是不是他六十七岁衰老的残躯依然住着一个四岁时就被母亲扔下不管的阴郁小孩？

结婚

我不知道父亲和母亲具体是哪年哪月哪日结的婚，按照姐姐出生的年月推算，父母结婚的时间大概在1975年春天或夏天，那时候父亲还不到二十岁。父亲是冬天出生的，出生的时候应该是一年中天气最冷的时日，所以老爷爷给他起了个小名叫"冬古"，后来这个有点古怪的名字，阴差阳错伴随了父亲的一生。

听母亲讲，他们结婚的事，都是老爷爷一手张罗的。奶奶改嫁后，父亲也差不多算是老爷爷一手带大的。听村里的老一辈讲，老爷爷是村里的私塾先生，村里很多上年纪的，小时候都是听他的课长大的；后来私塾被公立学堂取代，老爷爷成了远近闻名的风水先生，我们那儿土话叫"地仙"，

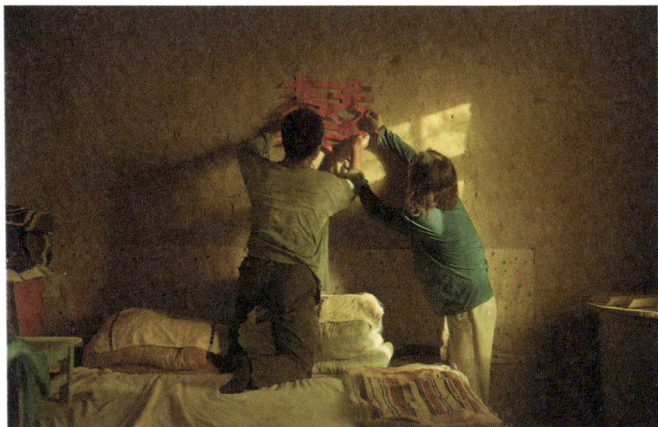

老四和曹贵英见面后，在双方长辈的撮合下，很快就结婚了。片中用不多的镜头简单交代了这个情节，一个是拍结婚照，一个是张贴囍字。为了体现他们对这段婚姻的珍惜，老四和曹贵英搬家的时候，还特意将囍字带到了新家。

很多红白事，专门有人上门来找他看龙脉看风水；"文革"时，老爷爷也受到牵连，家里的书籍文房四宝被抄一空。父亲结婚的时候，老爷爷已经八十多岁了。

母亲那边的情况，跟父亲比起来，也是半斤八两。姐姐甚至说，"她小时候过得比父亲还惨"。惨到什么地步？母亲跟我姐讲啊，她小时候家里穷得连买洗衣粉的钱都没有。母亲很小的时候，就到附近的小溪里去捞虾，然后将虾子晒干去换钱，换到钱才能买回洗衣粉。外公外婆那边生有三姊妹，但情况比我父亲这边还复杂。外公娶外婆的时候，都是二婚，外公和前妻留下一女，外婆和前夫也留下一女，然后二婚有了我妈。不知道是关系太错综复杂，还是碍于情面，母亲很少谈及这些陈年往事，只是迫于我姐的追问，她才勉强说起这些来。关于外公外婆，还有老爷爷，我对他们没有留下任何印象，外公走的时候，我还没有出生；老爷爷走的时候，我才一岁；外婆走的时候，我刚满两岁。

作为孤儿的父亲和跟孤儿一样惨的母亲，他们结合在一起，随后的人生磕磕绊绊近半个世纪。与父亲的沉默寡言截然不同，母亲喜欢碎嘴，喜欢挑毛病，喜欢出口伤人，这导致父母在生活中永远是鸡同鸭讲，永远是水火不容，意见不合就争吵，争吵升级为暴力，暴力后就是很长时间的冷战。我姐和我，前面十几年的人生，就是在这种争吵、暴力和冷战的环境中战战兢兢长大的。姐姐回忆起父亲，至今还耿耿于怀："老爸脾气挺大的，老是跟老妈吵架。记得很小的时候，他们老是打架。每次爸爸要打妈妈，我就抱着他的腿，不让他去。唉——"

我姐离开家很早，小学毕业就外出打工了，我经常要独自面对那些难受又难熬的时刻。在母亲装病卧床不起的日子，我不得不去生火做饭，不得不去井里挑水，不得不去清洗父亲下井挖煤时穿的衣服。以至于我成年后很长一段时间的睡梦中，全是各式各样的父母掐架寻死的梦境。这样一说，或许你就能想象父母的关系，对我和我伤害究竟有多深。

我读过美国心理学家艾瑞克·伯恩的著作《人生脚本：改写命运、走向治愈的人际沟通分析》，书中第一章，他介绍每个人有三种自我状态，第一种源自父母式人物的自我状态，简称为"父母自我状态"；第二种是当一个人客观地评价他所处的环境，并根据过去的经验对其评估，这种状态为"成人自我状态"；第三种叫作"儿童自我状态"，指的是每个人的心中都装着一个小男孩或小女孩。关于"父母自我状态"，伯恩指出那是"作为父母在我们身体留下的基因和烙印"。在"脚本的传递"一章中，他再次强调了这个观点："我不仅是我，我更是我的父母、祖父母、曾祖父母他们编程的结果，他们的显性基因和隐性基因都或多或少融入或入侵我的自我状态。"

看到这里，当时的我被深深触动，好像突然被针尖刺穿，全身一阵战栗，为此在读书笔记中留下这样一段话："按《人生脚本》的理论模型来看，如果父母亲的命运是祖父母编程的结果，那他们的人生脚本关键词是：孤儿；被人遗弃的人；独自活在世上的弃儿；一个输家和另一个输家的结合。"

老黄历

小时候，父亲喜欢在灶屋的红砖墙上挂一册老黄历。记忆中那面墙上，挨着老黄历还挂了很多其他的东西，有红辣椒串，有晒干的蒜头，还有经常用到的秤砣，用黑色塑料袋

老四和曹贵英结婚后，搬进借来的破房子里。床头的玻璃窗，油漆剥落，挂角那面玻璃损坏了，也没有补上，留下一个黑窟窿；带熊猫和竹子图案的窗帘，有发黄的痕迹，陈旧而暗哑；发黄变黑的石灰墙上，挂着各色小物件，最显眼的位置，是一本老黄历，日历上鲜红的数字"9"，又大又醒目。

装着的挂面。

过完春节，父亲就开始翻老黄历，推算春耕播种的日子，跟母亲商量什么时候去城里买种子，什么时候去地里埋肥，什么时候清空猪栏，什么时候去买菜苗。每天大清早，烧柴引火的时候，父亲会将过去一天的那一页撕下来，用打火机点燃，扔进一堆松果或树枝中。

父亲爱抽烟，各式各样的烟，我小时候经常给他去隔壁村的小卖部买烟，五角钱的居多，偶尔也买过一元钱的，有火炬牌、五岭牌、湘莲牌、相思鸟牌，那时候的香烟，大多不带过滤嘴。有时候父亲五角钱的香烟也舍不得抽，就选择抽烟丝。他有一个装烟丝和烟纸的塑料袋，经常会卷起来，塞进外衣的口袋里。找不到烟纸的时候，父亲会从日历上撕一页下来，用它来卷烟丝抽；有时候找不到打火机，父亲也会从日历上撕一页下来，从煤炉里点燃，再用它来点烟。

有段日子，他连烟丝也舍不得买，想起自己种烟叶来抽。后山的辣椒地采摘完后，他立马种下一大片烟叶。几个月后，他将烟叶采收回来晾在老屋的阁楼上，想抽烟的时候，就取些晾干的烟叶卷起来，从厨房里拿把磨得锋利的菜刀，切成一段段细细的烟丝。种了几年，后来可能因为自家种的烟叶没有买回的烟丝那种烤烟的香味，抽起来不过瘾，父亲就放弃种烟叶了。再后来，他的身体一日一日地垮下来之后，就开始戒烟。从那之后，家里再也没挂过老黄历。

记账

如今我时常记起的画面：父亲没事的时候，会从枕头边掏出一个记账本，有时候是黑皮本，有时候是牛皮纸，有时候是个巴掌大的迷你笔记本。他一边拿着算盘，打得噼里啪啦地响，一边用他粗糙的大手捏住圆珠笔，默不作声地记起来。

老四和贵英从城里采完血，回到村里的杂货铺，去赊小麦种子和化肥。老四没钱支付，对店掌柜说："你先给我记在账上吧，等秋天粮食下来卖了钱了，一起给你开销吧。"店掌柜二话没说，拿出计算器和账本给他记上。边上围着在打牌、看牌的村民，为老四抱不平："你把熊猫血献给张永福，不让他来给你买化肥、买种子？不让他开宝马拉上给你送到屋里去？你还套个驴车干啥呢？你还赊账？……"

　　父亲的手掌特别大，特别厚，手指头变形得特别厉害。他的手掌，由于长年累月的劳作，经常结上一层厚厚的茧子，以至于当他用母亲做针线活的锋利剪刀来剪指甲时，还得花点时间，去剪掉那些硬得实在不像话的牛皮老茧。他的指头，活像又老又干的姜头，正常的指甲被磨损得脱落了，指尖也被磨平了，磨圆了，磨成像老姜头那样的奇形怪状，而且指尖的关节还凸出来，突兀得有点怪吓人的。指甲缝里全是黑的，就连掌纹里，都有那种浸泡在煤炭里怎么用力也洗不掉的黑头。父亲就是用这样一双粗糙难看的手，把算盘珠子打得噼里啪啦，把账本上的数字记得一清二楚。

母亲说她是文盲，只上过一年级，不会写自己的名字。父亲比她好一点，上过二年级，会写自己的名字。但他对算盘的熟练程度，还有他字迹的老练程度，根本就不像只上过两年学的。我怀疑父亲小时候跟着老爷爷学了不少好东西。上初中后，我稍微懂事一点，开始琢磨起父亲的账本，有时候会偷偷从他枕头下掏出来，一页一页地翻开，只记得本子里记下的，都是村里叔伯们的名字，都是叔伯们跟父亲一起做煤农换来的血汗钱，那一排排名字，那一排排数字，被父亲像财务会计那样一笔一画地记下来。

"他个头高，力气大，带着村里的一些年轻人做煤农赚钱，因为他的为人处事各方面都好，很多人都愿意跟他干。"父亲去世后，堂哥回忆道，"我所知道的，每次煤矿老板算了工资交给你父亲，多半是十天或半个月结一次，他每次给我们算账时，一分一厘都要分完。从来没有多余的钱在他手上。这件事我是非常清楚的，可以说他是清清白白做人，扎扎实实做事的。"

父亲做了十多年煤农，也记了十多年的账。我不知道村里村外有多少人像堂哥这样念着父亲的好，念着当年他一分一厘地给他们算工钱，念着父亲总是像带头大哥那样，戴着矿灯扛着利斧爬到煤井最深、最危险的地方。

耕地

夏日清晨，鸡舍里的鸡还没有放出去觅食，太阳还没有露出一丝红线，父亲就会将我从床上叫起来（整个初中和高中的假期都是如此），睡眼蒙眬中拿着家什，跟着他走向田间。有时候要翻耕一上午的水田，有时候要掰扯一上午的秧苗，有时候要收割一上午的稻子，总归得干上三个钟头，才能回家吃早饭。

如今时常忆起，父亲在开动前，会坐在田埂上，从口袋里掏出半瓶白酒或一支啤酒，先慢悠悠地喝上。如果碰到阿伯阿叔阿婶们也在田间干活，他会笑着跟他们开几个大人之间才开的玩笑。干上好一阵子，他会歇上一会儿，拿出烟袋来，卷上一根，狠狠地抽上几口，再接着埋头苦干。而我只能干巴巴地饿着肚子，苦撑着不听使唤的身子，拼命地跟着他的节奏。

父亲身材魁梧，力气很大，是村里有名的"力王"。几次农忙时节，遇上母亲病了，父亲找不到人抬打谷机（我那时个头太小），他就干脆一个人将打谷机扛在背上，背到田间。收割完，将在水里浸泡过的稻谷运回村里晾晒，也是个力气活。村里头的阿叔喜欢用纤维袋装好，一袋一袋搬到板车上，拖运回家。而父亲喜欢用箩筐，一担担地挑回去。上高中时，我开始学父亲那样用箩筐挑谷子，有几回差点连人带筐摔进田埂边上的水渠里，村里头阿伯阿叔碰到这种情况

老四领着驴走在前头，贵英坐在耕地的农具上，当秤砣压着。大地上阳光普照，天空湛蓝，飘着烧麦秸秆的轻烟，远处的机器传来"轰隆轰隆"的声响。

总是取笑："学生伢子，肩膀还嫩得很啊！"

南方的种植季节十分漫长，春耕、夏耕、秋耕、冬伏，一年到头来，忙早稻，忙晚稻，忙菜地，忙麦田，忙开垦，忙播种，忙施肥，忙除草，忙收割，起早贪黑，一年四季，父亲都在地里头干活，就连生前最后一天，也是在田垄上度过的。堂哥回忆："那天，他站在你家地里那块瓜棚下，站上了大半天。"

父亲走的时候，正值中秋，种在地里的那块中稻刚收割完不久，田野里遍地都是还没完全枯死的稻秆。一阵秋风吹过，眼望着金黄色稻秆覆盖的大地，几只麻鸭穿行其间，枯萎的瓜藤随风飘荡。回想父亲一生与土地的关系，为它生，为它忙，为它死，终其一生，他都是一个纯正的农民，都是一个"泥腿子"庄稼人。

苇岸在《大地上的事情》中曾这样写道："看着生动的大地，我觉得它本身也是一个真理。它叫任何劳动都不落空，它让所有的劳动者都能看到成果，它用纯正的农民暗示我们：土地最宜养育勤劳、厚道、朴实、所求有度的人。"

父亲就是那样的人。

放鸭

养鸡养鸭在农村，是司空见惯的事。我有一年带两岁大的女儿回老家，她追着村里头觅食的母鸡，跑了大半个村子。殊不知，她父亲小时候，就是在鸡屎和鸭屎堆里长大的。

在成为煤农之前，父亲还干过很多不赚钱但特别劳心劳力的活。他养过母猪，试图靠贩卖猪崽赚点小钱，但那六七只小猪加上一头母猪，每天都像喂不饱的大象，让一家人永远都在发愁去哪里找免费又有营养的猪粮。我姐很小的时候，每天上完学，还要提着竹篮子去田里山里割半天的猪草。有一次，几头猪崽从猪栏里跑出来，田里菜地满村子疯跑，全家人费了九牛二虎之力才将它们赶回猪圈。还有几次

老四和贵英找了个纸盒，将借来的鸡蛋放进去，拉了根电线，接上电灯，用来给鸡蛋加热升温。橘黄色灯光，透过纸盒上硬币大的小孔，投射在墙上，也映照在贵英和老四的脸上。

发猪瘟，几头猪全都病倒了，父亲母亲急得团团转，母亲一头去山上找草药，父亲一头去镇上请兽医。

父亲还做过养殖户，养过上百只麻鸭，靠卖鸭蛋换钱过日子。每到秋收后，农田里有不少收割时残留的稻穗，父亲就会赶着鸭子去觅食，我们那儿的土话叫"放鸭"——就像牧民放羊那样。父亲穿上长靴，披上蓑衣，戴上斗笠，扛上一根长约三米的大竹竿，然后指挥着从后屋里跑出来"嘎嘎嘎"欢叫的鸭子们，浩浩荡荡地出发了。放鸭的过程中，一点儿也不能分心，要小心盯着那群麻鸭，免得跑进人家的菜地，跑进人家的鱼塘，跑进人家的水井，引来不必要的麻烦，父亲为此会一整天耗在水田里，撑着大长竹竿，像边塞扛着红缨枪的大将军那样，守候着觅食的鸭群。

鸭子们还会随时随地下蛋，走到哪儿，下到哪儿。这让父亲不光要盯着它们乱跑乱窜，还要留心水田里随时冒出来的鸭蛋。我小时候就有过跟父亲一起放鸭捡蛋的经历。在鸭子们觅食过的农田里，边走边搜罗，总能发现几枚卧在水中像宝石一样闪闪发光的鸭蛋。那段时间晚上的睡梦中，总是浮现各式各样随时随地捡到鸭蛋的情形，这给我的童年记忆增添了几分奇幻的色彩。

更奇幻的是，有天早上，父亲跟我们说："昨晚家里来贼了！"为提防鸭子和鸭蛋遭偷遇窃，父亲晚上睡在后屋鸭巢的阁楼上。我和母亲睡在前屋，中间隔了个小院子，还有门墙，根本不晓得后屋晚上发生的事情。"小偷是从猫洞里钻进去的，"父亲说，"还好发现得及时，没有大的损失，可能就顺手偷走了几个鸭蛋。"

后来，后屋拆除了，父亲重新盖了一栋两层楼的红砖瓦房，但三十多年过去了，我还时常忆起小偷爬进我们家偷鸭蛋的那个晚上。

盖房

小时候，我家有两排房子，前排是新房，后排是旧房。后排的老房子是爷爷手里留下来的，土砖砌的，年久失修，

老四挽起裤管，双脚杵在泥堆里，来来回回使劲地踩。然后，他将和好的泥浆，用铁锹一下一下铲到拓泥砖用的模子里，再用单脚将模子里的泥浆一点一点踩紧踩实，用铁锹将溢出来的泥浆抹掉，最后蹲下来铆足劲，将泥砖搬到空旷的地方，拓出来晾晒。就这样来来回回，老四拓好了一地的泥砖。

很多墙垛都被雨水腐蚀坏了，那年父亲养殖麻鸭，其中最大的一间还做过鸭巢。我十二岁那年，父亲决定重修旧房。相比老四在《隐入尘烟》中盖的泥砖房，父亲重修的两层红砖瓦房，工程要复杂一些。

跟老四一样，大部分工程都是父亲动手做的。在真正动手盖房子之前，父亲花在准备建筑材料上的时间将近一年。他先是自己动手拓了一窑的红砖，那一年暑假我天天陪他打红砖，他负责和泥、拓砖，我负责搬砖、码砖。拓了红砖之后拓泥砖，拓了泥砖之后拓煤饼。拓煤饼用的煤炭，也是他自己做煤农时挖的。红砖、泥砖、煤饼都准备好了，他将它们拼在一起，外围用钢丝匝好，搭成碉堡形状的红砖窑，再用木柴在地上留的窑口点火，烧了大半个月，烧出一窑让整个村子赞不绝口的上等红砖。姐姐在回忆父亲烧窑的情景时，说了个她难以忘怀的细节："那时候父亲的力气很大，装窑的时候，他一个人可以挑起两百斤重的红砖。"

烧完红砖后，父亲开始拓空心水泥楼板。他叫村里的拖拉机从城里拉回钢条、钢丝、水泥，从盖楼师傅那里借来木制模具，从附近的河里挑来沙石，然后在屋前的禾坪上，轧钢条，绑钢丝，筛沙子，和水泥，摆模具，熟练得像个建筑工人，将用来做楼梯、做露台、做窗花、做阁楼的水泥板一块一块拓出来，然后每天不时地浇水，让它们在日晒水淋中，慢慢凝固成形。水泥板准备好后，父亲又跑到瓦窑厂，请人烧制了一窑的瓦片和一窑的石灰。烧石灰用的石头，他耗在石场挑拣了好几天。

红砖、瓦片、石灰、水泥板都准备好了，父亲又花一个月的时间跑林场，去深山老林里砍树，并将那些来年盖房子做木工用的木头一车一车地拉回来。盖房子的前一年，父亲动手拆除了老屋。拆老屋的时候，父亲像老四那样，展现了特别抠门的一面。他将老屋那些能用的门板、门框、窗栏、瓦片、木梁，都一一挑选出来，堆放起来，留着盖新房子用。老屋拆除后，父亲在原来的地块上，浇灌水泥，打上了地基。

真正开始盖房子的时候，村里的叔伯们都来帮忙，家里热闹极了。帮忙挑砖的、帮忙砌墙的、帮忙做木工的、帮忙和泥浆的、帮忙抬水泥板的，平时忙着在地里做农活的村民，摇身一变，组成了一个小型的建筑施工队。那时村里盖房子都是互助式的，今天你来我家帮手，明天我去你家帮忙。父亲是个砌墙高手，他经常在干活的时候，怂恿那些年轻的后生辈，跟他比赛砌墙的速度，看谁砌得又快又好。几年后，叔父家盖楼的时候，父亲还是砌墙的主力军，那时候我已经可以帮忙干些杂活了，亲眼见过父亲砌墙的手艺和麻利劲儿。

最热闹的日子是做二楼的水泥地面那天。我记得很多亲戚都过来帮忙，因为抬几百斤重的空心楼板需要特别多的人手。那是自家盖楼房最重要也是最忙碌的一天，父亲在工地上张罗，母亲在厨房里张罗。家里还请人杀了头猪，用来当大伙饭的食材。母亲忙前忙后张罗一屋子几桌人的伙食。我们那儿的习俗，请人盖房子，主家每天除了备烟酒，还要供两餐饭。后来每每回忆这段日子，母亲都会得意地说："所有人都说主家的伙食做得好，舍得花钱！"

盖房子的很多细节我都忘记了。那段时间我忙着准备小升初的考试，主要在学校住，大部分时间要背书写作业，只有周六才回家。记得家里杀猪的那天，四姑从我家回去，要经过我们小学，母亲还专门让她给我捎了一壶玻璃瓶装的杀猪菜。

吃

　　小时候，我们家平时吃饭是不上桌的，父亲经常是捧着个大海碗，装上满满的一碗白米饭，夹上几筷子菜，弓着身子，挪出厨房，转身坐在大门前的小板凳上，大口大口吃起来，通常会吃得满头大汗，中途还得将头上的老军帽脱下来，搁在一旁的石礅上。父亲吃东西很少细嚼慢咽，一上来就是一副饿死鬼投胎的样子，从满满的一大碗，一直干到碗底朝天，一粒米饭不沾。我小时候吃饭经常挨骂，饭菜掉地上了要挨骂，剩菜剩饭了要挨骂，摔坏碗和调羹了要挨骂，胃口不好挑食了也要挨骂——父亲总是按他的标准来要求我和我姐。

搬进新房后，老四和贵英坐在院子里吃晚饭。满屋子家鸡围在他们脚边，像群叽叽喳喳的孩子。老四和贵英边吃边将碗里的面条撒在地上，母鸡们当仁不让地抢食。院角的驴子在安静地嚼着草料。

父亲喜欢吃软糯的东西。端午时节，吃碱水煮的粽子，蘸着白糖，他一口气可以吃上五六个；进入冬季，家里早上通常吃红薯，那种又甜又软的水煮红薯，我吃上半个就饱了，父亲要用海碗装上一大碗，还嫌吃不够；过年的时候，如果碰上煮粉条，他可以单独来一大碗，当主食吃；厌烦了籼米，他还时不时地煮上一锅糯米饭，撒一丁点油盐，就可以吃得津津有味。

村里流传不少父亲早些年间吃东西的趣闻，其中有二三事，现在还常被我姐提起。一事说父亲早年曾跟村里人打过赌，一口气能吃下一海碗的芋头汤泡饭；一事说父亲爱吃粽子，曾在干活的时候，连着吃了一条完整的粽子（相当于十二只）；一事说父亲爱用猪膀肉下酒，逢年过节，一次性可以干光两斤膀肉。这些事村里上了年纪的叔伯们都知道，但父亲从未在我们面前提及。姐姐聊起这些时，总是一脸严肃地说道："父亲小时候挨过饿，吃过不少苦啊！"

病

五十几岁开始，父亲的身体，一天比一天衰弱。

刚开始是咳血，发现异常后，立马启动戒烟。父亲是个老烟民，想戒断几十年的烟瘾，这是何其艰巨的工程。逢年过节，乡里乡亲聚在一起打牌，表伯表叔们个个吞云

贵英病倒了，躺在床上，用被子捂得严严实实的。老四端着一碗鸡蛋跑进屋里，热切地说："快起来，起来趁热把这颗荷包蛋吃上，一会儿了再把这个紫苏草汤喝上。"

吐雾，唯独他一面装作若无其事，一面从衣兜里抓出一把瓜子，一声不响地嗑起来。在这之前，他是没有这种嗜好的。父亲面子薄，架不住人家递烟，总是伸手去接，况且村里的红白喜事，主家都有派烟的习俗，他会习惯不习惯地将烟带回来，这导致他在声称戒烟之后，家里抽屉却藏有不少。母亲为着这事，多次跟他争吵，恶言恶语相向，骂他"死性不改"。

等父亲彻底戒断烟瘾，那是后来被诊断出慢性阻塞性肺病（俗名"肺气肿"）之后的事情。由于早年挖煤的经历，受煤灰石的影响，父亲的肺部严重受损，部分纤维化，这让他夜间咳嗽、气喘不停，甚至呼吸困难，严重时，需要靠吃药、吸氧、住院来缓和症状。从那之后，父亲的烟瘾就彻底戒断了，他开始与茶碱片、异丙托溴铵、吸入剂、制氧机结伴为伍，跟病魔展开了漫长的拉锯战。

后来病情每况愈下，除咳嗽、气喘、呼吸困难，父亲还出现了便秘、体重下降、食欲减退、结膜发炎、下肢水肿等症状，严重到难以为继的地步，只得一次又一次住院治疗。等病情控制后，父亲又像往常一样，投身到修路、装空调、搞基建、种田耕地等繁重的劳作中。我和我姐苦口婆心的劝告，对父亲来说都是耳边风，左耳进，右耳出，从来不起任何作用。再后来我们也懒得说了，由着他一边吃药，一边扛着锄头，去田里地头，继续劳作。对父亲来说，种地是天大的事，甚至比他的命还大。

但漫长的药物维持，最终还是将父亲的身体掏空了。

骤逝

2022年中秋节前一天，我突然接到堂哥打来的电话，他告诉我："你父亲身体不太好，赶紧回来一趟吧。"我预感不好，立刻买了下午的高铁票，赶回家时，已是夜里十点。

父亲和母亲都还没睡。父亲挨着床坐着，在喝盒装牛奶。我很少见父亲喝这东西，感觉怪怪的。往常这个时候，父亲无论如何都会睡下，他习惯了早睡早起。一旁立着的吸

那天老四去地里收苞谷，贵英拿着馒头和鸡蛋，准备去找他。当老四采收完回村，才知道贵英出事，她栽进了水渠。老四一面将贵英从水里打捞起（她手中还死死抓着装馒头的塑料袋），一面撕心裂肺地呼喊："贵英——贵英——"

氧机离他很近，吸氧机旁的餐桌上，堆满了杂物和药瓶，其中一瓶是他常用的茶碱片，我打开瞅了一眼，还有小半瓶。母亲在铺床，铺一张让我临时将就睡一晚的床。我将新买的四盒吸入剂递给父亲，问他的身体情况如何，用不用马上叫车连夜去医院。父亲很坚定很清醒地回答我："明天早上再去吧。"

他的嗓音有点低沉，但我没有多想也没有多问。在这个家里，所有的事情都是父亲说了算。房间灯光很暗，父亲一直坚持用五十瓦的白炽灯，这样会节省些电费。村里都开始用日光灯或LED灯了，他还坚持不换。我跟父亲说先去睡了，想着明早一起来，还得联系车，去医院挂号，陪父亲做各种检查，我也没心情洗漱，带着长途奔袭的疲惫，倒头就躺下了。

没有完全睡着。父亲一会儿跑去上厕所，一会儿去楼梯间的水龙头边冲洗，进进出出，那连着的几道门，发出"哐当、哐当"的声音，根本没法合眼。母亲也有自己的心思，她约了堂嫂一大早去庙里拜神。大概凌晨四点的样子，母亲起身，小心又小心地，没弄出太大的响声，心怕吵醒我，悄悄溜出门走了。我迷迷瞪瞪合了一会儿眼。

睡眼蒙眬中，我听到隔壁房间突然传来一声闷响。犹豫了会儿，我没有立刻起身。但过一会儿，整个房间好像突然彻底安静下来，我才惊觉：可能是父亲出了事情。我赶紧一骨碌爬起来，跑去楼梯口的卫生间，发现父亲摔倒在塑料桶旁边，我急着边喊"老爸、老爸"，边将他抱起，放到床上平躺下来，心急火燎地给他做心肺复苏。但很快，几分钟不到，父亲的手脚冰凉，他的唇齿绷紧，我趴在他停止呼吸的身上，半天回不过神来，不知所措。

父亲醒不来了。他躺在那里，看起来平静祥和，嘴唇微微张开，空荡荡的眼神盯着上空。父亲的呼吸停止了。我永远失去了他。

六十七岁的父亲，在我的眼皮底下，转瞬间，坠落到另一个世界。

中秋节凌晨四点半，天还没有亮。我给孩子妈打电话，关机状态，联系不上；我给母亲打电话，电话通了，但没有人接；我给我姐打电话，电话接通了，人还没有开口，就先崩溃了，放声恸哭起来。夜空很安静，一切那么虚无，我撕心裂肺地恸哭，像决堤的河水，毫无遮拦地恸哭，哭声穿越了村庄上空。

我不知道哭了多久，现在回想那一刻，眼泪又忍不住流出来。那一刻，我的嘴上还沾着父亲的味道（或者说死亡留下来的苦涩味道），我怀着巨大的恐惧和巨大的哀痛哭泣，像个宇宙间孤苦伶仃的婴儿那样哭泣，我怀着噩梦般的内疚感哭泣（为什么没有立即将父亲送去医院？为什么没有听到响声的第一时间爬起来？），怀着四十年来对父亲的怕和爱哭泣，怀着锥心的刺痛哭泣。我没有想到，最后到来的时刻是如此残酷，如此仓促，如此刀刻针刺般折磨，我没有想到我对父亲的拥抱、冰吻和触摸，发生在这个时刻，发生在伴随着死神附在父亲身上的最后时刻。

那一刻降临，一切沉入虚无，一秒慢得像一千秒那样漫长。

遗像

凌晨六点，葬礼铺展开来。烧纸钱，点长明灯，给父亲合眼，给父亲擦身，给父亲暖寿衣，给父亲穿寿衣，在手臂上系麻绳，准备灵堂牌位，挨家挨户去跪拜，去请叔伯们来

老四没有贵英的相片，做遗像时想了个笨法子，让婚纱店的摄影师扫描结婚证上的证件照，将它剪出来，放大，再调成黑白。摄影师问他："扫描进来放大得很虚，你再有别的大些的照片吗？"

帮忙，写下密密麻麻一页亲戚名单，坐堂哥的车去娘舅那边报丧，跪在灵堂前给前来吊葬的来宾磕头。三姑来的时候，陪着她大哭了一场；我姐一家赶回来的时候，又哭了一回；然后是年桂伯坐在那儿，给我讲父亲十三岁那年往事时，我强忍哀痛，默默地垂泪。比父亲年纪还大些的表伯，还有我姑婆的两个儿子（大概有十多年没见了），还有一些很少谋面的堂姐夫、表姐夫及表妹夫们，都来了。

在收拾餐桌给做道场的法师腾出位置写灵堂牌位时，我发现装有父亲常用药茶碱片的小白瓶空了，里面的药片一粒不剩。尽管时间已经过去很久，我仍然无法用言语来形容它当时带给我的心理冲击：这是不是意味着父亲昨晚将小半瓶药片全部吞下去了？这是不是意味着与病魔缠斗多年让他失去继续活下去的勇气？这是不是意味着他在生命的尽头自行了结了这一切？这个令人吃惊的发现，后来纠缠了我大半年的时间，我反反复复在追问：父亲为什么要吞下那些药片？他为什么要放弃自己？

但葬礼上我压根没有时间细想这些。尽管有叔父和堂哥在张罗和主持，但还是有很多琐碎的事务需要处理：购买物资，准备烟酒，安排席位，挖掘坟墓，各项大大小小费用的开支，各式大大小小仪式的配合。这些都没问题，真正难倒我的、让我焦虑万分的是一件很小很小的事：父亲的遗像。堂哥问我手机里有没有一张父亲的相片用来做遗像时，我顿时傻眼了。我翻遍所有照片，没有找到一张父亲的。打电话问我姐，姐回复我，她也没有。后来只好厚着脸皮去问母亲，她不紧不慢从二楼的柜子里，搬出一幅带相框的照片来，对我如是说："他早就准备好了。"

第一夜和姐夫守灵，几乎没有合眼。每隔半小时，得换上一炷香；每隔一小时，得点上新烛灯。姐夫在帆布椅上睡着时，我一个人坐在那里，盯着父亲的遗像看。父亲给自己准备了一张彩色照，不是通常意义上的黑白照，或是遗像馆的画像。我不知道这是他什么时候准备的，母亲也没有说。那是一张修得特别精美的相片，呈现出一个跟我印象中完全不一样的父亲：胡子修理得干干净净；头发一丝不苟，好像是为此特意理过；表情带着一丝浅浅的笑，轻微得不经意看，就像行文中的逗号被一笔带过；黑色的西装，白色的衬衣，搭配蓝色条纹的领带，这是父亲生前从未穿过的服饰。我不知道这身穿着是父亲的选择，还是照相馆的建议或惯例；那抹轻微的笑，是不是在摄影师给出"放松点，笑一笑"的建议后父亲给出的反应？第二夜守灵，我依然无法合眼。遗像中的父亲，那抹轻微的笑，好像变成了对人世间不屑一顾的嘲笑，他的眼神，好像冷冷的枪口盯着我。

三天三夜，我没怎么合眼。料理完父亲的葬礼，又跑去村委开具死亡证明、去银行领取最后的社保金、去镇上派出所办理注销户口手续。在派出所，当父亲的身份证被剪下一角时，我感觉到心口有一股强烈的刺痛感。返程时，我在随身背包里装下三件父亲的遗物：一台金色外壳的老式手机，一册父亲记账的笔记本，一张被剪掉角作废的居民身份证。除此之外，还带着一身的疲惫，以及一颗千疮百孔的心。

祭坟

父亲去世后第四十九天，也就是2022年农历的十月初一，遵照母亲嘱咐，我请假回湖南常宁老家祭坟。以前父亲在的时候，家里的祖坟都是他在祭祀，现在接力棒传到我手里了。

贵英坟前，摆有馒头、鸡蛋、罐头、苹果。老四跪在那儿，一面烧着纸电视，一面念道："贵英，这个电视你收上。"

　　我提着母亲准备的篮子，里面备有猪肉、米酒、苹果、火龙果、活公鸡等祭品，还有纸钱、香烛、炮仗和一把菜刀。堂哥骑摩托车载我前往。父亲葬在东山，从村子出发，骑摩托车大概要十来分钟。那段路以前是父亲去煤矿、我去县城上学的必经之路，前面七八百米的三岔路口，有个候车亭叫"五公里"，是我以前等公交车的地方。

　　那年逢上旱灾，三个多月没下一滴雨，天干物燥引发了一场漫天山火，连着烧了几天几夜，成片的油茶树被烧得精光，整座山头变得黑秃秃的。事发后，为防止祭祀再次引发山火，镇上还专门安排了宣传队巡逻广播。我们停车的地方，一辆带着高音喇叭的小货车紧跟着停在边上，反复播放刺耳的宣传口号："森林防火，人人有责！"那次祭拜，因为这个小插曲，带去的炮仗没敢燃放，烧纸钱、点蜡烛的时候，也有种偷偷摸摸的感觉。祭拜结束，我和堂哥伫在坟前，等蜡烛燃尽，才默默离开。

2024年农历十月，我再去祭坟。表弟将摩托车停在坡道上，我们沿遍布杂草荆棘的山路拾级而上。野火烧不尽，春风吹又生，时隔两年，漫山遍野的杂树蓬勃生长，父亲坟头那一片，已经被完全覆盖，难以辨认。我不得不打电话向村里的堂哥求助，一番询问后，才确认他母亲旁边的坟堆就是父亲的。

我跪在父亲坟前，摆放祭品，点烛，点香，倒酒，烧纸钱，燃放炮仗，然后嘴里不停念叨："老爸，儿子来看您了；老爸，您领点钱花；老爸，您尝尝新鲜的水果；老爸，这是给您准备的膀肉；老爸，这是给您备的米酒。"念叨完，我依次将肉汤和米酒洒在父亲的坟头。秋风扫过，燃尽的纸灰被扬起，在空中打转。我呆立在那儿，回想着去到另一个世界的父亲，默默无言。就像乔纳森·弗兰岑在念及父亲时所写的那样："在我和我父亲现在所在的地方之间，来回传递的只有沉默。"

我伫在坟头，望着通往县城的省道，望着身后连绵的群山，心里默默念着：父亲您现在长眠于此，带着关于我、我姐和母亲的记忆长眠于此，带着一辈子劳作留下的印记、被祖母抛弃留下的伤痛长眠于此，带着耕作、编织、养殖牲畜和修盖房子的技艺长眠于此，带着挖煤和挖煤留下的尘肺长眠于此，带着生前如海的孤独和如山的坚韧长眠于此，长眠于我们曾经走过的大路旁。我的余生，将一次次回到这里，不管东山的植被是否郁郁葱葱，不管这世道如何纷纷扰扰，我都将回来。带着过往，回来审视生与死的距离；带着思念，回来回味您残留在我身上的记忆。我想以一颗不算温柔也不算慷慨的心，永远地珍惜现在还能记起的关于您的一切，哪怕您现在所在的地方，传递回来的只有沉默。

即便只有沉默，我还是会一次次回到这里。

（本文图片均为电影《隐入尘烟》剧照。）

第一份工作

余自仙

毕业后，我去了青海同德。

一

2009年6月，我从吉首大学张家界学院汉语言文学专业毕业，一脚迈进滚烫的盛夏，一脚踏进雾霭般的未来。

仅看学校名字，就知道这是一所三本独立院校。四年学费花了五万多，加上生活费，一共八万。我试图想象出八万块钱的厚度，同时畅想了各种可能的挣钱方式，最终不得不得出一个令人沮丧的结论：要把这八万块血汗钱，还给多年来漂泊辗转于全国多个矿山和工地的父亲，以我当时的经验来看，几乎是不可能完成的任务。

毕业前夕，大学同学兼舍友，同时还是曾一起在外租房的合伙人獭哥，有过一个提议：他姐夫在张家界著名景区天子山的南边承包了两百亩农业用地，我们可以从中分出二十亩来种土豆。我们颇为认真地对待了这个提议。当然，认真的主语，主要是獭哥，我仅仅用脚后跟想了想，就利索地否决了。我从小在农村长大，即使再被父母溺爱，多少还是帮着种过地，只要稍稍回味一番在炎炎烈日之下汗流浃背伺候庄稼的情景，难受立马就从皮肤、毛孔，以及灵魂深处，像跳蚤和爬虫逃命般汹涌喷薄，这经历终生都不愿再遭遇第二次。况且，老家那几亩瘦得跟豺狼一样的薄地，我们一家人操弄了一辈子也没望到头，种二十亩——那和二十亩大小的坟墓有什么区别？而且还是自挖自埋。

　　但是，不想在农村种地，难道留在坚硬的水泥城市里生活就更容易？首先，到底去哪座城市？无论我怎么努力设想，哪座城市都没有归属感，都让我这个心底自认为是乡下人的年轻人感到陌生和排斥，以及随之而来的恐慌：接下来，要找什么样的工作？自己又能做什么呢？每天要面对什么人？会发生什么事？……想得越多，我越害怕，也就越退缩。那根本不是书本和画册以及成功人士所宣讲的美好未来，我穷尽想象也无法摆脱恐惧的阴霾，似乎无论落进什么样的情境，结局都是掉进绞肉机。

　　就不能什么都不做吗？我在心底发出呼喊。

　　当然不能。我已经二十二了。人哪，还是得活着。既然不愿回农村，大城市又洪水猛兽，那就去偏远地区压力更小的城市。

　　恰好那年暑假，父母亲都在青海西宁的建筑工地打工，我就要求去西宁和他们会合。

"你来吧。"父亲在电话里说。他的声音一如既往的温和，给我安慰，让人踏实。多年后再回味，其实他的声音里，多多少少还有一丝接受命运一切馈赠和安排的无奈。但我始终没有问过父亲，当他得知我不去大城市，反而要去西宁找他时，他到底怎么想的，又是什么感受。我们父子之间，或者说中国式传统父子之间，有一片隔阂，一片沉默又质地坚硬的雷区，别说交流，似乎连上帝来了也得闭嘴。

我看过《动物世界》，鹰妈妈教雏鹰飞翔，除了挥翅膀等基础技能，最终的方式是把它们从悬崖峭壁上直接推下去，成功了，振翅起飞；失败的，摔断骨头，自然死亡。那一瞬间，我狠狠地共情了：浑身泛起剧烈的灼痛，仿佛有一块皮肉，被霎时间活生生嗤啦啦从身上撕走——从共生关系里撕裂开去。相比之下，自己就仿佛一块贴在父母身上的巨大膏药，每次撕裂一部分，好疼！然后停下，甚至贴合回去；过段时间继续撕，继续疼，断断续续，没完没了，标准的反面教材。去西宁，这不就又贴上了嘛。

之所以讨厌城市，还有一个重要原因，是我从小就晕车得厉害。记得读初中时第一次坐汽车，在弯弯绕绕仿佛猪大肠一般反复扭结的山间公路上，不到五分钟，就几乎将眼珠子从喉咙里吐了出来，从此对坐车能回避就回避。上大学时第一次坐长途火车，事后也晕得几乎降智。我尝试过用各种方法应对晕车：吃药，闻橘皮，在肚脐上贴生姜片，在太阳穴上抹风油精，空腹坐车，等等。但最适用的办法，是戴着耳机听喜欢的音乐，并且用最大的音量，盖过外界的嘈杂，似乎用音乐把注意力全部笼住，对眩晕的感知就会削弱。这方法的坏处也显而易见，时间久了，耳朵里一片嗡鸣，即使关掉播放器，脑海里也会自动播放音乐。

去西宁，先要坐车到西安。由于路途遥远，用音乐对抗晕车失效了，半路上我几乎吐出整个地狱，把旁边的人都熏得面目狰狞地躲开了。到西安后，在火车站附近的宾馆通铺上不知死活地睡了一晚，第二天起来仍头晕目眩，四肢乏力。

于是，当我浮云般站在火车站外的马路边，顶着炎炎烈日，面对眼前熙来攘往的滚滚车流，发出这样一通灵魂拷问，也就没有那么突兀、虚假了。相反，它无比真实，而且重要，以至于这么多年过去，它仍在我的脑海，清晰得如同暮鼓晨钟。

这想法和拷问就是：他妈的，这么多车，这么多年，你们整天跑来跑去是要做什么呢？就不能乖乖待在家里，什么都不做吗？就不能少跑一点儿，少制造些尾气，少污染些环境吗？你们都不晕车吗？如果你们每天都这么跑来跑去，还晕车的话，你们不会崩溃吗？如果是我的话，还不如——看来，去落后和偏远一点的地方果然没错！

这些想法，或许在张家界读书时，就已朦朦胧胧出现过，但尚未明确、定型，直到毕业，面对即将就业的压力，面对设身处地、自己也将陷进去直接面对的具体状况，再加上令人恨不能自杀的晕车，这才无比清晰地呈现出来。这些想法幼稚又愚蠢，但那时我还不理解什么是工作，工作有什么意义，也不理解人怎么组织、协调，更不知道社会怎么运转，人类和历史怎么进步，经济的规律和法则对我而言如同无物。这一切，全在于我读了那么多年教科书，可唯独不懂现实。

认识世界，得出结论，全来自从自己过去的经历中提取的天然经验，而我从小在山里长大，因此天然地以为高山上日出而作日落而息，才是真正的生活，甚至一度是我以为自己要回归的生活。至于其他形式的生活，哪怕是后来我不得不融入的现代都市，在当时的我看来，因为它不在我的认知范围里，所以把它归为意外——认知范畴以外的意外。既然是意外，就像车祸和泥石流一样，它就不是我该考虑的，应该将其忽略。这多少，而且肯定是有些自欺欺人了，但它就真切地发生在自己身上。

后来，我把当时的灵魂拷问告诉广东的同事，他笑得几乎和那时的我一样天真，我便知道这想法尽管荒谬绝伦，但真实得可爱，又近乎残忍，然而极有价值。我好奇的是：从农村走出来的人们，大家都有类似的时刻和疑问吗？它应该是一道门槛，一道城市和乡村的分界线，有人径直、莽撞地迈了过去，有人停下来，为这道门槛的存在而长时间地惊异——这惊异，太有诗意的光芒了，作为一名文艺青年，我不允许自己忽略它的存在，因而大书特书。

二

父母亲在西宁，租住在火车站附近一处回民的房子里。我到西宁之前，母亲便搬去和同在西宁的小舅妈同住，我到西宁后，就和父亲一起在出租屋住了些日子。那也是我第一次直观地感受到父亲在外辛苦养家时的居住环境，并且，那还是母亲陪在身边稍作打理后的结果——依然是家徒四壁，满目萧然。

屋子真的只是毛坯状的几面青灰墙壁，好在面积还不算小，有闪转腾挪和踱步的空间，而且地板也用水泥抹平。屋里没有床，更没有床垫，父亲买了张光滑的防潮垫就地铺着，上面垫一床被子，睡觉时盖一张厚实的毛毯。西宁不愧地处青藏高原，当南方热得如同蒸笼时，西宁的夏天，睡觉竟还要盖被子，我立马爱上了这天然空调。出租屋的一角，放着一只电炒锅，和油盐、菜刀砧板、塑料盆等厨房常规用料和用具。厕所在外面，是共用的旱厕。一切都凌乱、将就、平铺直叙地呈现在眼前，仿佛在明确无误地展示着一处生活的洼地。

父亲十几岁就出门打工，更多更差的环境，定然经历了不少，但在我的心里，一直认为那就是他的宿命，是属于他的时代和际遇赋予他的，因而只能由他去承受，跟我无关。我从没有用心想过，即使在西宁时和他住在一起，因为我全然被无法明确的未来的迷茫和挣扎所捕获，只能做困兽斗，因而无暇考虑父亲这么多年，在那么多简陋的环境里有过多少孤独，有过多少身在异乡的辛酸与艰难。直到后来，我也去过许多地方，租住过许多更差或更好的房间，才慢慢明白：房间只是房间，是寄身的外壳；只有租住时的感受是自己的，它无时无刻不有，而且一旦生成，就永远存在，是自己人生无法泯灭、难以篡改的重要组成部分。遗憾的是，直到今天回想起和父亲住过的那间小屋，我感受里全是砢碜、恓惶、遗憾、不堪，以及一小部分且掩饰得很好的鄙弃。家人团聚的温情少得可怜，几乎没有，它就像黑暗里一根明亮但细小的蜡烛，迅速燃烧之后，余温往四周的虚空里散尽。这当然是我的自私造成的，但多年来，我都未曾有过反思。

父亲在附近的工地上工，早出晚归。我每天睡到自然醒，然后在风城西宁的大街上不着四六地转悠，一边习惯性地胡思乱想，一边寻找工作机会，晚上就回出租屋给父亲做饭。我只会清炒苞菜丝，下一锅挂面。长久以来，我潜意识里对人生和世界的看法，在这顿饭里得以全然的体现：能吃饱就行，但寡淡而无甚滋味。人在贫穷的时候，不但会穷得特别具体，就连想法和感受都因为和贫穷绑定而黏稠、沉重、低矮、皱巴巴的，以至于晦暗而萎缩。

并非我毫无追求，不想吃得有滋有味一些，只是总认为吃香喝辣是奢侈，吃饱穿暖就已足够，倘若追求生活品质，似乎就要努力把自己从某种状态里撕下来、拔起来，再举到一个更高一点的水平和台阶上去争取它，营造它，最后才能享受它。对我而言，这种每天都要被撕下来、拔起来，再举得更高的过程，是费力的、艰难的，毫无疑问更是痛苦的。每一次、每一分每一秒都要付出努力，一想到这儿，我就觉得好累：有没有不使劲儿，没那么累就能达到并维持的生活？

有啊，现成的！吃简单的食物，过最基本的、维持生命体征运转的生活就好。于是很长时间里，我周身萦绕着的，就是这样一种感受：我自认为在努力生活，却只感到低人几等的窝囊和满满的匮乏，以及不定期持续的无聊与无力，更有埋得极深、不可忽略的不甘：凭什么？凭什么我就该活得这么低下、可怜、匮乏？仿佛在淤泥里艰难爬行。因为我总是感受到它，甚至因此觉得自己从没有脚踏实地真正地生活过……而且这感受似乎从来如此，又不知为何如此，它带着没有来由的理所应当，只是往前滚动着，持续推动着我，仿佛去往更深、更艰难的泥潭。但那时候，我还不知道它意味着什么，不知道它就是发出召唤、自然实现的命运；后来，我花了很多年自我梳理，才慢慢看清自己当年究竟度过，以及怎样度过了什么样的日子……

那段时间，每当夜幕降临，或阴云漠漠，我的心情便被压抑得仿佛连通着一片呛了污水的未来，脑海里有无数个想法海浪般颠扑不绝，但回到冷酷的现实，自己仍是个被世界丢弃在孤独海岸上的烸子。一天晚上，经过青海盐业股份有限公司，看到外墙玻璃上贴着招聘总经理秘书的贴纸，那时候，我这个矬子当然不知道秘书要做什么工作——老师也没教啊；也不知道必须具备哪些技能，但可以肯定的是，秘书要和文字打交道，而文字这块儿我熟，毕竟学了四年中文；于是硬着头皮，大着胆子推门进去询问。前台礼貌地了解了我的情况，告诉我回去准备好资料，第二天上班时间再过来问问。

忐忑、激动了一晚上，新的未来图景，又飘忽不定地在头脑里无穷无尽地展开，直到我筋疲力尽，沉沉睡去。第二天，我拿着身份证，和花费八万块读下来的本科毕业证书、文学学士学位证书（当时毕业后学校发的是二本学校的毕业证书），再次来到前台。前台这次换了张新面孔，东北口音，声音大得像在广场唱歌的大妈。她给我极深的印象，因为打电话和总经理办公室确认时，她以无比惊讶的口吻直咧咧地嚷嚷道："这里来了个小孩儿，说是来应聘总经理秘书！"后来我去拉萨待了七年，每次坐火车经过西宁，看到那座坐落在青藏铁路轨道附近，和其他拔地而起的高楼相比日渐矮小的，竖着"青盐实业"几个大字的建筑，脑海里就会无比清晰地浮现出这句东北话："这里来了个小孩儿……"

她说的也没错。我身高只有一米六，刚刚毕业，眼神里全是清澈的愚蠢，和无数对世界自以为是的想象，她能放我进去，简直是半个奇迹。颇有些儒雅的总经理，在宽大的办公桌后面，非常客气地和我聊了聊，还问我能喝酒吗？会开车吗？又是车——我脑子嗡地炸了，当时就知道这次机会肯定黄了，但我竟十分市侩地回答道：我可以学！

聊完，总经理让我填了张应聘表，还给了我两张空白A4纸，让我写两张请假条之类的文书。我干巴巴地写完，他夸我的字写得不错，请假条写得格式规范，并且清晰完整，比许多刚毕业却连请假条都写不明白的大学生要"强上许多"。适逢人力资源部巡查考核总经理办公室，他便将我的资料一并交给人力资源，让我回去等通知。

约莫过了一个星期，我终于死气沉沉地确定：再也不会有通知了。但我仍十分感激这次失败的应聘，我从中得到两句夸奖，即便里面有高情商的敷衍，它依然是那段不堪的求职经历里为数不多的亮色和暖意，让我不至于觉得自己一无是处。

这之后，忘了从什么渠道得知西宁市政府组织了两场大型招聘会，我赶过去时已是人山人海。在里面汗流浃背地挤了两圈，有的企业要求专业的从业资格证书，有的现场出考题，要求给出测绘方案和最终结果。我发现别人都好会啊！为什么这个世界要有那么多奇奇怪怪的要求和工作？那些我从未听说过的工作到底是做什么的？这个世界，真的需要这么多闻所未闻的工作吗？这的确就是我当时无比真实的想法，甚至还莫名冲动地产生出巨大的愤怒和疑问：把这些我不会的通通拿走，这个世界还能不能好好运转？到底能不能？这荒谬的想法来自二十二岁的我的全能自恋，当然不至于荒谬地喊出来，但那时我真心希望善良的上帝能把这个世界修剪一番，让它简单一些，简化到我也能活下去的地步。

再汗流浃背摇摇欲坠地逛下去，我的想法矮化成了：活这么久，长这么大，读了这么多年书，究竟有什么用？难道我已经逃到这个相对来说压力更小、更容易存活的地方，结果却连一份糊口的工作都找不到吗？

也不知从什么时候开始，脑子里自然而然形成了这样的固定认知：既然每个人都要读书学习，并且国家已经安排好了要读什么书、选择哪些专业，那么按照这条既定路径，一路读下来毕了业，自然而然会派上用场，应该有条管线或渠道，与现实社会无缝衔接才对。到了西宁才发现，没有中考结束读高中、高考结束读大学这样的丝滑衔接，不仅没有衔接，而且似乎走到了悬崖边上，前面没路了！活不下去了！

连续参加了两场几乎雷同的招聘会，投出去两三份几乎空白如无物的简历，心里慌张得宛如面临世界末日：在这么大规模的招聘会上都找不到工作，那么世界上还有什么工作，在什么地方等着我？又能通过什么渠道被我知道呢？恐怕没有了吧！这么一想，就眼前一黑，世界和前途顿时萎缩得如同高质量黑洞。我恐慌得小脑都抽搐了，全靠在外面晃悠，才能将心里的恐慌，像风吹树叶般，一点儿一点儿从身体里疏散开去。

实在不行，就上工地吧！这是我最后的打算。而且，我有一个足以令自己和父亲都动心的理由：我想知道并且体验父亲做过的事，以及他所做的努力，我想了解他的生活，了解他身为家庭顶梁柱所经历的酸甜苦辣。一天晚上，我试了几试，然后振作精神，打破隔阂，颇为郑重地向父亲说了自己的打算。当时，我感到出租屋里的空气似乎也因郑重和动情而变得黏稠、凝滞了。我一生都讨厌和回避这样的时刻和感受，因为它同样需要振作精神，肃穆以待，它极远地偏离了正常、自然舒展的生活状态，但迫不得已，我还是亲手制造了这个时刻。

父亲似乎被我说动了，让我第二天去工地看看——但也只是似乎而已。

第二天我到工地的时候，父亲正在以扭曲的姿势搬着一根几米长的、极沉重但又说不出名目和具体用途的铁条。那长铁似乎长在他的腰上，长在他歪脖子树般的奇异姿势上，以至于我多年来始终无法忘怀。父亲的周遭是一堆杂物，整体看起来不像是在建设，反倒像在清理战后的废墟。

我知道体力活辛苦，但没想到那么辛苦。单看父亲身上被铁锈、泥巴和污秽弄脏的衣服，怎么形容呢，连达·芬奇也未必能画出这种驳杂来，但现实却可以。我站在那堆杂物面前，做了做心理准备，想象自己也穿着破衣服，日复一日地挥汗如雨，同时远离现代文明，但我竟没有被吓倒，反觉得也不是不能接受。日后习惯就好了嘛，毕竟，眼下还没有真正开始干活儿。

到饭点，父亲带我去工地食堂吃了碗面。伙食差强人意，每个人都衣着脏乱，头发像被踩蹋过的干草，每个人端着小盆一样的大饭钵，稀里呼噜地吸溜着，用《血色浪漫》里钟跃民的话来讲，就跟掉进猪圈里似的。不一会儿碰到几个外村的老乡，他们问起来，父亲竟毫无阻碍地说了我的打算（我惊异于父亲说出来时的毫无阻碍），他们立马两眼放光：大学生能做得了建筑啊？我感觉在心里被绊了一下，但很快就爬起来迈过了那道坎儿，也没有觉得特别害臊，因为我在高三休学和只考上三本时就已经经历过了，因而有相当雄厚的处理经验：不需要脸皮有多厚，就算不答话也能糊弄过去。毕竟，人还是得活着，不可能就这么直接死了；而且，没有几个外人真正关心你的生活。

父亲向带班和包工头也说了我的打算，他们到底见过世面，没有觉得意外，只担心安全问题，和能否做得长久。我便觉得人生下半场就要在工地开启了，但到了晚上，正当我为即将迈入工地而浮想联翩忐忑不安，反复给自己做心理建设时，父亲却后悔了。这一次，是他动了真情，而我无法反驳。

他叫着我的小名："盘（供）你念了这么些年书，我不想你跟我一样上建筑，下苦力！"

父亲没有再多说什么，但他说得缓慢，诚恳，而且意味深远。那声音和腔调，仿佛穿越许多时间，经过许多矿场和工地，带着经年的疲累，和一丝不易察觉的恳求才来到我的耳朵。我一时竟听进去了，并代进父亲的角色：如果和他一起做建筑工人，从事他厌烦并一辈子都想摆脱的体力劳动，似乎真的会伤他的心肝。

于是我退步了，再没提上工地的事儿，接着继续焦灼。

三

焦灼并没有持续多久，突然峰回路转，求职竟有了眉目和着落。

记得是从报纸上得到的招聘信息，打电话过去，对方自称姓席，主席的席，电话里告诉我目前移动公司的基建工作已基本完成，现在只需日常维护。他的公司承包的就是移动公司的通信维护工作，目前缺资料员，而我正符合要求，工作地点在同德县。最后确定了日期，告诉我去车站坐大巴到同德县城，自然有人接我。

我大喜过望——终于有人、有单位肯要我了！

买票去同德之前，我特意去书店买了几本书——在对未来的规划里，我始终把自己定位为一位创作者、诗人、作家，甚至是文豪，而不仅仅是打工人，挣一份薪水不知所谓地活着。忘了在西宁的哪家书店，也忘了出于怎样的考虑，挑来挑去，最终挑了一本江枫翻译的艾米莉·狄金森诗选，一本屠格涅夫的散文诗集，还有一本《自学五笔打字》。

从西宁到同德要坐好几个小时，为防晕车，除了听音乐，我还买了晕车贴贴在耳朵后面。汽车越走越远，风景也越来越开阔，荒凉，原始，野性。我已经忘记那一路上，自己对于仿佛去往世界边缘，到底是什么样的心情了，倒是有一个念头，至今记得清清楚楚，因为它不仅存在于那趟旅程之中，后来在我整个八年的青藏高原生活中，它一而再、再而三地冒出来。

我想的是，古时候的边塞诗人，他们被流放，或者来到边疆，眼里真真切切看到的景象，就和我现在看到的一模一样吧？那么真正的问题来了：他们那些横空出世、冠绝古今的天才诗句，是怎么写出来的？或者该换个问法：如今我和古代的诗人们，看到的是相同的景象，那么，现在该轮到我，从相同的景象里面，写出或者提取出和他们一样掷地有声、精彩绝伦的诗句了。但怎么写？怎么提取？这些连绵变换、永不重复的山，这些舒卷聚合、永不倦怠的云，这些似曾相识，但绝不肯逗留的风，我看来看去，反复感受着，还是这些山，这些云，这些风，诗句到底是怎么从它们当中凝聚，图像是怎么转变为文字，然后浮现、升起的呢？我一次又一次地尝试，甚至还搜肠刮肚地背了几句古诗，试图从中破解写诗的潜在奥秘和法门，但纯属徒劳。在这场和古代诗人的隔空较量中，我输得一败涂地，无声无息，但又无伤大雅。

到同德县城，站长在车站外接上我，皮卡车只开了一分钟，就来到工作站。几位陌生的同事，正和来工作站做客的移动公司两位营业员和两位经理，围着茶几吃喝打闹，话题有些粗犷，时而还很奔放，气氛异常活跃。添一副碗筷，我拘谨地往中间一坐，相互介绍一番，这就算正式加入这个团队了——没有签合同，也没有见到老板。我崭新得宛如抛光的脑袋里，压根也没有签合同和员工权益的概念，五险一金属于发达和省会城市，是和这座偏远县城毫无关系的存在。电话里说好月工资一千五，就成为仅有的、不成文的契约。

一段时间后，我终于摸清了工作内容，工作站的架构，以及人员关系。首先，从移动公司接下整个青海海南州通信维护工作的，是一位张姓河南老板，同事们对他明显缺乏敬意，而且饱含地域歧视。张总作为一级总包，自己经营一片区域，总部设在共和县，将贵德县和同德县转包给打电话招聘我的席总，也就是我们站长的大哥。席总主管贵德县，但常常神龙见首不见尾，手里还有其他许多赚钱项目，贵德县工作站平时就由他的拜把子、一位有些驼背且狠狠斜视的兄弟代管；同德县由他的三弟，也就是我们的席站长主管。

维护工作重点在解决移动公司的通信故障，各种原因造成的通信信号丢失、中断，一旦接到移动公司网络部经理袁工的清障电话，立马动身前去处理。其中最常遇见的是基站宕机，需要立马前往基站查明原因，如果是载频出现故障，只需更换载频即可；如果是停电，以及蓄电池电力耗尽造成的罢工，就带上发电机去发电，或坐等电力公司恢复供电；如果是空调制冷坏了，就联系修换空调。另外一项比较罕见但更需紧急处理的故障，是户外光纤线缆断了，这就要根据移动公司发出的指令——通信信号从基站出发，或者从某个位置出发，于多少米处丢失——迅速找过去，确定大体位置，再仔细找到断点，熔接光纤，恢复信号传输。

为减少故障发生率，排除隐患，同事们每个月都要将承包范围内的移动路线巡检一次，小的隐患就地解决，大隐患要拍照登记，比如降雨冲刷出新的水沟，将原来地埋的光纤线缆暴露出来，往往要将地埋线缆改为空中架设的方式，这就需要上报处理方案：重新加接一段光纤，然后在水沟两边栽设结实的线杆，等方案和报价获批，再择期施工。

为能够快速找到故障位置，我加入工作站时，根据移动公司要求，同事们正紧锣密鼓进行着的工作是画图——将巡视的移动公司的光纤路线以及地埋路线上每隔一公里就栽设的水泥柱状地标（上面标注着公里数）全部画下来。同事们每天出门，都带走一沓洁白的A4纸，回来时，A4纸普遍卷成一卷，而且粘着污渍，上面画着潦草的线条，写着难以辨认的数字，只等我用CAD做成电子版，再上交给移动公司。为此，从未谋面的席总专门赶到同德，送来一张光盘，里面有盗版CAD的安装文件，还有软件使用视频教程，并且将我带到他主管的贵德县，向那里的资料员，也就是席总的亲外甥小陈，学习如何使用CAD。

CAD倒不难学，但我还是画得很慢，因为我总想用最高的标准来要求自己，严格按比例尺作图，而且，我的注意力也一向很难长时间地集中。同事们出去巡检，我在工作站学一会儿软件，就要岔开注意力去干点别的，比如拿出《自学五笔打字》，在院子里的太阳下面背五笔字根："王旁青头兼五一，土士二干十寸雨……"反反复复，一个星期后终于背完，于是开始练习拆字，自此学会了五笔打字，并使用至今。后来，学会了CAD基本操作，我还想学习用CAD来建3D立体模型，只是当时没有使用场景，最终意兴阑珊，彻底放弃；再后来，我找来《Photoshop高手之路》，从头到尾学了一遍。

在整个制图过程中，我始终想不通两件事：第一，移动公司当初把光纤埋进土里时，为什么没有想到要画图？当然，他们每隔一公里栽设了水泥地标，但明显不能满足维护需求，可见欠缺统筹和长远眼光，现在要维护公司来做，不仅事倍功半，大多应付，而且数据往往还对不上，何苦来哉？第二，移动公司要这样的图形到底有什么用？在同事们的草图里，指南针是随意画的，每一页都偏向不同角度，倘若完全按照草图，路线歪七扭八，光纤最终恐怕能在同德县的地图上交叉成好几个圈——不带这么玩儿的。至于山的轮廓，更是只能用抽象来形容，转换为CAD，只是画几个挤作一处、高低参差的倒V字形线条而已；至于山的名字嘛，大多数根本没有，我怀疑问当地人，他们也不知道，也只会回答那座山而已。好在经过连续加班奋战，这项工作最终抢在截止日前，不论准确性如何，到底成功地提交给了移动公司，算是了却一桩大事。

作为资料员，我的日常工作是负责每天将整个站点做了什么上报给一级总包，也就是共和站张总手下的资料员小王。至于上报什么内容，刚开始由站长回来后向我口述，它们有时候货真价实，经得起时间和良心的检验；有时则真假参半，严重注水；有时干脆凭空捏造，信口雌黄。因为在我工作期间，站长经常在外面接私活，主要是给其他通信公司建基站。基站大都是些带空调的小房子，但里面的设备价值几百万，通常只要设备到位，站长他们一个星期左右就可以完成一个基站的设备铺设和连接工作。也不知道建一个基站能挣多少外快，但站长乐此不疲，早出晚归，有时一连几天，带着整个工作站的人在外接私活，移动公司的袁工对此也睁只眼闭只眼，只要不影响移动通信设备的正常运转就行。

熟悉起来后，我很快就能自己胡编乱造要汇报的工作内容了。每个月要巡查的路线就那么几条，至于是一个月巡一次，还是三个月巡一次，是三个人去，还是一个人去，或者根本没有人去，并没有太大差别，只需把反馈表编排得明明白白，自然皆大欢喜。有时甚至不等同事们回来，我就已经提前写完工作报告，开始看电影了。

对新工作的了解期和适应期是最迷人、最充实的，因为注意力全然被工作吸引，并延伸到它的边边角角，因而总会不断有新的发现与乐趣。一旦熟悉起来，注意力就会跳脱，开始相对客观地审视了，甚至会重新看待和评估工作环境，并考量新工作的价值与意义。

同德县城比较有趣，它坐落在海拔约三千米的一片草原中间的峡谷地带，导致草原比县城的建筑还要高，站在草原是看不到县城的。后来在工作站，我一次又一次对这样的景象惊异不已：从工作站向外望去，两百米开外，视野的尽头是一片参差不齐的高高断崖，而在断崖之上，则是一片看不见，却又高于头顶的广袤草原。到了夜晚，尤其后半夜，这样的情境更能突显出其奇异之处：西沉的月亮不是落于大海，也非落在山的那边，而仿佛是落进了宽阔的草原。我一次又一次地幻想着，找一条小路，攀上眼前的断崖，去看看眼前这片高于头顶的草原，是不是堆放着一轮一轮或圆或缺、或红或白、或明亮或黯淡的月亮。这番想象既浪漫又惆怅，既忧郁又清凉，可以一连几个小时地萦绕着我。而我也甘愿被它萦绕、煎熬，仿佛能熬出"明月出天山，苍茫云海间"那样烂漫的诗句。

如果说同德县城特殊的坐落位置，往我心里如同月亮般洒下迷幻的光辉，那么工作站具体的环境，则让我忍不住三缄其口，甚至想要否认在那样的环境里工作过。

工作站租住在同德县城马路边的一户民房里。民房只有一层，却通公路，旁边都是藏民的房子，有些用高高的围墙围起来，有些则不。工作站门前是一片空地，和藏民平措家的操场相连，说是共用也无不可。空地足有几十上百平方，除了停车，靠近平措家还有一口地下水井，工作站每天都要去这口井里汲水，再拎回来做饭。空地的周围长满高深的野草，草里零乱地堆着光纤线缆和其他杂物，时间久了，它们几乎被草淹没。看起来，说它们自出生就长在那里，似乎也无不可。

再说有什么特别之处，那就是平措家门外常放着一把铁锹。我注意到这位藏族小伙子，和他身着盛装的藏族老婆，经常用铁锹在门前的平地上铲来铲去，每次时间都不长。后来才了解到，许多牧区的藏民家是没有厕所的，大小便往往随时在住处附近解决，而平措夫妇不时用铁锹在门前铲来铲去，正是在解决"身后事"。由此我也明白过来，在铲来铲去之前，他们穿着宽大的藏袍，蹲在门前究竟是做什么了。

而工作站的厕所，其原始和简陋，也不遑多让。它就在工作站宿舍旁边几米远的地方，独立出来，说是厕所，其实不过是为避雨用几根木棍和蓬草搭起的，一个两面遮住、呈三棱锥状的简易草棚。在草棚的下面，敷衍潦草地挖了一个不深的土坑。工作站全是一群糙老爷们，共用一个土坑还没有那么麻烦，后来技术员祁工的老婆来工作站

247

给大家做饭。因为女同志的加入，上厕所的情况变得稍稍微妙起来，但大家都不以为意，闭口不提，就这么别扭地将就了很长时间。

再后来，隆冬降临，工作站搬去移动公司斜对面一个通了暖气的小区，楼房，四居室，大家终于过上了现代生活。搬家时大家像平措那样，用铁锹把用了好几个月的厕所埋得结结实实，仿佛它从不曾存在过，世界和生活，似乎也因此变得光鲜起来。

工作站的内部也同样粗放。最小的房间是厨房，站在院子里就可以看见灶台，或许还能看见厨房里堆得小山样的馒头；最大的房间是宿舍，宿舍靠南墙的一侧，排着一排通铺，司机和巡检员、技术员，还有厨师都睡在那里。通铺的另一边，则是同事们自己测量、拉锯、组装的货架，货架是现成的，因为搭建基站需要用铁制的货架来铺设和安装各种仪器和管线；三层货架上堆满工具和物品，后来，应一级总包张总的要求，每层货架上的不同区域，还要贴上标签，既为美观，也为查找方便，但主要是形式主义，为应对移动公司检查。那时候网上购物还没有那么普遍，标签都是我手写，或者打在A4纸上，再剪成一小块一小块的纸片，用胶水贴在上面。

总之，大家和工具、货物睡在一个屋子，我进去时，时常觉得鼻子里能嗅见挥之不去的铁锈味儿。这种味道总容易让人联想到冷，宿舍面积最大，玻璃窗户也最大，因而最不保暖。天气转凉时，同事们一吃完饭，就各个钻进自己的被窝，靠蜷缩着抖动来取暖。国庆前后，同德已经冷得跟地狱一样，站长从西宁买回来一只炉子和三千斤石炭，炉子架在通铺旁边，这样一来，大家下班后不是立马钻被窝，而是围着炉子，把手放在转盘上，像放在暖气片上取暖。但因为用的是石炭，所以空气里又多了石炭和煤灰味儿，尖利得像给冰碴子镶上了铁，擤鼻涕时时常能出来鲜红的血丝。

我和站长各睡一张床，但共同挤在厨房旁边的一个小屋里，隔壁是工作站唯一像样的地方：办公室。然而办公室同时也是客厅，是站长也是全工作站会客的地方；还是同事们吃饭聊天和看电视的地方，因而常常混乱不堪。

整个工作站，让人觉得和光鲜、高大上沾边的物品，一是技术员祁工使用的价值十几万的进口光纤熔接机，另外就是我使用的唯一一台台式电脑。光纤熔接机自然只允许祁工使用，电脑则不然，下班后经常被同事占用，而且往往同时挂着三四五六个QQ，"嘀嘀嘀"地响个不停。这还不算，工作站，或者说同德县城，还经常停电，我到工作站的第二天，正汇总同事们之前累积的资料，共和站的小王催得紧着呢，却突然停电了。

站长大手一挥："小黄，去发电！"

小黄先是接了插座，然后到屋外偏厦旁的屋檐下操弄一番，柴油发电机就"咚咚咚"地喊出震天的响动来。我重新启动电脑，之前做的文件果然全没了，于是在震天的轰响中，在说不出的惊异和新鲜中，手忙脚乱地重新赶资料。

这样的情况后面陆续发生了好多次，以至于到后来，我也学会了启动发电机，威武霸气地将一只脚踩在它上面，一只手抓住绳子，然后像拔萝卜一般，迅速有力地将绳子往怀里拽，最多拽四五次，发电机便抽搐般咆哮起来，边耸动边吐出黑烟。

"有什么办法？这个县城几年前还没通电呢！"站长说。

有时候晚上停电，为省油，我们干脆关掉发电机，摸着黑，或就着月光吃手撕面片，偶尔也点蜡烛，在氤氲的烛光里，稀里呼噜的吸溜声此起彼伏，尤其这声音接在一天的辛苦奔波和劳累的后面，总有别样的感触，仿佛它是幸福的延伸，是幸福长出的袅袅余音。

青海人的伙食以面食为主，大家尤其喜欢吃手撕面片，厨师和好面团，炒了菜放在一旁等着，同事们忙完工作回来，洗了手，一群人就围着冒着热气的锅炉，熟练地将擀出来的又长又窄的面片揪下一小块来，顺势丢进锅里。如此迅捷地循环往复。这套动作青海本地人做起来行云流水，就像杂技演员同时抛着四个小球却不落地那样，但我试了好几次，始终难以掌握要领，同事们嫌我慢，还占地方，就剥夺了我撕面片的权利。面片煮熟之后，倒进西葫芦、胡萝卜，偶尔也掺一些羊肉丁，大家便吃得津津有味，啧啧有声。

除了手撕面片，大家吃得最多的是馒头。厨师平日里会蒸几锅馒头放在那儿，食用碱没化开的地方，会呈现出点点铁锈般吓人的黄色。我经常把那团"铁锈"揪下来扔掉，同事们却不以为意，时间久了，我也就不好意思起来，最后习惯了，也和大家一样，自然而然地把"黄锈"吃进肚子里。

早餐往往炒两盘蔬菜，吃两个热馒头，但我最佩服的是巡线员们，倘若下班回来时饥肠辘辘，晚饭还没做好，也没有人抱怨。他们人手两只冷馒头，抓一把食盐放在杯子里，倒入开水，再舀冷水灌进去降低温度，然后就这么一口冷馒头一口温盐水，算是解决了一顿饭。

除了常吃的手撕面片和手蒸馍馍，重要节日或者贵客来临，以及站长和大家一高兴，也会做一道青海名菜手抓羊肉——本地人简称为"手抓"——做法极简单，以至于到了偷工减料的地步。后来，我和别人介绍这道青海名菜时，就充满了先知先觉的卖弄：我半分钟就可以教会你！

所谓手抓羊肉，就是白开水煮羊肉。将买来剁碎的羊肉块放在清水里煮熟，懒惰的话，甚至不用打血沫，葱姜蒜等香料通通不放，盐也省了，这和南方人做海鲜讲究原汁原味、自然鲜美殊途同归。将煮熟的羊肉捞起来，只配一碟辣椒面，然后就可以用手抓着，蘸辣椒面，吃手抓啦！

最后得交代洗澡问题。据我观察，同事们大都不爱洗澡，即便夏天也是如此。由于海拔高，温度低，而且大气干燥，人们即便干活时出了几身热汗，也会很快被风干，临睡前摸摸身子，不仅不觉得黏糊，反而光滑细腻，宛如刚刚洗完澡，不像南方闷热又潮湿，即便坐在那里纹丝不动，全身也汗津津的，非洗不可。

同事们不爱洗澡，但闲下来时总爱把手伸进衣服里，在背上腰上，脖子上胸脯上，在一切能摸到的地方摸来抠去，间或把手从衣服里掏出来，再弹一弹指甲。有什么办法呢？工作站也没有洗澡的地方。好在我读大学时，在张家界洗了四年冷水澡，这经验刚好派上用场，于是每隔一天两天，中午时分，趁艳阳高照，我便去平措家的地下水井里汲桶清水上来，然后脱得只剩内裤，在院子里给大家表演洗冷水澡：先打湿胸脯压压惊，接着浑身上下全打湿了，抹一遍香皂，搓两遍之后，再从头到脚淋三遍。全程洗得抠抠搜搜呼哧带喘，纵是夏天，也连鸡鸡都冻得小了。最后回到房间，换掉内裤，大功告成。

然而青海的高冷远非张家界可以相比，我正愁天气转凉后还有没有勇气继续给大家表演洗澡，县城里的澡堂开门营业了。五块还是七块钱一次——我忘了，这对月工资一千五的我而言，贵得有点儿丧心病狂，于是我也和大家一样，变成了一个星期甚至十天半个月洗一次。好在你在澡堂里洗掉三层皮也没人管你，洗完澡，就顺带洗衣服。再后来工作站搬家了，新工作站的电热水器就成为最忙碌的电器，大家对洗澡的热情才稍稍上涨了些。

四

这便是2009年，我毕业后找到的第一份工作。我也知道工作环境落后，砢碜，和留在城市，尤其和北上北京、南下深圳的同学比起来有巨大的差距，因而相当长的一段时期，我都处于主动隐身、从熟人的世界里消失的状态。自己心里的想法，在那个年纪、那种状态下都相当典型：混成这样儿，真尼玛丢人，就应该悄咪咪地躲起来，可不要让人知道自己在这么个鸟不拉屎、人们到处拉屎的地方，找了这么一份不知所谓、上不了台面的工作，更不要让任何人看到自己的狼狈与不堪，同时一定要暗暗蓄力，一定要憋个大的，等我终于一飞冲天，五彩斑斓了，那时再跳将出来——看我，快看我！跟你们一样了！

然而时间久了，架不住同学和朋友的关心和询问，也就慢慢试探着，像谨慎的乌龟一般探出头来。仿佛接住了亲友们抛过来的橄榄枝，就被慢慢拉扯着，得以走出失联和活得不如人的羞耻与迷雾。这期间，每一次与朋友和同学们联系，都豁然发现：唉？大家竟然没有歧视，没有瞧不起我！或者说，他们压根就没有发现或在意我心里的恐慌，更多的只是关心和好奇：咦！你去了青海啊？那么远！为什么去那么远的地方？真自由！我回答：因为我爸在这边。哦，那你一定要注意身体哟。没了。

我原以为会被嘲笑，被一脚踩进泥淖里闷死，但是竟没有。仿佛每个人都是一棵树，或者一棵草，都在各个不同的地方，或许各自也面对各自具体的困境，但都各个努力地拔节生长着。我始终因逃避而自卑，自以为低人一等，但从被藐视的泥淖里冒出头来，才发现大家始终平等。而自认为的低人一等，始终是我赋予自己的妄念，它才是真正让自己低人一等、置身泥淖的病因。

尽管我对这第一份工作评价不高，把它看作是栽在烂泥潭里的一截朽木，最好能把它整个从人生履历里拿掉，但和同事们的相处却极为融洽。正因为他们的存在，有血有肉，货真价实地驱赶了我的孤独，一起度过了那半年高原时光，才让我这段孤悬天边的经历不至于全是荒芜和空虚。

首先是席站长。他是一个小学还没毕业的近视眼，而他之所以近视，正是因为小学都没有毕业，成年后又格外好学，靠一本《新华字典》自学成才，由于长时间躲在被窝里看书，终于看坏了眼睛。尽管如此，他还是不戴眼镜，却开得一手快车，只要前面没人，车速动不动就上一百二十迈，到达目的地后，停车拉手刹和下车的动作一气呵成。但是站长性格却很温和，情绪也稳定，肉得就像是多放了两倍酵母的发面团。

我估摸着他有四十岁了，但站长笑起来，脸上那两只中年发福的酒窝，却自带涡轮增压似的直往青春里回溯，因而显得年轻。另一方面，他发福的身体，尤其是凸出去的肚子，又往未来直挺。站长从未急过眼，总是笑眯眯的以酒窝示人，碰到烦心事儿，才会眉头紧锁，并且以典型的西北口音叫喊着："啊咧咧，这可怎么办撒？"给他这么一叫唤，又显得更年轻了。

我在同德最难忘的经历，度过的最富诗意的一个下午，就是站长带着闲下来的我，去看他们建基站。

那天同事们连接天线，要爬上几十米高的信号塔。三角钢搭建的信号塔，看起来和国家电网的铁塔没有太大区别，但同事们要爬的这一座，矗立在茫茫草原的正中心。我的返祖基因动了，也想上去。

"你敢上吗？"站长担心地问。

"敢！"我说，我可太想上去瞧一瞧了，"我农村长大的，从小爬树爬到大！"

"系好安全扣啊，每走一步，都要提前移安全扣！"站长叮嘱道。同事们利索地往我的腰上系好安全扣，并为我演示用法，随即，我兴高采烈地手脚并用，随同事们往铁塔上爬去。铁塔的高处，焊接着几层平台，用于放置天线等装备。我爬上去后，间或给忙碌的同事递钳子扳手和材料，其余时间就在平台上坐着，欣赏视野被抬高几十米的旷远风景。

从塔上放眼望去，周边是宽阔的草原，只在视线的尽头，有一片连绵起伏、坚定不移的群山，构筑着草原的边缘和界限。平时陷在草原里，只会感到一种众生平等的渺小，然而爬上铁塔后，铁塔就像一双强有力的巨手，把我抬高，似乎是从众生平等里，无端将我突出来，捧高三十多米，得以自上而下俯瞰那片埋没众生的宽阔草原。

那个下午，我恍然拥有了天使和飞鸟的视角，眼界和心灵似乎都被高原鼓荡的长风吹得宽大，轻盈，包容。

我原以为三角钢搭建的铁塔坚不可摧，岿然不动，但真正在上面坐下来，才知道原以为的牢固不可撼动，只是自以为是的完美错觉。铁塔竟随着大风的吹拂和摇撼，又直又硬又害怕似的晃动起来。风特别大的时候，明显能感受到它的顶端，前后左右因摇晃而错开的距离，足有近十厘米！

正是这近十厘米的错位和摇晃才最有意思。它毫无章法，可遇而不可求，能恰到好处地带来轻微的眩晕，仿佛微醺。我感到自己仿佛在一棵树上，每一阵高原风的吹拂，我都因摇撼，因枝叶扶疏而轻盈，快乐，微微飞翔。如果我有成熟的果实，我会抛下果实来表达快乐；如果我有黄金，我会抛下黄金来表达快乐；但我什么也没有，只有快乐和微醺，于是我只好抛下它们，仿佛是被草原风从身体里剥落，来表达自己的快乐——以至于后来再从树下走过时，每当树叶婆娑作响，而我感到凉爽和轻快，我便知道那凉爽和轻快是从哪儿来的了——它们是树木从树顶，从枝枝叶叶间抛洒下来的，也是2009年，我从青海同德草原中心的高塔上抛洒下来的。

站长的姐夫洪师傅，既做过巡线员，也做过一段时间大家的厨师。我到工作站不久，洪师傅就从外面带回来一只旱獭，也不知是用锄头还是石头打死的。我还没见过它的样

256

子，就已经被洪师傅做成一碗喷香的肉块。

许是放了酱油的缘故，洪师傅从厨房端来的旱獭肉黑乎乎的，像一碗炸烂了的臭豆腐，但由于放了姜葱蒜和辣椒面，闻起来却格外香。我们直接上手拿起来啃，肉质却不像我以为的那样柴，反倒像猪肉。只不过旱獭的骨架较为奇特，洪师傅又是个糙老爷们，他剁碎的肉块，大的几乎有半只拳头大小，而且毫无章法和规则可言，这就导致旱獭的肉几乎和它复杂的骨骼嵌在一起，全然不像牛排或猪排，轻松就能将肉和骨头剥离开来。我啃了半天，没有挑出一块儿完整的、不带肉丝的骨头，脸上却糊得油腻腻的。外层的肉撕完，大部分的喷香肉丝都嵌在犬牙交错的骨头缝里，即便用牙签和剔刀也难以剔除，何况我们只有手，和无处下嘴的牙齿。

洪师傅的厨艺不尽如人意，但应该是整个工作站最有故事的人。他整个人精瘦精瘦的，黄里泛黑，看起来不像是天然瘦，倒像被什么压榨和抽取之后才形成的。他的头发极稀疏，面相有一点凶恶，但是那凶恶仿佛也被榨取过，因而不显锋锐，反倒十分平和。洪师傅似乎身体不太好，每天要吃许多药，他拧开许多塑料药瓶，再把药集中在手上，最后利索地、满不在乎般地仰头灌进药片。洪师傅有严重的神经衰弱，经常整宿整宿地失眠，我一度以为他的失眠是那些药片导致的。

慢慢熟悉起来后，我才得知他是我人生里遇到的第一个坐过牢的人。知道这个消息后，他的精瘦和失眠，他的那些药片，以及仿佛被抽过脂的凶恶，甚至包括他不尽如人意的厨艺，也就有了来路，一刹那都能够说得通了。

洪师傅对自己坐牢的原因讳莫如深，但对牢里的情况如数家珍，不时地感慨：牢房里住满了大好祖国的各方面人才、人精，只因为太过聪明，走了捷径，所以才纷纷在监狱里相聚。洪师傅还常常给我们科普监狱里的生活和习俗，比如一个犯人如果不打点好关系，那么就算家里送再多好吃的，他也吃不上；还告诉我们很多成语及四字术语在监狱里的特殊用法，比如倒挂金钩，就是把一个人双手绑在背后吊起来，下面放只盆儿，直到身上流下足够多的汗水……

自那以后，我再看洪师傅，便觉得他的目光，似乎一直从他身后、从他脑海里的监狱生活里透出来，冷漠且疏离地看着世间的一切。但洪师傅又极宽容，天冷之后，我每晚要洗两次脚，天黑换棉鞋时一次，睡前一次，因为上床普遍比同事们晚，睡觉之前脚又冻得冰凉，感觉鞋里潮洇洇的，仿佛是脚出了汗，汗水冷却才导致鞋里一片泼水般的冰凉，所以加完班我还会再倒一盆热水，自以为小心翼翼轻手轻脚地摸到炉子前，就着炉子的余温再洗一次脚，最后才双脚暖和、如踏两片蓬松云朵般地回到被窝睡觉。浑不知这一系列动作，给入狱多年、神经衰弱的洪师傅带来多少痛苦和折磨。

许多个寒冷的夜晚，洪师傅都极克制极安静地隐忍过去了，只在搬去小区前，才面带微笑无比释然地，以开玩笑的口吻抱怨道：我说你小子，不是明明已经洗过脚了嘛，怎么每天还要再洗一遍？他说完后，我才能想象到自己拨弄出的这些声响涤荡在他的失眠里，会鼓动起怎样的烦躁，也不知道那些被打扰的夜晚，他的脑海会浮现怎样的想法，受困于坐过牢的过去，又会构建怎样的未来。

祁工是工作站里唯一的技术人员。我到工作站的第三天，站长就带我到草原上看同事们怎样工作。那是一次重大事故，三个县的维护站都来了，有人挖土，挖出的土堆得像座小山，有人挂着铁锹，驻足观看，还有人躺在草地上轮番休息；不远处的马路上偶尔有车驶过，有年轻女性骑摩托车时陷在路中间深深的泥槽里，这下好了，立马有人热心地上去推一把，其他人就在一旁不怀好意地瞎起哄，仿佛大家都占到了便宜。在这一片嘈杂纷乱之中，只有祁工安静地坐在那儿，专心致志地熔接光纤，像一尊弥勒佛，尤其他的双手非常稳健，简直稳出了神圣庄严，就连合上盒盖的轻轻啪嗒声，听来也格外轻盈悦耳，叫人舒适。

但就是这双庄严神圣的手，最喜欢在身上摸来抠去，还很能闯祸。一天中午，祁工和同事小白带着锄头和光纤熔接机回来了，同时带回来的，还有一副莫测高深的得意表情：

"小余，上午是不是有两次故障？"

"对啊，什么情况？"我问道。

"嘿嘿，我干的！"祁工笑嘻嘻地说，生怕别人不知道似的。原来，他们需要一段地埋光纤的长度数值，只能挖出来看，结果由于位置不明确，一上午就将光纤挖断两次——要知道祖国的西部地广人稀，有时候一连几个月，光纤都不会出问题，而他们一上午，竟自己动手干出来俩事故。

祁工技术精湛，是站长接私活时必不可少的得力干将。他们来钱最快、最邪性的一次，是那一年的年尾，我们都准备放假了，县城广电的线缆却被挖断——那还了得！届时整个同德县都将无法收看春晚。站长带着祁工连夜去抢修，特殊情况，特殊报价，仅这一次，一根光纤，按四十八芯算吧，祁工就给工作站，或者说给站长挣回来两万块！站长高兴得一大早就请大家吃手抓。

后来，大概七八年后，我在西安的马路边碰到接光纤的年轻师傅，经打听得知，光纤熔接机的价格，已经从十几万降到了几万块，熔接光纤的价格，已经降到了一芯光纤十块钱。看来这一行业的门槛在渐渐降低；2024年在深圳，我又看到一位年轻的小伙子在马路边接光纤，聊天中得知，这时国产光纤熔接机只报价几千块，熔接光纤的价格是每芯三块。祁工的先发技术优势，或者说护城河已基本消失。

尽管如此，每每看到有人做着相同的工作而想到祁工，想起第一次看他坐在土堆里专心致志地工作的样子，我都觉得他的技艺比世界上所有人都精湛，加上时间的积累，现在恐怕已经超凡入圣。当然，这是我出于私情，不顾客观实际的超脱想象。

这么些年过去，年轻的祁工想必已经变成老祁，也不知道他有没有带出徒弟，是否过得比我对他的想象还要好。

同事小黄是个名副其实的黄毛。和我一样，小黄并没有染过头发；同样和我一样，由于营养不良，所以头发才泛着天然的淡黄光泽，由此可见他较为贫瘠的出身。小黄约莫十八岁，和我差不多高，而且面黄肌瘦。小学课本里的小萝卜头，长大了大概就是这副模样。

小黄平常话不多，碰到惊诧的事物，或者被同事们友好地"欺负"了，就以极认真的口吻，仿佛认真才能讲清楚似的，又仿佛是从他简易的词库里，极认真地挑选和组织着适宜的表达，末了才拉长声调，极快乐地、不紧不慢地说道："他——妈——的！"

闲下来时，我也加入巡线的队伍，以免坐在冷清的办公室里发霉，这时往往是和小黄组队。小黄年纪比我小，但明显比我更能吃苦，吃冷馒头喝温盐水最多的就是他。小黄也更有经验。一次，我们经过一片牧区时，从毡房旁突然冲过来一只凶神恶煞的大狗，吓得我魂飞魄散掉头就跑，几乎跑出了风声；回过头来，小黄却一步也没有退缩，而是直接蹲下来，在地上摸石头。绿茵茵的草场并非戈壁，哪儿那么容易立即摸到石头，但那狗，看体形我怀疑是藏獒，明显被小黄摸石头的动作吓住了。

小黄握着拳头，把一团虚无和空气朝"藏獒"扔过去，那狗向后跳跃着躲避时，小黄又继续在地上摸索，这一次，他摸到一个土坷垃攥在手里，这似乎给予他极大的信心，于是直起腰来和狗对峙着。好在这时出现了一个藏族女人叫住大狗，我连忙趁机翻过铁丝围栏，狂跳的心这才从嗓子眼儿慢慢落回去。不知道小黄一个人巡逻时，碰到类似的情况是什么心情？倘若碰到失控的藏獒又该怎么办？但小黄显然没有这方面的顾虑，他丝毫不受影响，继续阔步地往前走着——前所未有地，我觉得他的步伐那样坚定有力，仿佛一步一坑，一步一桩，而我只能紧紧追赶。

小黄初中肄业，吃苦耐劳，可惜同一个院子的平措加入巡线队伍后，把他带坏了。两个人经常去买春，直到后半夜才瘦骨嶙峋地回到工作站，窸窸窣窣地脱衣服，抖落一地神秘和年轻的堕落。

巡线员小白也初中肄业，长得高高大大，英俊潇洒，美中不足的是脸上长满了青春疙瘩。和小黄不同的是，小白去广州打过工，见过世面，直接体现就是小白比小黄更频繁地使用QQ。我甚至以为他脸上的众多青春疙瘩，每个都代表着一个网络上轻舞飞扬的名字。

那个年代，移动互联网刚刚兴起，但它代表的未来潮流，还没能席卷祖国西部这座深嵌于草原峡谷的小小县城，QQ仍是人们最重要的联系工具。小白占用电脑的时间最久，挂的QQ也最多，因为他认为QQ在线的时间越长，等级就越高，QQ号码也就越来越短，越来越值钱。我偶然得知他的"见识"时一脸震惊：这？你从哪儿得出这么荒谬的结论？依据什么样的想法，才认为QQ号码还可以缩水？

小白打字时使用二指禅，后来二指禅竟渐渐消失了，键盘也被敲得越来越连贯，越来越富有韵律，这也意味着我不得不硬着头皮，郑重地和他交涉：你占用电脑时间太长，已经影响办公——这才将他在电脑前的时间削去大半。或许正因如此，在所有的同事里，我与小白的交情最浅，距离最远，似乎有无形的矛盾，像天生的排斥力一般，让我们都觉得硌硬。

当然，也可能只有我这么觉得。

最后是几位司机。除了站长，工作站先后有三位司机，首先是站长的小舅子小谢，长得白白净净，福气满满，一副前途无量的周正模样。但我到工作站的第一周，他就喝得胃出血，随后去西宁住院，再未出现过。

第二位司机姓马，我们都亲切地喊他小马哥。小马哥为人非常和善，喜欢喝茉莉清茶。那时大家都没钱，发了生活费，请他喝瓶茉莉清茶，他就笑眯眯的，可以高兴、清香一整天。大家不忙的时候也打牌，做游戏，输了喝酒，每次都是小马哥坐在一旁代我喝，同样笑眯眯的，比他亲自赚到一杯酒还要高兴。

最后招了位藏族司机扎西，同德县城人，长得高大精壮。扎西驾龄多年，做事细致又耐心，和站长好得宛如穿一条裤子的袁工就感慨坐扎西的车极稳当。而且，扎西对新买来刚交到他手里的汽车，表示要开慢些，慢慢儿磨，汽车的使用寿命才更长久，性能才会发挥得更好。袁工对这一点尤其赞不绝口，背着扎西向大家念叨了好多次。

但扎西师傅，或者说同事们，有一个共同的不良爱好：抓流浪狗。一次从外面回来，临近县城，"狗！"扎西突然大喝一声，一脚刹车，全车人往前一耸，而扎西已经解开安全带，风风火火一马当先地下车追狗去了。好在流浪狗也知道大事不妙，机警地跳上山坡，捡走一条狗命。同事们则两手空空无比惋惜地回到车里。搬到小区后，有一次终于还是给他们捉到一只，并拐弯抹角地把狗肉送进了我的胃。

这件事还得从狼肉，或者，该从工作站的编外人员、移动公司的网络部经理袁工说起。

袁工是撒拉族，移动公司的营业员和他打闹时，就直接称其为"撒拉"。

袁工三十郎当岁，戴着厚厚的眼镜，毕业于北京邮电大学通信工程专业。在偏远的同德县城，袁工是我见过的第一位211大学生。工作中，袁工是我们的甲方，但他待在工作站的时间几乎和移动公司的时间一样多，尤其喜欢和几乎半文盲的站长腻歪在一起，两个人有说不完的话。2009年同德县城还有宵禁的传统，晚上九点以后，派出所开着警车，打开警灯，在大街上赶人回家，以免出现酒后闹事、打架斗殴等恶性事件。袁工和站长白天腻歪够了，晚上常常从工作站穿过萧条的县城街道，再翻过移动公司两米多高的大铁门，去移动公司宿舍或办公室继续腻歪。

两人可谓惺惺相惜，袁工极佩服席站长。承包的工作区域内有一处交接盒，通往三个县城，或者说，从三个县城来的，不同颜色的光纤，在同一个接线盒里盘根错节。让我这个色弱看得眼花缭乱，就是在电脑上用CAD画图，因为序号错位的原因，我也常常理不清它们的关系，索性破罐子破摔，不管了，但它们在席站长的脑子里，清晰得就像他衣服上的纽扣。袁工信誓旦旦地说：全海南州，就只有你们站长敢打开那个接线盒！

那时候，移动公司也有过重新分配接线盒的念头，但那时的基站属串联状态，一根光纤被截断，后面的基站会紧跟着全部失去信号，无法打电话，因而这个三县交会的接线盒成为一块硬骨头，一直卡在大家的心头。袁工的过人之处便在这里体现出来。

基站不仅可以串联，其实还可以逆向、相互输出信号。依据这一原理，一旦建成环线，当某个基站丢失信号时，后面本该依次失去信号的基站，也可以依靠环线的逆向输出，继续保持工作状态。这就好比奥斯曼帝国的崛起，阻断了东西方的传统商路，但麦哲伦向西出发，最终也到达东方，完成环球航行。211毕业的袁工一面翻着英文说明书，一面摸索，在小范围内把环线的逆向输出建成了。青海省移动公司的一把手亲自打电话过来确认，表示嘉奖；但最终由于难度过大，投资过高，并且欠缺相关技术人员，而没有持续投入和追进。袁工做了个抹脖子的动作，"割！"他发出清脆的声音，表示项目直接被砍掉了。当然，这些都是他的一面之词，但基于我对他的了解，还是决定对他报以全然的信任。

总之，袁工以其洒脱、"亲民"的性格，卓尔不凡的通信技术，赢得我的尊敬，成为我参加工作以来的第一个偶像。还因为他身处甲方的支配地位，却不滥用支配的权力，反倒和同事们打得一片火热，处处维护工作站，尤其对同事们挣外快大开方便之门，因而在大家心目中确立了编外的权威，成为和站长并驾齐驱的存在。

现在可以回到吃狗肉的前奏曲——狼肉了。那天比较空闲，大家先是莫名其妙地聊到了狼，我从未见过活生生的狼，但的确有狼活生生地奔跑在海南州宽阔的草原上，也奔跑在畅谈着的同事们的脑海里。不一会儿，也不知是谁心血来潮，临时起意，想要尝尝狼肉的滋味，最后竟热情高涨，演变升华为：借杆猎枪，出去打狼。

这计划一旦酝酿成形，大家立马表现得满面春风，群情激昂，进而雷厉风行。在袁工的带领下，由本地人扎西师傅撮合，一群人风风火火地出门去找藏族牧民借枪。作为资料员，我只能守在工作站做资料，为不能和他们一起出去借枪而深为遗憾。不等他们出门，我满脑子里都是和同事们坐着皮卡车，在一望无垠的草原上奔驰，然后追逐凶狠矫捷的野狼，并开枪射杀它们的激烈画面。我甚至想象自己也有机会，平生第一次摸到金属猎枪，继而扣动扳机，凭借着出色的视力和百步穿杨的惊天神技，一枪就将想象里的劣畜放倒。那简直叫人血脉偾张。

我激动难耐，在工作站里踱来踱去，一个小时过去，借枪的同事们回来了，同时带回来一个令人沮丧的消息：当天是某位佛祖的生日。听到这个消息，我大失所望，暗暗生气，甚至激起平地直捣云霄的大不敬来：谁啊？这么不长眼睛！偏偏在这天，在这么重要的节骨眼儿上过生日？

我当然不敢发怒，只敢将失望压抑在心底。但没想到事情还有转折，同事们没有借到猎枪，脸上却丝毫没有表现出任何失望，因为，尽管没有借到猎枪，袁工却花费一千五，也就是我一个月的工资，买回来一只狼头！

我还没见着买回来的狼头，洪师傅就已经在高压锅里炖上了。不久，高压锅就"咻咻咻"地喷气，往工作站里面喷出勾人垂涎的奇异肉香。

"狼牙呢？有狼牙吗？"我突然想起来，连忙问洪师傅。"一千五！你还想买狼牙？想屁吃！狼牙早就被敲掉了……"

我不无遗憾地上网搜了搜狼牙，为与它擦肩而过止不住地惋惜，但弥漫的肉香很快就将得不到狼牙的遗憾填平了。洪师傅直接端了一大碗肉给我，"先吃吧！"他径直说。

"这样合适吗？袁工他们呢？"袁工和站长，还有其他同事，买了狼头之后就出门办事了，我不好意思地问道。

"不用管，给他们留着呢。"

我捧着大碗，极不好意思，既不能啃得太快，啃太慢又显得刻意和别扭，就这么别着一根棍子似的啃起来。洪师傅同样捞起一大碗，仿佛那只是几只烤土豆，吃得风卷残云虎虎生威。在他的带动下，我很快也吃得肆无忌惮起来。

到了晚上，外出的同事们回来，我又跟着吃了半碗。扎西师傅笑嘻嘻地问我："小余，狼肉好吃吗？"

"香。"我说。

同事们爆发出一阵哄笑。我一脸疑惑。

"现在吃的是狗肉，狼肉还没煮呢！"小马哥说，同事们笑得更厉害了。

我涌起一阵被他们戏耍的懊恼，但也不好发作。同事们就是这样一群人，生动地生活着，嬉闹着，乐趣来时是一阵风，他们享受它；开车途中看见野狗就下车去抓，对一只鲜活动物的生命的终结，他们的怜悯比一根干草还轻；他们戏耍同事，全靠本能，制造愉快的小小风暴，如果里面有嘲弄，那嘲弄也不会比一根干草更重——我能做什么呢？继续和大家一起吃肉罢了。

吃完狗肉的第二天，佛祖的生日已过，但谁也没有再提起借枪打狼的事。事实上，自那天以后，谁也没有再提起，至今想来还有些不可思议：明明前一天大家还那么兴致勃勃，雷厉风行，仿佛要扫净海南草原上的所有狼群，但那念头就偃旗息鼓下去，宛如无迹。

第二天，高压锅刚喷出蒸汽，我就确定无疑：这次煮的一定是狼肉！因为那味道太浓烈太刺激太腥膻了。普通人会觉得鱼肉很腥，羊肉很膻，但只有将它们的刺激性放大二十倍，再往里面加入远古巫医不足为外人道的魔法或药物，才有可能混合出那无以言表的刺激味道。这种味道的传播速度和范围，仿佛也加了催化剂一般，一瞬就盈满所有房间和所有缝隙，我们被呛得打开房门，发现楼道里也立马盈满了尖锐的狼肉味。在我的想象里，不出三分钟，整个县城都会闻到这种追随一生的味道。

一只狼头并没有多少肉，一顿便吃完了，但吃完味道直冲天庭的狼肉，我有种合理的错觉：仿佛经过消化，我们拉出来的屎也格外臭。好在那时我们已经搬了新家，已经不是先前的露天厕所。

当然，狼头肉也不见得多么美味，单是图尝鲜。年纪再大些，在新闻里见识过种种野生动物传播病毒和疾病，我就对当年吃流浪狗、旱獭和野狼的自己钦佩不已，并由衷地感到后怕。

五

在同德，还有几件事让我记忆深刻。

首先，"世界是个巨大草台班子"的概念那时还没出现，但我对此已经深有体会。

画完草图，上交CAD文件后不久，移动公司就再接再厉，给工作站派了个大活儿：用彼时新出的诺基亚E71，给移动公司光纤每隔一公里的路标踩点定位。定位可以精确到经纬度小数点后十六位，再将定位数据上传到系统。工作站仅有一部红色外壳的诺基亚E71，站长和其他人忙着接私活儿，定位上传的差事就落到了小黄手里。

不幸的是，不到三天，小黄竟把唯一的手机丢了。站长只能无奈地笑笑，亮出他的招牌酒窝，同小黄开玩笑道："怎么办？从你工资里扣啊！"

小黄一手拿着馒头，一手拿着塑料水杯，不敢跟站长对视，把身子转到一边，陀螺似的躲开了。

好几天后，托人从西宁买回来的新手机才被带到同德，站长再次把新手机交到小黄手里，半开玩笑半语重心长地说道："这次别再掉了啊！"

后来，忙完工作，我又和小黄组队，开启了定位、采集、编号、上传定位的流程。这时我的完美主义或者说幼稚的老毛病又犯了，在我看来，接下维护移动公司通信的工作，而移动公司提出了具体要求，大家按要求来完成不好吗？为什么非要注水应付呢？距离截止期限越来越近，而定位采集工作明显无法按时完成，连一向睁只眼闭只眼的袁工也开始摇头叹气，但站长为了赶外快的工期，还是把同事抽调去建基站；况且，E71只有一部，有一百个人也没用。我和小黄过雪山，穿草地，加班加点，一天几十公里，往往一直走到天黑，还要在陌生荒凉的草场或山谷等很久，才被司机接回工作站。

终于，只剩下最后一天了，按进度，无论如何也不可能完成采集工作。我对世界有如此之大的裂缝感到惊讶，明明多买一部手机，多安排一个人，轻轻松松就能圆满完成的事，为什么非要办得如此磨人、焦躁？

"怕完不成吧？"我表达了担忧。

"怕什么？有我们呢！"扎西师傅和小马哥拍着胸脯保证说。

他们没有撒谎，他们真的做到了。死线当天的后半天，我和小黄在阴云漠漠的天气里有气无力地追赶进度，他俩开着皮卡车来了。"上车吧！"他们一来就招呼道。

我和小黄从远离大路的荒凉旷野，从寒风中钻进车里。

"就在车里定（位）！"扎西师傅断然说道。

"这样不好吧！"我说。按移动公司要求，定位和实际距离的偏差，不能大于五百米，事实上我觉得五百米的偏差都大得有点儿离谱了。移动公司就不能多给些时限，让每一个标注都原地定位，这样不更精确？不是更方便后续的维护工作吗？但这想法在同事们的操作面前，像一片树叶般不值一提。

我们坐在车里，扎西师傅一脚油门，一脚刹车，小黄采集一个定位；扎西师傅又一脚油门，又一脚刹车，小黄再采集一个定位。至于标注实际位置，管它呢，反正差五百米和差五千米又没有太大区别，这最后几十公里的标注，无比清晰无比整齐地，全落在地图上的马路正中间。

总之，任务赶在最后一天完成了，甚至在天黑之前，我们还赶到黄河，得以欣赏浑黄的河面上，漂浮着大片大片同样浑黄的碎冰的奇景。似乎是浮冰的冰镇作用，让母亲河也驯服安静了许多。多年后，我教初中地理，讲到凌汛时，忍不住想起这一幕。

但这次经历里更难忘的部分，其实是同事对工作满不在乎还心安理得的态度。他们是怎么做到这么应付还丝毫没有心理包袱的？我诧异极了，是某个DNA决定的吗？我真想把自己的DNA改造改造，改造得不那么纠结、自我压抑和苦闷。

我们这个巨大的草台班子，除了要干工作站分内的活，有时还要帮移动公司的营业员和客户经理干活。移动公司的门口和营业厅分别摆放着自助缴费机，但藏族老头和老奶奶普遍不会使用，月初缴费高峰时，营业厅人满为患，忙得不可开交，这就需要我们帮忙充值缴费。但干得最多的是月末，尤其是季度末期，帮客户经理临时冲业绩。客户经理有自己的业绩考核，尤其是新增客户要维持一定的数量和比例，才能保住奖金。解决方法也很简单，而且原始粗暴——直接弄虚作假。先让藏族营业员依托她们的关系借来一沓身份证，然后用这些身份证办新卡，充值卡在移动公司内部和客户经理手里是现成的，充了值，就算开卡成功，业绩完成。但移动公司也不是吃素的，随之提升了要求：僵尸号不能算业绩，不只要开卡充值，还必须有通话记录。这下好了，客户经理一个人当然忙不过来，我们就有活儿干了，一群人聚在移动公司内部员工宿舍，拔卡，换新卡，充值，打电话，然后在表格对应的卡号后面做记号……接着同样的流程再来一遍，一遍一遍又一遍。

刚开始参与的时候，还觉得挺新鲜，打电话时嘻嘻哈哈，等新鲜感快速磨灭，大家就彻底成了无情的工作机器。互相打电话要按十一位号码键，而且不能出错，我们都嫌麻烦，客户经理不愧是经理：打114查询号码啊，或者打12121查询天气——真聪明，于是我们又人机一般，挨个儿打平台电话。2009年，自动回复系统还没有出现，接电话的往往是外包的客服，从那些机械麻木的声音里，能听出来她们对这种事早已见怪不怪。

电话打多了，难免厌烦，为世界有这种不得不弄虚作假的工作而心生厌恶，后来，每每在现实中碰到类似的BUG，我都忍不住生出这样的感慨：难道每个人都必须如此，必须经历现实的蹂躏吗？后来世俗了，圆滑了，又觉得既然反抗无用，又无法拒绝和躲避，还不如放弃反抗，乖乖享受蹂躏呢，至少还能省些力气。

"接了这么多重复电话，你不觉得无聊吗？"问完天气，祁工突然来了这么一句调侃。这句话顿时打破沉闷，仿佛坚固的大坝出现了松动的裂痕，这裂痕化作微笑，爬上了大家的脸颊。没想到电话那头的女生还挺专业，竟然没有被逗笑，而是依然按标准流程结束了通话。

接下来，大家打电话时便纷纷试图和对方多聊几句，但大都没有成功。我会在问询结束后，客套地提前祝她们周末或节日快乐，但说过几次之后，想到极有可能是由一个人接听电话，因而她会听到相同的祝福，或者说客套，这么一来，就算客套别出心裁，肯定也会觉得无聊吧？于是这番客套对自己的心理安慰也立时土崩瓦解，再也不复先前祝她们节日快乐时的热情和真诚。不久，大家也纷纷回到机械、重复的状态，直到打完所有新卡，一轮"蹂躏"才终于结束。

摧残身心的，除了机械地重复，还有考试。毕业后，我原以为终于摆脱应试教育，终生都不用再考试，没想到自己还是太年轻。工作后不久就接到通知，工作站要派人去共和县维护站参加考试，考试通过才有继续维护通信的资格。同德维护站只有我一个刚毕业的大学生，因此参加考试的任务自然就落在了我的身上。上面下发了学习资料，我将其打印出来，每天除了工作，剩下最重要的事，就是准备考试。

资料里全是通信行业的理论知识，充斥着数字、规格和处理流程，我试图将它们和使用的手机联系起来，还试图将它们和价值几百万的基站联系起来，但统统徒劳，它们只是些重要的，却与我一个资料员全然无关，也无情感联系的知识。我每天硬着头皮去记，但它的冷僻和艰难，很快就让我放在一边，等到良心实在过意不去时，才又耐着性子捡起来，艰难地看上一会儿。

临近考试前，我大概只记住了四成，在巨大的压力下，我将从西宁带过去的咖啡冲了两杯，继续硬着头皮连夜死记硬背。

咖啡的功效过去，我也就完全透支般垮塌下来，索性破罐子破摔，不看了，也不管了，听天由命吧。凌晨四五点，站长带着小马哥，载着哈欠连天的我，往共和站的考场出发了。在一百迈的颠簸中，我很快就睡得灵魂出窍，中途只醒了一次，却把人吓出一身冷汗——当时黑得伸手不见五指，而一向开快车的站长竟把路开没了。

我们都走下车，打开手机灯，仿佛寻找一件丢失的物品似的，车前车后地找路。车前分明是一片陡坡，刹车及时才没有滚下去。凛冽的寒风中，站长和小马哥反复查看又商量了半天，这才上车掉头，好一会儿，才摇摇晃晃地仿佛从聊斋世界里开出来。我松了口气，不久又睡了过去。

终于来到一级总包共和站，见到了同事们口中的河南张总，还有资料员小王。小王扎着马尾，戴眼镜，看起来伶俐干练。但我刚一看到她，就不由得想起同事们平日聊天时对她的恶意揣测：在同事口中，小王被张总霸占，不得不夜夜委身于他……一个女生，素未谋面，就因为她是女生，就要带着别人对她的恶意揣测、无端玩笑，甚至是诽谤生活——这究竟是为什么？现实又一次向我展露出它粗粝、肮脏、丑陋的一面，但我只能傻傻地、无力地接受它。有时候一想起那么恶毒的话，那么恶毒的想法，就出自身边这些活生生的人，尽管为之不齿，却又不能与他们决裂，因为还要和他们共事，而且，这些活生生的同事又给了我那么多陪伴和温情。这感受，真是复杂得无以言表。

备考时，我还以为考试有多难，是多么重要的一场考试——毕竟会影响整个工作站的去留和收入。真正考试时，考场就设在共和县维护站的会议室，而所谓会议室，也就是一个小小的房间，十来把椅子，几张拼凑在一块儿的桌子而已。参加考试的人员坐定，熟悉的人当然坐在一块儿，进来一个陌生人，也没有交代身份，大家默认他是甲方移动公司的工作人员，给每人发一份纸质试题，限定时间，于是大家埋头做起来，几乎全是下发资料里的内容。

没过几分钟，就有人问道：第三题选什么？问完立马就有人报答案，考试的严肃氛围就这么土崩瓦解。接着有人直接问问题，大家声调不高，但参与热情极高，纷纷参与讨论。准确地说，是贡献答案，你一句我一句，大家七拼八凑互相补充，就这么齐心协力地提前完成了考试。以至于交完答卷，我还有点儿意犹未尽，毕竟严肃认真地准备了那么久，真希望再考点儿什么，和其他人判出个高下。

考完试，吃了午饭，下午参观共和维护站并观摩学习，手机不离手的张总没有错过这次展示的机会。我不得不承认：共和县作为一级承包机构，资料工作确实做得更细致、认真，而且更有目的性，这是初入职场的我从来不曾考虑过的。张总挥舞着手机，向我们展示着每月一本、每日一页的维护记录，然后苦口婆心，而且不无卖弄、不无劝诫地循循善诱道：不让移动公司知道我们究竟给他们做了什么，怎么向他们要每年的维护费？

我这才意识到，自己之前一直做这些工作，只因为它是工作本身，是站长交代的任务，我只是完成他的交代；从来没想过，领导的要求又来自哪里？他的出发点，需要解决什么核心问题，满足什么需求？毕业几个月了，我第一次有了这样的认识：成年人的工作，或者说，成年人做的每一件事，自有其目的。至于真正对这个认识有所认识，并且具体加以运用，那更是很久很久以后了。

在同德县，袁工身上发生这样一件事，让我第一次意识到家庭出身和人脉资源对一个人的重要性。

袁工和大家打成一片，要说有什么私心的话，那就是他还没有考驾照，得着空闲和时机，他会让司机坐在一旁，让他摸两把方向盘。不幸的是，那一次发生了意外，袁工在军马场的部队门前倒车，不小心撞到了部队门口的石狮子，准确一些说，是碰到。下午，我跟着一起去军马场看了现场，石狮子有两到三毫米的错位和裂缝。在我看来，这件事可大可小，甚至可有可无，但毕竟是袁工把它撞歪了两三毫米，有错在先，大家叹着气，都跟着眉头紧锁。

部队扣押了身份证，还给出了解决方案：要么赔三万，要么自己找吊车，将石狮子吊起来，再原模原样落回到原来的位置上。那大概是袁工最焦虑、郁闷的一天，唉声叹气地打了很多个电话，有出主意的，有不吭声的，有推诿的，有表示同情的，但就是无法帮忙解决。

真头疼。即便从落后的同德县找来吊车——同德县没有的话，就需要从海南州甚至从西宁找——也未必敢保证石狮子可以原地不动丝毫不差地落在原来的位置，因为只要动了石狮子，那误差肯定要比现在轻微的碰撞造成的后果更大。

实在不行，袁工迫不得已走出最后一步：动用家庭关系。只见他走到一旁，有些忸怩地打了最后一通电话，颇有些沉重地交代了发生的事。也不知道袁工的父母身居何职，背后动用了怎样的关系，又打了多少通未知的电话，总之，事情悄无声息地解决了，仿佛从没有发生过。

我在同德待了小半年，尤其工作内容全部熟悉后，就慢慢确定：这不是我想要的未来，我也肯定不会永远待在这个小小县城，毕竟世界那么广阔，而同德县的局促和落后又那么明显；况且，离家那么遥远。

站长问我年后的打算，这次轮到我忸怩了，站长也知道同德肯定留不住我，快年尾时，工作站招到一位本地的应届毕业生，我把工作内容和应注意的事项、各种小窍门，还有学会的软件倾囊相授，于是最后一段时间，我轻松多了，工作上只需站在一旁指手画脚，剩余时间就和同事们在寒冷但更显宽广的草原上东游西荡。

腊月二十九，站长发完全部剩余工资，我乘同事的车到西宁，再乘火车经西安到旬阳，大年三十，终于风尘仆仆地回到高山上的老家。

看了看房前屋后、地头地尾的树，接着见到了心心念念的，我在同德期间花的最大一笔钱：从孔夫子网站上买来的一箱旧书。这批书全是文学名著，只要三百块，当初浏览到它们时，我就颇为心动，拿到生活费后，我很是费了番周折，把钱汇给同学，又由同学转到我的网银，最终才搞定这笔交易。卖家寄完书就后悔了，他没想到这批书那么重，以至于运费远远超出预期，我有些过意不去，又给他补了五十块。这批书以包裹的形式寄到老家，是先回家的父亲把它扛上山的。

"把我累莫用了，颠了几身汗！"父亲说。

这批书确实有点儿多，我没有清点数量，大概七八十本，后来买了一只中型六十升行李箱，也没有完全装下。到目前为止，这批花了三百五十块的文学名著，我仍旧没有读完，但其中有几本，给我留下极深刻的印象，甚至产生过重要影响。比如《叶甫盖尼·奥涅金》，尽管是本翻译过来的诗体小说，但还是让我见识到了诗体长篇小说所能达到的绝美高度；看完陀思妥耶夫斯基的《白痴》，我立马被这个疑问困扰：读完这么优秀的小说，谁还敢动笔自己写作？把自己创作的小说跟《白痴》这样雄伟的杰作对比，它还有什么存在的必要和意义？以至于此后十几年里，我都没敢再直面《白痴》，也不认为被誉为"人类有文明以来最伟大的小说"《卡拉马佐夫兄弟》的艺术成就超过了它。

这批书里我最喜欢、读过次数最多的，是许渊冲翻译的福楼拜名作《包法利夫人》。福楼拜的描写和叙述，既用尽全部才华，又用尽全力克制。《包法利夫人》，或者说福楼拜小说最妙不可言的魅力，便是贯穿全篇、持之以恒、一刻也没有松懈的伟大冷静。福楼拜让叙述始终精准地维持在一个美妙的刻度和空间，仿佛他要描写和叙述的，是一整片海洋的波澜壮阔，但他始终紧贴海面，既没有升入天空，也没有被海水和浪花沾湿。

这批文学名著形成我阅读和写作的大本营，是永不沉没的航空母舰。每次我回家，不论是过年，还是逃回老家写作，都是它们陪伴、守护着，让我觉得有所倚仗，而非两手空空地对抗虚无。究其源头，它们是在同德时买的，在一段低矮、遥远又稚涩的经历里，它们为写作和人生，奠定了看似贫瘠实则厚实的重要基础。

回顾这段经历，可以用一句话来概括：逃避的生活，也是生活，但毕竟是逃避。现在我接受它，就和接受自己个子矮、胆子小、自卑、懦弱，以及只考上三本一样，它们就像是我的细胳膊腿儿，如果我不正视、接受并珍惜它，就没有人正视、接受和珍惜了。

英语走向现代化

王 巍

"光荣革命"及由此产生的《权利法案》，使英语的命运再次发生转折。

英国的现代早期

"现代英语"（Modern English）最初的二三百年，称为"早期现代英语"（Early Modern English）时期。这一阶段，本质上相当于英语这门语言的现代化。

一种语言的现代化以及发展演变，和该语言的历史文化背景紧密相关，在很大程度上取决于使用这种语言的人们作为个人，以及作为群体、社会、国家的modernization。

英语成为现代语言的重要标志，就是使用英语的人们，逐渐从传统思想构成的各种束缚中挣脱出来，开始能够比较自由地思考和交流，成为现代意义上的individuals以及persons这样在思想和情感上拥有自主性的个体的人。

在"早期现代英语"这个时期开始时，人们所面对和承受的最大束缚，主要来自当时基督教的教会机构，以及各种僵化的教条理论。这些陈旧的观念，对人们的内心、头脑、思想、表达等与语言密切相关的各个方面，都构成了禁锢和压迫。除了英国，这种来自传统宗教的束缚，当年在欧洲其他各地也普遍存在。

在欧洲中世纪的大约一千年间，也就是Old English（500-1100年）和Middle English（1100-1500年）这两个时期，欧洲西部的基督教相当于天主教（Catholic Church）的同义词；人们把罗马教廷看作人世间的最高权威，把教皇视为耶稣大弟子彼得的传人。这种情形在公元1517年发生了根本变化。随着宗教改革（Reformation）展开，欧洲有很多地区从天主教中脱离分裂出来，开始信仰各种各样的"新教"（Protestantism）派别。

虽然中文翻译为"改革"，但Reformation并不同于通常理解的，由某个人员、组织、机构来发起实施，有着明确规划和目标的reform。Reformation更像一场自发性的变革，从开始到结束的一百多年间，都是遍地开花，基本上没有统一的指导、控制、统领，很多时候甚至处于失控混乱的状态。

通过Reformation这场思想变革，欧洲各地，特别是包括英国在内的新教国家和地区，在宗教理论和组织形式上变得更加多元，人们的思考和表达总体上获得了更为宽松的环境。

随着思想束缚的减少和减轻，英国人使用英语的空间和可能性也明显扩大。

　　除了思想和语言方面，Reformation对英国的历史进程和社会发展也产生了巨大影响。Reformation从十六世纪初展开，大约在十七世纪后期结束；而这两个世纪，正是英国历史上的Early Modern Era（"现代早期"）。

	公元前 500 年	
欧洲古代 （公元 500 年以前）		
	公元 500 年	
欧洲中世纪，一千年 （公元 500-1500 年）		Old English，六百年 （公元 500-1100 年）
	公元 1100 年	Middle English，四百年 （公元 1100-1500 年）
欧洲现代，五百年 （公元 1500 年以来）	公元 1500 年	Modern English，五百年 （公元 1500 年以来）
	公元 2000 年	

欧洲历史和英语历史的"现代早期"，都是公元 1500 年到 1700 年的两个世纪。

英国"现代早期"的二百来年，是由都铎（Tudor）和斯图亚特（Stuart）两个王朝统治。这一时期和英语这门语言的Early Modern English阶段，在年代上基本对应。

早期现代英语的起点年代，大多认为是公元1500年，但也有一些学者倾向于选择更早一些的1485年，也就是都铎王朝创建、英国历史中世纪阶段结束的年代。在都铎王朝中期的1530年代，英国开始展开Reformation，从天主教向新教国家转变，最终导致国家制度也发生了根本变化。到十八世纪初的1710年代，在斯图亚特王朝结束时，英国的现代国家制度已经初步成形。这些思想和制度上的转变，都为英语在十八世纪的规范以及之后的进一步现代化发展，提供了必要条件。

都铎王朝的起止年代是从1485年到1603年，相当于中国明代（1368–1644年）的中期，前后共有三代人、五位君主，其中在位时间最长的分别是第二代的亨利八世（1509–1547年在位），和他的小女儿伊丽莎白一世（1558–1603年在位）。

在亨利八世统治后期，英国从1530年代起开始脱离天主教、拒绝承认罗马教廷的权威，加入了席卷欧洲的宗教改革浪潮。之后几十年间，英国一度在新教和天主教之间几经摇摆反复，但在伊丽莎白一世继位之后，英国作为新教国家，在宗教事务上的独立自主得到了巩固，绝大多数英国人都成为英国国教安立甘宗（Anglicanism）的信徒。

亨利八世和伊丽莎白一世父女，是都铎王朝最重要的两位君主。

　　莎士比亚最著名的戏剧作品，大多写作于伊丽莎白统治后期的1600年前后。当时英国国内新教和天主教之间的争端大体平息，开创了和平稳定的局面，以莎士比亚为代表的"英国文艺复兴"（English Renaissance）得以展开，创作出英语在"现代早期"阶段最为优秀的文学作品。

　　伊丽莎白一生没有结婚，也没有后代子女，便把英格兰王位传给了自己的远亲苏格兰国王詹姆斯，也就是来到伦敦继位之后组织翻译"《圣经》钦定本"的詹姆斯一世（1603–1625年在位）。

　　英格兰由此改朝换代，和北方的苏格兰共享同一个君主，进入了斯图亚特王朝（1603–1714年）。

英国宗教改革初期，相对来说是和平顺利的。虽然国内各个宗教派系之间不断发生冲突，对外也多次卷入和欧洲其他各国的战争，但这些冲突都没有在英国境内造成严重的动荡混乱。可是，欧洲的其他各国就没有英国这样幸运了。

在1534年亨利八世正式宣布脱离罗马天主教会时，德国已经先后经历了几场宗教战争。伊丽莎白于1558年登基之后不久，法国的天主教和新教两派的信徒，展开了长达数十年的宗教内战。在詹姆斯一世统治的后期，欧洲各国又陷入了惨烈的"三十年战争"（1618–1648年），新教和天主教势不两立的敌对，是这场战争爆发的一个主要原因。

"三十年战争"时期，由于连年战乱以及由战争引发的饥荒及瘟疫，德语地区的人口总数下降了大约一半。之前在法国的宗教内战期间，1572年的圣巴托罗缪大屠杀中，有数以千计的新教信徒，在法国巴黎的街道上被自己

欧洲的"三十年战争"。在画面中间的大树下面和画面左侧边缘可以看到，被处以绞刑的人们，临死之前在向教士告解。

的同胞杀害。

欧洲历史上，"三十年战争"结束的公元1648年是一个至关重要的年份，除了被认为是欧洲宗教改革结束的年代，也标志着欧洲现代国际关系体系的形成。在十七世纪中叶，中国的历史同样也经历了一场重要转折：明朝在1644年灭亡，顺治皇帝（1643–1661年在位）在北京登基，清朝开始了对中国的统治。

虽然欧洲大陆逐渐安定下来，但对英国来说，1640年代却意味着全面的冲突和战乱——1642年，历时大约十年的"英国内战"（English Civil War）开始了。

English Civil War的中文译名是"英国内战"，但英语原文中的English其实是指英格兰（England），而不是Britain

1572 年法国巴黎的圣巴托罗缪大屠杀。

这个范围更大的"英国"。虽然如此，English Civil War这场战争冲突，确实同时波及整个"英国"，包括英格兰以外的苏格兰和爱尔兰，而且分为多个阶段。所以，这场战争有时也称为Wars of Three Kingdoms，波及英伦三个王国地区的多场战争。

英国内战（1642–1651年）的起因，如果简单地说，通常会归纳总结为议会和国王君主之间的权力之争，焦点在于向全国征税的权力；爆发内战的重要背景，同时还有苏格兰和爱尔兰这两个边疆地区的动荡。虽然开战的根本原因，普遍认为是国王强行要求征收"造船费"等税费，但直接导致议会和国王发生冲突的主要事件，几乎都和宗教信仰密切相关。

1625年，斯图亚特王朝的首任君主詹姆斯一世去世，儿子成为国王查理一世。在这一年，查理一世和一位信仰天主教的法国公主结婚，引起英格兰广大新教信徒的怀疑和担心。之后十几年间，查理一世又试图修改英格兰教会的仪礼，希望能更加接近天主教仪礼的气派和"仪式感"，结果进一步引发了英格兰臣民的反对。另外，查理一世在1640年前后被迫召开议会，试图强迫议会批准新的税收，主要目的是为筹集军费，用来平息自己在苏格兰的臣民们的造反起义。而苏格兰人叛乱对抗君主的原因，也是由于查理一世试图改变苏格兰当地新教派别的组织架构和仪式传统。

1642年，在议会和国王双方开战之后，议会军队的主

查理一世肖像。

要将领大都属于观点激进的"清教徒"（Puritans）。这些清教徒的很多主张，在当年和今天都被大多数人认为无法接受。例如所有基督教信徒应该只能穿着黑色衣服，废除结婚戒指和圣诞节赠送礼物等习俗。

在内战前后的十余年间，英国几乎天下大乱，从贵族到平民的各个阶层都遭受到巨大的伤害，全国有大约百分之四的人口死于战乱。同时英国的社会秩序也全面崩溃，国内的和平和安定几乎荡然无存。English Civil War曾被描述为A war of all against all——所有人和所有人之间的战争。在英国内战结束之后的几十年甚至上百年间，英国人仍然对这场冲突心有余悸，就此的著述和研究以及读者大众的兴趣，直到今天也没有中断。

最终，议会在内战中取得了胜利，在1649年以叛国罪处死了国王查理一世；两年之后，查理一世的儿子查理二世也从苏格兰逃亡到欧洲大陆。

虽然是英国历史上唯一被处死的君主，但查理一世在受刑时表现得很有尊严和气节，因此被很多人尊奉为Royal Martyr——为王政制度献出生命的烈士。

查理一世被砍头，是在天气寒冷的一月末。早上起来在牢房准备出发时，查理向监狱看守询问，得知外面正在下雨，就要求穿上两件衬衫。看守问为什么，查理的回答是：我如果在街上当众打寒战，可能会有人声称我是因为怕死而吓得发抖。

英语命运再次转折

英国内战结束之后，从1649年到1660年这十几年间，英国起初称为Commonwealth，性质接近不设立君主王位的"共和国"（republic）。之后又改为Protectorate的制度安排，由议会军队的将领奥利弗·克伦威尔担任"护国公"（Lord Protector）来统治全国。Protectorate被很多人视为王政制度的翻版。

在Commonwealth以及Protectorate期间，清教徒的很多激进主张得到采纳，推行十分严厉的道德标准，经常侵犯到人们的基本自由权利，英格兰各地曾多年禁止公开上演戏剧。尽管如此，全国的安定始终没有得到稳固确立，克伦威尔经常需要借助强制力量甚至军事管制来维持起码的社会秩序。

按照英国王室的思路，从1649年到1660年的十几年，被称为Interregnum，指王政制度（拉丁语中用reg这个词根表示）中断、王位暂时空缺的时期。

克伦威尔在1658年死去，继承护国公职位的儿子理查德无力支撑局面，英国眼看要再次陷入混乱。为避免内战的重演，英格兰议会在1660年请回逃亡在外的查理二世，重新恢复君主制度，这件事被称为"王政复辟"（Restoration）。

查理二世是1660年回的英国；1661年，清朝的康熙皇帝幼年继位，后来成为中国历史上一位雄才大略的君主。相比之下，查理二世回到英国时正值三十岁的青壮年时期，但经过将近十年的战乱和逃亡，他已经不再有成就一番事业的雄心，而更相信"人生得意须尽欢"，很快获得了"快活行乐君主"（Merry Monarch）的绰号。这种及时行乐的心态，也应和了当时英国人经历全面战乱和严格管制二十年之后的普遍愿望，因此查理二世受到从贵族到平民各个阶层臣民的广泛爱戴。

但同时，英国人也一直对查理二世的宗教信仰怀有疑虑。查理二世的妈妈是来自法国的公主、天主教信徒；查理二世和家人以及弟弟詹姆斯，在欧洲逃亡时都是在天主教国家居住，因此更加认同天主教。回到英国之后，查理二世多次试图恢复英国天主教信徒被剥夺的各种权利，更引发了由新教信徒主导的英国议会的担心。

查理二世在寻欢作乐的过程中，先后结交了一大批女朋友，生下十几个私生子女，但和自己的王后却一直没有后代。同时他又拒绝和曾经一起逃亡患难的原配妻子离婚，换一位能生下一男半女的新妻子来解决王位继承问题。于是，1685年查理二世去世后，王位只能传给自己的弟弟詹姆斯；而詹姆斯在十几年前就已经皈依了被英国人视为不共戴天的天主教。

关于詹姆斯当年在英国的声望，有这样一则逸闻。查理二世生前曾有一次独自外出，正在伦敦的一处公园散步时，忽然前面停下一辆马车，上面坐的是弟弟詹姆斯和几名侍卫。詹姆斯下车之后责备哥哥：作为一国君主，太不在意自己的安全了。查理二世安慰弟弟道：没有任何英国人希望我死去；因为要是我死了，英国人就只能接受你来做他们的国王了。

在詹姆斯继位之前，英国议会就曾想方设法试图通过法案，剥夺他继承王位的权利。詹姆斯继位之后，议会虽然更加担心，但也没有采取过激的行动，原因是，虽然詹姆斯二世信仰天主教，但他的两个女儿在出生之后都按照查理二世的要求，从小信仰英国新教。议会的希望是，在詹姆斯二世死去之后，英国王位将由他信仰新教的女儿玛丽或安妮来继承。但事与愿违的是，1688年，五十多岁的詹姆斯二世老来得子，而且还安排拥有优先继承权的儿子接受了天主教的洗礼。议会意识到，这样一来，英国未来的君主，将很可能世世代代都是天主教信徒。

同时，詹姆斯二世继位后采取的支持天主教的政策，在英格兰和苏格兰各地都引发了不同规模的民众动乱。英国议会的成员对几十年前的内战记忆犹新，担心国家再次陷入这种可怕的混乱动荡，就和詹姆斯二世嫁到荷兰的女儿玛丽商议，请求她担任荷兰执政元首的丈夫威廉来英国担任君主。

1688年11月，威廉带领军队乘船抵达英格兰。詹姆斯二世发现英国军队拒绝听命于自己，只好逃离英国，最终来到法国居住。

英格兰议会成功驱逐詹姆斯二世、迎来新国王威廉这一事件，被描述为"没有流血的革命"（Bloodless Revolution），也称为"光荣革命"（Glorious Revolution）。从"流血"和"光荣"这两个字眼可以看出，当时的英国人对血腥混乱的英国内战的深刻厌恶和恐惧，以及对和平与稳定的迫切向往。

荷兰的威廉来到英国时，原本期望能自己得到王位，但在1689年初，英国议会却要求他和妻子玛丽，也就是詹姆斯二世的女儿，共同担任英国的联合君主，称为威廉三世和玛丽二世。

议会还制定提出了一份名为《权利法案》（*Bill of Rights*）的文件，规定君主的权力需要服从于代表英国人民的议会；《权利法案》同时规定，只有新教信徒才能担任英国君主，明确排除了詹姆斯二世和他的儿子以及其他任何天主教信徒继承英国王位的可能性。

玛丽和威廉夫妻没有子女，两人分别在1694年和1702年去世，之后由玛丽的妹妹、詹姆斯二世的另一个女儿安妮继承王位，称为Queen Anne。这位安妮女王和姐姐一样，也没有存活下来的子女；1714年安妮女王去世之后，斯图亚特家族没有符合信仰新教这一条件的人来担任君主，英国历史上的斯图亚特王朝（Stuart Dynasty）就此结束。

1714年改朝换代之后，为保证有一位信仰新教的君主，英国议会从斯图亚特家族的远亲旁系找到一位德国王公来担任国王，称为乔治一世。乔治一世来自德国的汉诺威家族，他的妈妈是斯图亚特王朝第一任君主詹姆斯一世的外孙女。在乔治一世之后继承王位的后代子孙中，除了有一位名叫威廉，其余三位的名字都同样是乔治，因此，从1714年到1837年的一百多年，在英国历史上称为"乔治时代"（Georgian Era）。

1837年，英国的汉诺威王朝迎来了最后一位君主维多利亚女王。维多利亚女王在位长达六十三年，正值英国各方面国力以及国际影响力的鼎盛时期。1901年维多利亚女王去世后，英国的君主开始由来自House of Saxe-Coburg and Gotha这个德国家族的爱德华七世担任（1901–1910年在位）。

在不久之后的第一次世界大战期间，英国和德国互为敌国，英国的很多民众对与德国相关的事物充满反感。英国君主于是在1917年把Saxe-Coburg and Gotha这个德语意味明显的家族名称，改成了英语的House of Windsor，也就是今天的温莎家族。

温莎家族先后出了五位君主，分别是乔治四世与两个儿子爱德华八世和乔治五世，以及1952年继位的伊丽莎白二世女王，和2022年以来的现任国王查尔斯三世。

1714年乔治一世从德国来到英国继承王位时，已经五十多岁。除了德语，乔治一世还能说法语、拉丁语，以及一些意大利语和荷兰语，可就是不会说英语。中世纪时，来自法国诺曼底的国王和贵族们，使用法语就可以统治英国；同样不会说英语的乔治一世，似乎延续了中世纪的传统。但和当年不同的是，十八世纪初年的英国君主，对国家大事已经不再发挥绝对的主导作用。根据1689年的《权利法案》，英国君主的权力开始受到限制，很多决定都需要议会（Parliament）的同意批准。之后几十年间，这种新的权力分配安排得到了进一步巩固，君主对国家事务的直接参与越来越少。

从十八世纪初以来，英国的内政和外交，更多是由首相（Prime Minister）领导的内阁（Cabinet）负责；而首相和内阁成员，都是来自声称代表人民的议会。这种受到议会约束的君主制度，被称为constitutional monarchy；中文大多译为"君主立宪"，尽管英国一直没有制定书面的成文宪法。

除了议会对君主权力的限制，《权利法案》这份文件中，还规定了每个英国人的某些基本的individual rights，也就是作为个体所拥有的权利。这些权利，除了保障每位"个体人员"（individual）的人身和财产的安全，也让英国人能够合理地表达自己的看法。至此，在新制度下，英国相当多的一部分人获得了使用语言的大体安全的环境，能够就很多话题放心自由地说话或写作，不用担心因此招致祸端。

当年《权利法案》所规定的各项权利，无论从范围、内容，还是程度来说，和今天相比都是非常有限的。但此后二百多年间的整体趋势是，人们使用语言的各种束缚逐渐减少，说话、写作、表达的权利也逐步扩展到更大的人群。

从十八世纪初开始，英国越来越多的人开始更加认真地使用自己的语言，学习掌握怎样以负责任的方式来说话做事、表达看法，怎样和其他人以及各种组织机构打交道。这种新的环境，为英语的发展演进和现代化，提供了必不可少的前提条件。

和1066年中世纪时的诺曼入侵征服一样，1688年的光荣革命以及由此产生的《权利法案》，使英语的命运再次发生转折。不同的是，当年来自法国的入侵曾使英语在之后一百多年间沦为英国的第三等语言，而六百年后的光荣革命，却为英语的现代化以及最终走向世界，奠定了坚实的根基。

"语言现代化"的大环境

本文标题说的是"英语的现代化"，但行文至此，大量篇幅都是在说英国的历史，主要关于英国"早期现代"这一时期，起点是1485年中世纪结束、都铎王朝开始，终点是1714年斯图亚特王朝结束、英国建立起大致合理稳定的国家制度。这大约二百三十年间发生的主要事件包括：自1517年展开的宗教改革和思想变革，英国从天主教改为新教，1640年代英国内战的混乱动荡，之后的王政复辟和光荣革命，以及1689年"议会"确立最高地位。

有人可能会觉得，英国这个国家的历史，和英语这门语言的历史没有什么直接关系。但事实上，作为一种语言，英语从来就不是存在于真空之中的抽象概念，而是由无数具体实在的人，通过口头和书面方式使用，用来表达和交流各种各样的信息内容。在不同的时代，英语作为语言所承载的信息内容，以及各位英语使用者彼此之间的表达交流方式，都和当时历史的现实情况密切相关。

中世纪后期，英格兰在1066年被使用法语的法国诺曼贵族征服，之后的一百多年间，英语主要由底层老百姓使用。当时的英语所表达的内容局限于生活日常，大多时候只是针对最基本的糊口式生存，而不会涉及学术、文化、政治等需要复杂精密概念的高层次语言活动。在这种情形下，很难想象英语的丰富性会发生任何长足进展。而到了1204年，英国的统治阶层失去在法国的领土利益之后，转而专心经营英格兰这片土地，开始更频繁更认真地使用英语，这才导致英语词汇的迅速扩展，从法语中吸收引进了数以千计的新词。

十三世纪进入英语的这些源于法语的词汇概念，都是关于政府、军事、文化、学术等活动领域，有着复杂精密的体系和规则。在之前的"中古英语"（Middle English）初期，以及更早的"古代英语"（Old English）时期，使用英语的人们不但没有机会接触到这些词语，很多人甚至无法想象这些概念的存在。而到了十六世纪初，随着宗教改革的展开，开始进入"早期现代"的英国，当年的社会现实发生了比中世纪时还要更加巨大、更加深刻的变化，因此使用英语的环境也随之改变。

在"早期现代英语"时期，英语所表达的信息内容，以及英语使用者彼此之间的关系和交流方式，都发生了根本性的变化。这些变化也反过来对英语这种交流工具提出了新的要求，促使现代英语逐步建立起结构更加完善、更有确定性的规则体系。

从1689年起，《权利法案》以及相关的各项法律，保证了英国政治的基本稳定。在此之后，英国国内再也没有发生像1640年代英国内战那样的大规模冲突和动荡混乱，人们对自己的人身安全和未来有了更加稳定的预期。进入十八世纪之后，英国的经济稳步增长，除了整体国力上升，很多个体英国人所拥有的物质财富也不断增加、更加丰富多样。除了作为"个体的人"（person）的安全和尊严，以及自己的"财产"（property）得到了比较有效的保障，进入现代之后，英国人也开始获得更多说话的自由，使用语言的环境比过去更加宽松和宽容。人们开始更放心地使用英语，所思考和讨论的，也是那些自己认为最为重要、关系到自己切身利益的事情，因此，英国人对英语的使用，也变得比过去更加务实、更加认真。

除了个体人员使用英语时感到更安全、有更多需要说和值得说的内容，在集体层面，现代早期时使用英语的整个"说话写作的群体"（speech community），也和中世纪时有着根本性的差异。

与过去由宫廷和教会主导公共生活的时代不同，进入现代之后，就公共事务参与讨论和协商的人群不断扩大。而且，更多人开始更加自信、更加理直气壮地使用自己的语言来表达自己的看法，而不是像在宗教仪式上一样小心翼翼、一字不差地原样重复已经被说过无数遍的话语。

在英国，使用公共话语最为关键的空间、场所、机构，就是议会。1689年之后的很长一个时期，议会所代表的，其实只是当时英国很小的一部分人；尽管如此，其代表人数也非常可观，达到了相当的规模，就某些议题，甚至能够在一定程度上代表数十万、上百万英国人。自十八世纪以来，英国越来越多的公共事务，无法再像过去一样由君主或宫廷中的少数人拿主意说了算，而是要经过更多人来交换意见、讨论、协商。在各种讨论的过程中，英语中很多抽象词语的定义变得更加明确，公共话语的规则和规范也逐渐制定出来，并开始得到普遍的尊重和遵守。

今天世界各地举行公开会议时，相关规则大多基于《罗伯特议事规则》（*Robert's Rules of Order*）这个手册。《罗伯特议事规则》写作于美国，但其中的基本规则和原理，都是起源于英国的议会。

除了人员规模和议事规则方面的进步，自十七世纪以来，英国公共生活中最为重要的人物，不管是各地选出的议员，还是全国政府的首相和各位大臣部长，很多都倾向于自己亲笔写作公开发表的文章和演讲稿。由于经常要在公开场合和公众直接交流，政治人物都会尽量避免说出那些太过离谱或不着边际的话。这种对自己语言负责任的态度，也有助于保证英语中"公共话语"（public discourse）的基本质量，为各个阶层人们使用语言提供了大体上说得过去的范本。

英国议会的议事规则，并不是从天而降，而是经过长期摸索试验而逐步制定确立的。在今天英国议会最重要的"下院平民院"中，两个对立党派之间相隔的大桌子，宽度相当于旧时两柄佩剑的长度。这样的尺寸，据说就是为避免当年的讨论双方可能会拔剑相向，造成肢体伤害。

　　1689年《权利法案》面世之后的英国，人与人之间的关系也开始了走向现代的转变。和中世纪时相比，十八世纪之后的英国人，更加注重自己的各种权利，并且会有意识地根据权利来规范和明确与别人交往时的规则和边界，避免和解决各种争议纠纷。

　　很多人都听说过英国的"阶级制度"（British class system），但这种不同社会阶层采用不同生活方式的现象，其实是在十九世纪中产阶层兴起之后才出现的。而且即使在阶级制度最为严格的维多利亚时期，不同阶层的英国人也大都清楚地知道，自己拥有某些不容侵犯的权利（rights），认可人与人之间本质上的平等（equality）。

这种关于权利的意识，让人们彼此之间的交往有了比较明确的界限；而基于平等的人际关系，也更容易形成相互之间的尊重（respect），更容易在彼此之间建立信任（trust）。而适当的尊重和信任，不但是文明、礼貌（civility）的根基，也是人们有效使用语言最基本和最必要的前提条件。

英语中的rights、equality、respect、trust、civility这些词语概念，虽然今天司空见惯，视为理所当然，但其中的含义，都是在进入现代之后逐渐形成确立的。在中世纪以及更早的传统社会，rights主要是指某个群体或阶层所拥有的"特权"（privileges），equality更多用来强调"平均、均等"，否定压制个性差异。

事实上，equality、respect、civility这几个词语本身，都是在中世纪后期和现代早期，从法语和拉丁语进入英语，并获得明确的现代含义，进而被广泛地接受和使用。而rights和trust虽然源于中世纪早期的Old English和北欧的Old Norse，但在今天英语中的含义和用法，也都是随着进入现代才逐渐获得的。

这些抽象概念的内在含义，都植根于具体的社会现实。即使在今天，由于社会现实的不同，不同语言对这些词语概念的理解和使用，也经常存在着明显的差异。例如，对应respect的"尊重"，在中文语境下经常基于"等级、地位、资格、待遇"上的区分；中文的"权利"，要比英语中主要采用复数形式的rights更加抽象，口头说出时甚至无法和"权力"（power）区分开来。

英国在十七世纪末制定的《权利法案》，反映了整个社会中"权力关系"（power relationships）的深刻变革。虽然当年的《权利法案》只是保障了数量有限的几种最为基本的权利，但这些权利被明确地写成文字，在bill这种纸张书面媒介上得到实现。这样一来，所有能够使用英语来识字阅读的人，就都可以参考援引这张"纸片儿"（bill）。

同时，英国的各级司法机构，大体上也遵循《权利法案》以及其他各种法案文字中关于权利的规定。进入现代的几百年来，各种权利的相关含义和定义逐渐变得更加明确，并制订出可以操作的程序步骤，让各种抽象的权利和具体的生活情境相互联系对应，使相关的法案法律不会成为一纸空文。

这种把权利写成书面清单的做法，后来被广泛效仿。十八世纪后期，美国独立建国之后，就制定了自己的《权利法案》，作为修正案添加在宪法里面，其中的很多表达，都进入了日常语言。今天很多国家的宪法中，也都包含类似的权利清单，例如中国宪法第二章"公民的基本权利和义务"中的很多条款。

进入十八世纪之后，英国的政治和社会更加安定。在法律的保障之下，人们的人身和财产更加安全，不再随时面临各种无法预期的威胁和危险，英国人也逐渐获得更多的自由和权利。有了安定安全的预期，更多的英国人开始努力经营扩大自己的财富，尝试着把国内和国外的各种科学发现和实用发明用于生产活动。从十八世纪后期开始，随着蒸气动力、铁路运输、工厂制度的出现和应用推广，英国发生了后来被描述为"工业革命"（Industrial Revolution）的经济变革，开始成为世界上第一个工业化的现代国家。

与国内的安定截然不同的是，在国际上，十八世纪的英国接连卷入一场又一场战争，和欧洲各国冲突不断。在1688年，威廉从荷兰来到英国继承王位时，一个主要目的就是希望能利用英国的力量，来对抗国力强盛的法国对自己故乡荷兰所构成的威胁。进入十八世纪之后，法国继续成为英国的主要对手，在西班牙王位继承战争（1701-1714年）、奥地利王位继承战争（1740-1748年）以及波及北美洲和印度的七年战争（1756-1763年）期间，隔海相望的英国和法国都是互为敌国。在美国独立战争（1775-1783年）中，法国也为在北美叛乱造反的各个英国殖民地提供了关键的军事援助。而在1789年法国革命开始之后，从1792年到1815年，在几乎首尾相接的法国革命战争和拿破仑战争中，英国继续是欧洲反法同盟各国的重要核心成员。

除了历时超过七八年的大型战争，英国在十八世纪还接连参加各种规模较小的双边战争。例如有一场名为War of Jenkins' Ear （詹金斯耳朵的战争）的战争，开始于1739年，双方是英国和西班牙，开战的导火索事件是，一位名叫Jenkins的英国船长在议会中发表演说时，展示了自己十多年前在西班牙的海外领地被割下的耳朵。

虽然在国际上不断卷入各种规模和性质的战争冲突，英国本土总体上的安定，以及英国人的各项自由权利，并没有因此受到实质的影响。简·奥斯汀（1775–1817年）的很多小说写作时正值英法交战，但情节中很少看到战争的痕迹。之所以如此，一定程度上是由于，当年的战争形态和今天有很大差异。

今天我们理解的"全面战争"（total war），即动员社会各个阶层，从经济、贸易、文化等方面全方位对抗敌国的模式，是在十九世纪后期大众传媒兴起之后才开始出现的。而在十八世纪时，尽管两国在国际关系中势不两立，英国人对法国的文化和时尚仍然非常推崇。当年英国的上层社会中，很多人都热衷学习法语，甚至把法语看作更加精致高雅的语言。虽然在数量和内容深度上无法和此前的中世纪后期相比，但法语中的很多词语继续不断进入日常英语。和Middle English时不同，这些十八世纪的外来词语没有经过完全的本地化，很大程度上仍然保持了法语原本的拼写和发音。

法国以外，英国和其他各个国家地区在文化上的交流，也没有受到战争和外交方面各种冲突的过多影响。北美的各个殖民地独立之后，英国和美国并没有就此反目成仇，而是很快就建立了外交关系；双方之间在贸易和文化上的交流，甚至在战争期间都没有全部中断。

十八世纪时，即使在对外战争期间，英国人使用英语的首要目的，仍然更多是为交流沟通，而不是冲突对抗。这种使用语言的宽松环境，让英语能继续通过吸收外来的词语概念而成长扩大，避免了恐惧、仇恨、拒绝交流、排斥外来事物等不良语言习惯和思维本能的加深，同时也减少了不宽容、极端化、简单化、粗暴无礼等恶性态度形成的土壤。

英国以及欧洲开始步入"现代"（Modern Era），是随着1517年的宗教改革这场思想变革而开始的。虽然历史书中大多把1648年"三十年战争"的结束视为Reformation的终止，但在十七世纪后半叶和之后的十八世纪，以及直到今天，与欧洲其他各国的人们一样，英国人的宗教观念仍然在继续演变。这些观念上的变化也影响到人们对英语的使用方式，以及英语这门语言的发展演进。

中世纪时，欧洲各国普遍接受"君权神授"（Divine Right of Kings）的理论，相信国王君主的"权力"是由上帝授予，代表上帝来掌管国家。而在1640年代的英国内战期间，议会不但组织军队和国王交战，而且还罢免、审判、处死了君主，并实行了大约十年没有君主的共和制度；之后在1660年复辟王政时，议会也发挥了关键的作用。经过这一番变革，到十八世纪初，"君权神授"在英语中已经很少提及了。

复辟王政之后，英国人仍然非常在意自己的君主信仰哪种宗教，1689年的《权利法案》就特别规定，只有新教信徒才能担任君主。另外，英国的君主仍然沿用宗教改革初期脱离天主教之后的做法，同时担任全国教会的最高首领，拥有信仰的捍卫者（Defender of the Faith）的称号。但是，中世纪时把"国家"（State）和教会组织（Church）视为一体的观念，在十八世纪已经不复存在。

除了对国家政治的影响明显减弱，在十八世纪的英国社会中，宗教对各阶层的行为和思想的束缚也继续放松，宗教以外的世俗价值观（secular values）开始成为主流。当时的英国虽然仍然是基督教国家，但很多人对宗教教义的理解，更多是来自个人的阅读和思考，而不是盲目接受教会提供的教条。

在欧洲历史上，十八世纪被称为"理性时代"（Age of Reason），有些人甚至开始就某些话题公开质疑教会的权威观点，依据的经常仅仅是自己内心的信仰、自己所相信的是非对错。

今天英语中经常使用的conscience这个概念，含义就是源于现代早期，指个人内心的信仰，被比喻成the still small voice（内心的微弱声音）。虽然大多对应为中文的"良心、良知"，但conscience在英语文化中更多视为由个人自己来决定判断，不能由他人随意干涉。现代英语中的

conscience，很少像"良心"这个说法那样，用来指责、斥责、管制其他人。

随着宗教影响的减弱，很多话题在十八世纪不再视为神圣不可侵犯，英国人使用英语思考、表达、说话、写作的环境因此更加宽松。进入现代之后，"神圣不可侵犯"（sacred and inviolable）的说法更多是用来描述个人的"私有财产"（property）。尽管如此，十八世纪时的宗教仍然对很多英国人发挥着各种各样的影响和束缚。

在当年的英国，天主教的信徒以及不信仰英国国教的某些其他新教派别信徒，在社会上都受到各种限制，例如不能在政府中担任职务。不少人甚至因此选择背井离乡，前往北美洲的新大陆定居。十八世纪中期，家乡在苏格兰的哲学家大卫·休谟曾写作关于人类认知的文章，其中对基督教神学的"奇迹神迹"（miracle）概念提出疑问。为避免激怒教会，休谟把文章分为多篇，相隔几年陆续发表——休谟年轻时，苏格兰曾有学者写作观点相近的文章，结果被判为异端公开处死。

在其他方面，1689年之后的英国也仍然存在着各种各样的严重问题。虽然少数人能通过议会来表达自己的诉求，但大多数人并没有选举议员的机会，甚至连各项最基本的权利也得不到保障。十八世纪的各场战争期间，英国的海军会在港口市镇强行抓捕平民水手上船当兵，今天英语中的动词press-gang就是由此而来。另外，当年占人口一半的英国女性无法参与公共生活，拥有财产的权利也受到很多限制，简·奥斯汀发表小说得到的收入，都要通过哥哥来经手处理。

尽管当年的英国社会仍然存在各种不足和缺陷，但在1689年制定《权利法案》之后的时代，英语这门语言的发展，开始逐渐摆脱各种约束、获得大致的自由。同时，国内社会的安定、制度和文化上的成熟，让英语能够继续成长发展，获得规范条理，成为更加现代的语言。

而英语的不断规范和现代化，以及作为交流工具的日益改善，也促进了英国不同阶层群体之间的交流沟通，反过来为英国社会的发展进步创造了更好的条件。

建立规范的理性时代

英语这门语言，经历了中世纪长达一千年的"古代英语"和"中古英语"这两个时期之后，大约在公元1500年进入了"现代英语"时期。"现代英语"至今五百多年来的形成和演变，与英国历史以及欧洲历史上的"现代"（Modern Era）基本上对应重合。

在用来描述英语的历史发展时，Modern English这个说法有两种不同的所指。从广义来说，Modern English与中世纪的Middle English以及Old English构成对照，指进入现代之后五百年间人们使用的英语。同时Modern English还有一种狭义用法，用来和从1500年起这二三百年的"早期现代英语"（Early Modern English）阶段相区分；这种狭义的Modern English，有时会更加严谨地称为"后期现代英语"（Late Modern English）。我们今天学习的英语，就是这种Late Modern English，经常被描述为"真正意义上的"现代英语。

Early Modern English和Late Modern English这两个时期的分界年代，有些学者认为是公元1700年，有些则选择1800年；还有人选择两者之间的1750年，让Early和Late这两个Modern English的时期各占二百五十年。这个分界年代之所以众说纷纭，主要是因为从公元1700年到1800年的十八世纪，是现代英语发展演变过程中承上启下的过渡时期。因此，这一百年不论算作Early Modern English还是算作Late Modern English，都能说得通。

在十八世纪前后的大约一百年期间，现代英语开始变得更加规范、理性，获得了比较系统的规则标准。在此之前的Early Modern English时期，英语虽然已经开始成为现代语言，但还没有建立明确的规范；在词语含义、书写发音、语法规则、标点符号等各个方面，早期现代英语都没有形成统一的规则体系。

在阅读欣赏公元1600年前后莎士比亚的戏剧台词时，今天很多人都会觉得难以理解。我们今天阅读的，其实已经是

公元 1500 年	
	Early Modern English （1500–1700 年） 早期现代英语
公元 1600 年	
公元 1700 年	
	十八世纪
公元 1800 年	
公元 1900 年	Modern English （1800 年以来） 现代英语
公元 2000 年	

现代英语的五百年。

经过整理的现代化版本。四百年前的原版印刷品，如果没有学者和编辑们的加工，今天阅读起来会更加困难。

英语中由于缺少一致性和统一规则所导致的各种问题，直到十八世纪前半叶仍然十分明显，但经过几十年的整理和规范，在十八世纪末出版的简·奥斯汀小说，今天大多数人都能够比较轻松地直接阅读。

十七世纪初出版的《哈姆雷特》剧本，除内容上的词语和句法，在书写形态上也和今天的英语有着明显的差异。除了首字母的大小写和今天不同，第二行结尾的suffer，很可能会被今天的读者当作 fuffer。

说到英国以及欧洲其他各国在历史上步入"现代时期"的过程，经常会提到"文艺复兴"（Renaissance）和"宗教改革"（Reformation）这两个标志性事件。但事实上，这两者都不是简单干脆的"事件"，而是历时上百年、跨越数代人的深刻思想变革。

文艺复兴在欧洲各国发生的年代先后不一，首先在意大利兴起，时间主要是十五世纪，在绘画、雕塑、建筑等美术领域的成就最为突出。在意大利出现之后，文艺复兴又向西向北传播影响到法国和德国等地；英国的文艺复兴在欧洲各国中到来得最晚，发生在十六世纪后期，以文学戏剧作品为代表。

在欧洲各国，文艺复兴所影响和涉及的人群主要都是智识阶层，数量十分有限，在整体人口中只占很小的比例。相

宗教改革时期被故意损毁的宗教雕像和教堂彩玻璃，今天在欧洲各地仍然能够看到。

比之下，宗教改革在欧洲各国发生的年代更加集中，涉及的人群更广泛，影响也更为深远，今天经常被历史学家描述为一场彻底的"文化上的革命"（cultural revolution）。

由于当年的欧洲人几乎全部信仰基督教，宗教改革这场思想变革，深刻触及了欧洲各国社会中的每一个阶层、每一个角落。从1517年在德国展开，到1648年与"三十年战争"同时结束，宗教改革在欧洲各地引发了接连不断的争议、冲突、战争，既包括不同国家之间的战事，也包括各国内部不同派别、群体之间你死我活的内战。

英国虽然在宗教改革初期避免了严重的冲突，但1640年代的内战以及之后共和时期的二十来年间，也切身体会到了宗教冲突和思想文化斗争的灾难性后果。直到1660年复辟王政并在1689年建立新型君主制度之后，英国社会才建立起持久的安定局面。

到十七世纪中叶，欧洲各国以及英国的有识之士已经意识到，宗教改革所释放出的各种强烈的宗教情感，如果缺少约束，很容易造成灾难性的后果。

从1650年代开始，对理性、秩序、规范的追求，在欧洲各国的智识阶层中逐渐成为主流。从十七世纪后期开始的这一百来年，经常称为"理性时代"（Age of Reason），有时也使用"启蒙时代"（Enlightenment）的说法。

在"理性时代"，现代意义上的"科学"（science）开始形成构建系统的体系框架，研究方法也变得更加成熟规范。历史上的"科学革命"（Scientific Revolution）这一过程，大多认为开始于公元1543年哥白尼发表日心说理论，结束于1800年前后；但现代科学的成形，其实主要发生在十七世纪后期以来的一百多年间。

十八世纪，科学开始逐渐取代宗教，成为人们认识世界的主要方式。在英国，从贵族到平民的不同社会阶层，都有很多人参与到各种新兴的学科和技术领域之中。在此过程中，文艺复兴以来从拉丁语和希腊语引入到英语中的大量词语概念，得到了更加系统的定义、整理、应用。随着科学知识以及各种实用技术和发明的普及，很多相关的专业词语概念，也逐渐走出专业领域，进入到人们的日常生活之中。在日常语言中，把专业术语比较系统地用作类比和比喻等表达

法国的哲学家、数学家笛卡尔（1596-1650年），被视为"理性时代"的先驱人物。英国的牛顿（1643-1727年），被视为现代科学的代表人物。

资源，也成为现代英语词汇的一个显著特征。

理性时代的理性精神和对科学体系的推崇，对现代英语的发展演变产生了明显的影响。在1660年代开始安定下来之后，英国人更加注重语言的秩序和规则，希望人们在使用语言来表达看法时能更有条理、更加理性平和，从而减少像宗教改革时期那样不可调和的激烈争议，避免争执恶化导致武力冲突、陷入战争。

在1660年，英国的皇家学会（Royal Society）成立之后不久，就提出了规范英语的建议，希望人们在使用语言时更加注重理性和实证，尽量采用更为平实的风格，减少各种夸张和虚饰。在此之后的几十年间，更多人陆续提出为英语建立规范的主张，有些人认为英国应该像法国一样，设立一个专门的"学院"（Academy）作为权威机构，来规范英语在实际生活中的使用。根据当年的设想，这个权威学院将由一批"顶尖专家学者"组成，就英语的使用整理制定出一套明确的规则体系；同时，专家们还应该发现甄别各种各样的"错误用法"，提醒人们避免使用。这样，在经过去伪存真的提炼之后，英语的规则、规范、标准就可以最终固定下来，让人们世世代代都能依据遵守。

十八世纪初，成立语言学院的主张，在英国一度得到了从王公大臣到平民作者等各个阶层中不少人的支持。但在此之后，就此的不同看法和反对意见日益增多，以学院作为语言权威的想法，直到今天也没有变成现实。

词典、语法、语言观

十八世纪时，反对成立学院来作为语言权威的观点，主要基于两个理由。一方面，英国人发现，权威机构并不能一劳永逸地把语言固定下来。最明显的例子就是，法国和意大利的学院成立几十年以来，法语和意大利语仍然在不断变化。更加重要的是，通过设立学院的争执讨论，很多英国人开始意识到：怎样使用语言，很大程度上是一种个人的自由权利，和每个人的内心、头脑、情感密切相关，不应该过多地受到外在权威的干涉管束。

虽然放弃了学院这个主张，英语需要规范条理这一共识却仍然没有改变。关于怎样达到这个目标，更多的英国人开始倾向于通过公众的持续反复讨论，来就怎样使用英语达成一致。就此最重要的任务就是，编辑整理出大家都接受的词典和书面语法体系。

1755年，经过长达七年的独力编写，英国文人塞缪尔·约翰逊（1709–1784年）推出了第一部被广泛接受认可的、现代意义上的英语词典，书名标题是 *A Dictionary of the English Language*（《约翰逊英语词典》），分为上下两卷，收录了四万两千多个词语。

约翰逊的英语词典，面世之后得到广泛好评。虽然书中包含一些客观事实的错误和主观臆断的观点，但这套词典总体上收词全面，释义详尽准确，并且辅以源于英语中各位经典作者的丰富例句。除了整理词语的含义，约翰逊的词典也为很多英文词语的拼写建立了比较统一的规范。

与把数以万计的词汇整理为词典相比，英语语法体系的规范过程要更加曲折。

中世纪时期，和欧洲其他地方一样，英国人普遍相信，只有拉丁语这种古典语言才有"语法体系"（grammar），认为自己使用的英语缺少系统的规则条理。

随着文艺复兴的展开，欧洲各地的人们对自己的"本国方言"（vernacular）更加自信；英国人也开始把英语用于过去曾由拉丁语垄断的各种书面媒介，涵盖从学术、文学、宗教，到法律、政府行政的各个领域。尽管如此，直到十八世纪时，"只有拉丁语才有语法体系"的观念，在英国仍然普遍存在、深入人心。

一方面由于崇尚甚至迷信历史悠久的拉丁语，另一方面也是由于当时欧洲人接触过的语法体系只有拉丁语语法体系这一种，因此，在规范英语用法、制定语法体系的过程中，英国人原样搬用了拉丁语的书面语法体系。直到今天，英语语法中的大量术语说法，仍然在沿用源于拉丁语的各种名词，例如表示词类的parts of speech，表示分词、动名词、不定式的particle、gerund、infinitive等等。

约翰逊的词典出版之后不久，1760年代英国先后有多部语法书面世。按照现代语言学的观点，由约瑟夫·普里斯特利归纳整理的语法体系最为符合英语的实际使用规律。这位普里斯特利先生，更多是以首位发现氧气的化学家的身份闻名后世，但本职工作既不是研究化学，也不是整理语法，而是一位基督教牧师。

但当年在英国最受欢迎的，却是在1762年出版的另一部保守派语法著作，依照拉丁语的语法体系编写，与英语的现实使用存在很多明显的脱节。这部语法书的作者名叫罗伯特·洛斯，也是一位基督教的教士，通晓多种语言。和普里斯特利不同，洛斯地位显赫，曾担任伦敦教区的主教职务，更相信权威的作用，对语言的态度也更加保守。

洛斯主教写作的这本*A Short Introduction to English*

Grammar，在出版之后广受欢迎，几十年间发行了数十个版本。这本书中的语法体系框架，产生了广泛持久的影响；之后一二百年间，英国和美国的很多语法学家，特别是学校中的教师，几乎都效仿沿用这套基于拉丁语语法的体系框架。

十八世纪以及之前流行的"英语没有语法"这一观点，自然是完全错误的。不论是现代英语还是中世纪时的Middle English以及Old English，以及世界上所有的其他语言，都有着自己的语法体系。所谓"英语没有语法"，实际上指的是，早期现代的英语，没有像拉丁语语法那样成形的书面规则体系。

英语和拉丁语是截然不同的两种语言，彼此的语法体系也有实质差异。十八世纪时从拉丁语照搬而来的语法体系，并不符合英语的现实使用情形。源于拉丁语语法的大量与实际脱节、生搬硬套的术语和概念，导致英语书面语法中的很多规则难以理解，学习时只能死记硬背。除了今天的外国语学习者，二百多年来英语的母语使用者也普遍对语法感到头疼。

始于十八世纪的拉丁式英语语法，直到二十世纪初仍然有很大影响，特别是在学校教育中。大约从1950年代开始，关于英语语法的研究，才逐渐采用新的更加符合英语现实的视角。例如，比较新近的语法体系，大多接受了英语中只有present（现在）和past（过去）这两种动词时态的现实，不再像拉丁语一样把future（将来）也看作一种时态，而是把

shall/will/be going to当作不同的情态动词来理解。

除了词典和语法书中的定义和规则，十八世纪时规范整理英语的努力，还从标点符号到标准发音的各个方面，制定出了比较系统的规范准则。通过制定出的各种规则，关于英语使用的很多争议，得到了有效的解决。但同时，十八世纪时制定的规则，也存在明显的缺陷。

导致缺陷的根本原因，是当年理性时代的时代精神。在那个提倡理性、启蒙、科学方法的时代，很多人过于相信简单抽象的规则原理，从而忽视了语言在实际使用中的复杂、丰富、多样，导致以静态的眼光来看待鲜活动态的语言。在为英语制定规则、规范、标准时，当年的研究者更倾向于把英语视为一种"机器"，认为英语能够整齐划一地、依照数量有限的十几种或几十种定律原理来运行。但实际上，英语和其他语言一样，很多时候并不能按照科学般精确的原则方法来精确严谨地规范，而是更像一种活的、有生命的"机体"，会按照自己的方式生长、演变、进化，经常会拒绝人为的外来规则所构成的限制。

十八世纪时为英语制定的规则，很多并不是基于对实际使用的"客观描述"，而是根据理性逻辑而设计的"规定要求"，如同医生开出的必须严格遵守的处方。

这种"规定主义"（prescriptivism）的思路，在规范语言、制定标准的过程中当然是有必要的；但有时，过于强调制定好的规则，在效果上反而会对语言的使用构成约束，而不是促进人们之间的有效交流。

　　所幸的是，就英语的使用，始终不存在像法国的学院那样被认为不容置疑的最终权威。关于英语的"语法"（grammar）和"用法"（usage）的各种规则，从十八世纪以来一直在通过公开讨论不断修正、反复调整。虽然在学校教育中"规定主义"的思路经常占据上风，在现实生活中人们使用的英语，依然保持着丰富多样的活力。

以书为碑

不 不

"四面的风吹拂这些字词，使它们站起来，有如强大的军队。"

1896年，牛津大学出版社已为《牛津英语词典》这个项目支付了大约五万英镑的成本，但销量远远不及预期，总收入约一万五千英镑。更重要的，词典仅仅推进到字母D的阶段，距离完结可谓遥遥无期。出版社委员会估算，若想达到终点字母Z，之后每年都要忍痛掏出至少五千英镑的编纂费用（实际上更多），堪称业界黑洞。

监管词典项目的出版社委员会秘书菲利普·盖尔爵士回想起最初的合同条款，简直欲哭无泪，心在滴血。多年前，当牛津大学出版社欣然签约时，无人能猜到如今这般冰天雪窖的境地。

那是1879年3月1日，出版社与伦敦语文学会签订了一份十页的合同：学会成员詹姆斯·默里（James Murray）将主持编纂一套四开本、共计六千四百页的全新英语词典。该词典暂分四卷，每卷售价暂定五先令或者十先令。"自合同签订之日起，三年之内（包括三年）必须发稿至E字母，六年之内（包括六年）必须发稿至O字母，九年之内（包括九年）必须全部发稿。如果不能按时发稿，出版社委员会可以终止同他（即詹姆斯·默里）的协议。"

　　当时市面上同类型的四开本、定价四磅、共约四千页的法语词典套装销量突破了四万，出版方以此参照，感觉似乎可以大赚一笔。不料直到1884年1月，包含八千三百六十五个单词的第一分册才正式推出，且销量十分惨淡，三年间仅断断续续卖出四百本。

　　自1884年走马上任之后，词典的出版进度就成为菲利普·盖尔（Philip Gell）的一大心魔。他毕业于牛津大学贝利奥尔学院，授业恩师是牛津大学副校长、号称"伟大导师"的本杰明·乔伊特（Benjamin Jowett）。和恩师一样，盖尔也担任了牛津大学副校长。位高权重，出身名门，很难说他对乡村教师、十四岁辍学、没有本科文凭的裁缝匠之子詹姆斯·默里存有几分敬意。两人之间的暗战已持续十二年，盖尔扼住了默里的生命之火，默里掐灭了盖尔的欲念之光。前者用尽手段，年复一年地鞭挞后者，妄图从编辑手里榨取出一页页样张；后者奄奄一息，却在顽强抵抗，一面勉力维持内容的精良水准，一面用龟速进展磨损着前者的神经。无人能猜到这场战役如何收尾：成本高企，销量低迷，盖尔与默里看上去不共戴天，到底是领导先干掉编辑枪毙项目，还是编辑先甩手不干留下无法收拾的烂摊子？

唯一可以肯定的只有——就算出版商和编辑同归于尽双双撒手人间，《牛津英语词典》距离终点字母Z依然遥遥无期。

1857年11月5日，一群身穿长礼服、外罩羔皮领披风、头戴礼帽、围着丝巾的绅士穿过伦敦的黄雾，走进图书馆，聆听神父理查德·特伦奇（Richard Trench）演讲。这是语文学会的日常例会，今天的议题格外引人入胜，叫"当下英语词典的若干缺点"。

特伦奇提及七点：过时、随性、有误、遗漏、不细、啰唆，以及引语不足。随后神父表明自己的野望：由语文学会重新编纂一部宏大的英语词典，翻阅每一本图书，捕捉每一个单词，斟酌每一条引语，辑录每一种意义，为日不落帝国立起"一座历史纪念碑"。

1857年的大不列颠及北爱尔兰联合王国，鲜花着锦，烈火烹油，九天阊阖开宫殿，万国衣冠拜冕旒。加拿大是其林场，澳大利亚是其牧区，南非是其金矿，印度是其茶园，"他要执掌权柄，从这海直到那海，从大河直到地极"。特伦奇的建议瞬间点燃语文学会成员们的想象力，于是大家决意合力编纂一部《以史为规的新英语词典》（下文简称《新英语词典》），同蒸汽机、东印度公司、万国工业博览会一起刻入维多利亚时代。

特伦奇因事务繁忙，无暇他顾，但他很快推荐了一位出色的主编。赫伯特·柯勒律治（Herbert Coleridge）是大诗人塞缪尔·柯勒律治的孙子，家学渊源，品格高洁。在编委会帮助下，柯勒律治制定出一套详细方案。首先，他圈定需要阅读的书目范围，大致从1250年至1858年；其次，组织起一个志愿者团队，去书籍里搜集引语交给编委会备用；最重要的，柯勒律治确立了整部词典体例，如何取舍，如何命名，如何定义，第一任主编殚精竭虑，为这座丰碑打下坚实的地基；最后，他甚至还敲定印刷商和出版人。

1860年5月30日，柯勒律治兴奋宣称：万事俱备，两年之内就能见到第一分卷，如果投稿人不拖延的话，甚至还能更早！

一年后，第一任主编溘然长逝，整个项目轰然倒塌。

柯勒律治哪里都好，几乎是一位完美的编辑人选，除了身体。

他患有肺结核，却又忘我工作，置健康于不顾。1861年4月中旬，柯勒律治偶遇一场暴雨，引发重感冒，十几天后病情加剧，死于4月23日，年仅三十一岁。艾略特有言：四月是最残忍的季节。

杂乱无章的引语字条和初稿样张，被特伦奇转交第二任主编弗尼瓦尔。此人生于1825年，1847年加入语文学会，1853年成为学会骨干，酷爱语言学，以及乔叟、雪莱、莎士比亚、民谣、版税、争吵、赛艇、野餐、社会主义、工人运动和纷繁的情欲。弗尼瓦尔是一个不走寻常路的学者，因为娶了一位年轻的女仆（某学生的姐姐）而震惊学界。更令人震惊的是，五十八岁的弗尼瓦尔抛弃了生下两个孩子的发妻，转而追求二十一岁的女秘书。他甚至一度招募一批女服务员，将她们培养成赛艇手，划船出去野餐。

第二任主编三十六岁时接手《新英语词典》，计划在四十岁时完成。他"雇用"了一名助理主编（没支付薪水），征召新志愿者搜集引语。然而志愿者们汹涌的引语字条很快吓跑了助理主编，弗尼瓦尔不得不亲自上阵。作为学者，他是一流的，但作为编辑，他堪称是这个行当的害群之马：缺乏条理，工作和生活乱成一锅粥；脾气暴躁，气走不少新志愿者；毫无专注可言，除了语文学会，弗尼瓦尔先后创办乔叟研究会、民谣研究会、新莎士比亚研究会等七个团体，此外还曾带领工人朋友到唐宁街请愿，支持学生运动，和同行打过六年笔仗，用词之粗俗无法重述，因为突破了世界各地出版方的道德底线。

众人终于意识到，第二任主编八成完不成四十岁的计划，就算再给他四十年都不行，同时大家也深刻认识到编纂词典所耗费的心力绝非想象中的轻松。弗尼瓦尔很想把烫手山芋甩给下一个倒霉蛋，却被朋友纷纷拒绝。许多年过去，项目完全停滞，累积下来的数百万张字条令弗尼瓦尔烦心不已。

这时，一个名叫詹姆斯·默里的新成员，懵懵懂懂地闯进语文学会。

1837年2月7日，默里生于英格兰与苏格兰交界处的一个小乡村。母亲是仆佣，父亲手艺虽好，但生意清淡，因为竞争过于激烈——九个裁缝在争抢顾客。家族的直系亲属中，九成九都是农民、工匠或牧羊人。想要识字，七岁的默里需要独自前往三英里之外的乡村校舍。尽管十四岁就辍学，默里依然早早展露出语言学上的天赋，他掌握了四种语言的知识，甚至能写出"字""光""生命""开端""见证人"等少数几个汉字。为让弟弟上学，找不到工作的默里在家里干了三年农活，直到1854年才被霍伊克联合学校请过去当老师。那可不是一个美差，教室是三十多年前的老房子，面对一百二十多个学生，默里仅有黑板和（没有地图的）地图架子两种教具。他在此处苦熬三年，又被邀请到霍伊克私立中学工作。二十岁的青年在考大学和挣钱的十字路口徘徊不定，终因一百五十英镑的年薪走向后者。

有了稳定收入，默里得以追求自己想要的智识生活：购买各种藏书（譬如《家禽和歌鸟》《行星和恒星世界》《大卫王颂歌译注集》《农业化学和地质学基本原理手册》），撰稿（开始写情诗），加入霍伊克考古学会（默里担任了学会秘书）……1857年，默里远赴爱丁堡参加一个朗诵技巧培训班。这个听上去不太靠谱的培训班实则有一位教授坐镇：亚历山大·梅尔维尔·贝尔。教授的儿子更加出名——亚历山大·格拉汉姆·贝尔——电话的发明人。据说还是默里向小贝尔传授了电的原理，他给小男孩做过一个简易电池。

相对而言，亚历山大·梅尔维尔·贝尔向默里传授了更加重要的知识：语言学。在贝尔影响下，乡村教师推开一扇独属于他的大门。贝尔拿出一些语文学会出版的专业论文，迅速激起了默里的兴趣。他反复阅读那些文章，却不知道就在这一年，语文学会挖下那个深不见底的天坑。二十年后，又是自己纵身一跃，跳进这个天坑，力图用一生的心血去填平它。

1857年，默里在贝尔教授的带领下迷上了语言学。受波拿巴亲王（拿破仑的侄子）某篇文章的启发，他想把《圣经》内容译成苏格兰方言。这个念头后来逐渐变化发芽壮大，默里写出一本《苏格兰南部各郡方言》的专著，由此确立了语言学家的身份。

不过和学术相比，女友的吸引力似乎更大。玛吉·斯科特（Maggie Scott）比默里大三岁，通音律、擅素描、虔诚信教，是默里的理想伴侣。两人相处一年，前往教堂举行婚礼，不久有了一个可爱的女儿。这原本是一段美满的姻缘，但玛吉罹患肺结核，女儿身体也很差。医生警告默里，苏格兰气候寒冷，要想母女平安，必须移居至温暖的南方，越远越好，最好搬到法国南部过冬。这对不富裕的乡村教师来说着实是个难题。

默里找亲戚想办法，亲戚告诉他伦敦针线街上的渣打银行正在招聘懂外语的职员。1864年7月26日，默里去银行面试。尽管顺利拿到录用意向书，但夫妇俩很犹豫是否要离开熟悉的家乡环境。举棋不定之际，女儿的健康状况急转直下，不幸夭折。巨恸之余，默里生怕妻子的病情恶化，连忙接受了银行的职位。9月初，夫妇俩前往伦敦。

英格兰的气候虽然比苏格兰略好一些，但也好不到哪里去。玛吉在那儿度过了还算愉快的一年，于1865年9月去世。默里看上去分外伤心，在回顾往事时痛诉道：三年之内，一次诞生，两次死亡，我被孤零零留在伦敦，干着不合本性的事情。

朋友们纷纷赶来安慰。12月，默里默默看上朋友的二十岁女儿，两人偷偷去槲寄生小枝下一吻定情。1866年，默里再次订婚，"快得有点儿不够体面"。

默里因命运的无常搬至伦敦，也拨动了语文学会乃至牛津大学出版社的气运。在英伦文化中心，通过贝尔教授引荐，银行职员很快结识了剑桥大学的学者、牛津大学的学生、英国皇家学会会员等众多同好。在此等学术氛围中，默里撰写着方言专著，于1868年6月加入语文学会，见到秘书长弗尼瓦尔。这两人有着不少同样的爱好：植物学、地质学、散步、演讲，所以一见如故。弗尼瓦尔很快对默里委以重任，找他帮忙编辑语文学会筹划出版的文集，如《苏格兰的抱怨》《韵文布道》《湖边的朗斯洛》《特利斯特拉爵士》……在这个过程中，默里逐渐磨炼出一个优秀主编的各种能力，包括但不限于操心、耐心、细心、专心、诚心、野心，以及让人放心。

时机成熟后，弗尼瓦尔有意无意间同默里聊起停滞许久的《新英语词典》项目。当时默里已从银行辞职，在伦敦北郊一所学校里做老师，工作不繁重，时间较为充裕。因此他脱口而出：让我来吧。

默里的应声入瓮，令弗尼瓦尔振奋不已。他积极寻找出版商，经过一番波折，同牛津大学出版社签订出版合同。出版方欣喜于名利双收，第二任主编欣喜于甩掉了沉重的历史包袱，第三任主编欣喜于一笔不菲的外快。无人知道在他们的正对面，是足足半个世纪的苦难。

《约翰逊英语词典》的传奇编纂者塞缪尔·约翰逊（Samuel Johnson），曾经这样评价自己的工作："当我探索词语的源头时，我决心同样注意对事物的研究，探究每一种科学，了解每个名称背后事物的本质，用合乎逻辑的定义来界定每一个观念，用准确的描述来展示每一种人工或自然的产品。这样，我的著作就可以列入各种综合或专门词典之林。但是，这些不过是诗人的梦想而已，词典编纂人最终是要从梦中醒来的……一个探询会引出另一个探询，查一本书会叫你去查另一本书，探询并不一定能找到，找到也不一定能知道；要想追求完美，就像古希腊阿卡狄亚居民追寻太阳一样，以为翻过山便能找到，结果太阳还是同样遥远。"

这番话，完美预言了默里的命运。

新主编翻山追日之旅的第一关，是存放二十年、大约两吨重的引语字条。弗尼瓦尔迫不及待地叫货车拖走了所有相关的引文卡、参考书、信件、剪报。默里本以为素材搜集的工作已经做得八九不离十，但实际上因无人打理，卷曲的字条要么朽坏、要么受潮、要么破损、要么字迹不清，很多都无法使用。新主编在装字条的一个麻袋里发现一只死老鼠，另一麻袋里面有活着的老鼠一家，它们以纸为食。

除去弗尼瓦尔手中的字条，还有很多资料散落在众多志愿者或助理编辑那里。两任主编发出两百多封信函询问，大部分回复只有两个字——搬迁，已故，不详。当然也有幸存的：被当成垃圾扔进马厩；被当成柴火备用；被助理编辑当成私人收藏，其家人死活不肯退还。

为存放众多资料，默里花一百五十镑买下一个棚子，在墙边安装了很多分类架（分类架有一千零二十九个格子）。中央是一堆书桌，默里戴着四四方方的博士帽正襟危坐，将这个棚子命名为"缮写室"，中世纪僧侣制作书籍的地方。

由于素材不够，默里不得不重新寻找新志愿者辑录引语。1879年4月，默里通过语文学会和出版社发出两千份呼吁书，号召英国、美国、英属殖民地的热心民众帮忙阅读书籍、誊抄引语、编写例证。前前后后，参与此事的志愿者总数超过了一千三百人。

值得注意的是，《新英语词典》撰稿人队伍中隐藏着不少奇人异士，既有当时在牛津等待复员的托尔金（他曾在"一战"后短暂加入编写团队），也有社会名流诸如波拿巴亲王，还有精神分裂的杀人犯，堪称百花齐放，卧虎藏龙。

撰稿人中有杰出学者并不奇怪，他们并非因词典成名，仅是顺手帮忙而已，但仍有几位随之彻底改变人生。

与默里类似的，农家子弟亨利·布拉德利（Henry Bradley）本是刀具店职员，专门处理外贸订单，因妻子生病需到南方疗养，所以搬至伦敦。他也博览群书，历史、科学、神话、传记、诗歌无所不包，对语言学有种奇特天赋，"十四天就学懂了俄文"，还能把书倒着读。伦敦居大不易，布拉德利找不到全职工作，一咬牙做了自由撰稿人，为杂志写散文和书评。他的某篇不到五千字的文章详细剖析了默里的得失之处，其赞语之切、眼光之准、见解之深令默里一见倾心。最终布拉德利被拉入编辑队伍，委以重任，工作了几十年。

类似布拉德利这样的远非个案，但大多数不在伦敦，常年保持着异地办公。美国人菲茨爱德华·霍尔（Fitzedward

Hall）的一生犹如一部小说。二十一岁的他本应到哈佛大学念书，却被父亲要求寻找在印度失踪的哥哥。他乘船前往，却遭遇台风，差点葬身海中。九死一生的霍尔大彻大悟，既不返回美国，也不去找哥哥，而在印度各地流浪，学习孟加拉语、波斯语和梵文。后来他做过多种工作，不止一次在爆炸、战争等危难中幸存，为爱情迁居英国，却被诬陷成骗子、酒鬼和外国间谍。自1881年到1901年，霍尔一个人隐居在东英吉利亚的偏僻村庄里，全情投入地为《新英语词典》编写出无数内容。

另外一个重要作者威廉·迈纳（William Minor）也是美国人，他的遭遇和霍尔比起来有过之而无不及。迈纳曾是陆军军医，经历了美国内战，罹患精神分裂症，从军队退役，到英国休养。但他在伦敦病发，开枪射杀一名路人，被判关入一座刑事精神病院里度过下半辈子。清醒时的迈纳原本是位学富五车的绅士，偶然看到默里征召志愿者的消息，欣然提笔，为《新英语词典》工作了大约二十年。默里得知这位作者的情况后，积极奔走，希望帮他返回故乡。1910年，时任内政大臣的温斯顿·丘吉尔签署赦令，放迈纳回国。临行前，老人家收到了此生最好的礼物——前六卷《牛津英语词典》（《新英语词典》于1895年更名为《牛津英语词典》）。

除了身世堪比电影剧本的撰稿人，更多的志愿者则是寻常的科学家、传教士、律师、兽医、工人、商贾、官员、士兵、银行职员、历史学者、图书馆馆长、风琴演奏家、土木工程师……利物浦的汤普森姐妹一次性寄来上万条引语，布朗小姐去世后给默里留下一千英镑遗产……

以上这些都是默里三十多年主编之路上的最大助力，而最大阻力则源自牛津大学出版社。

1879年，默里开始正式编辑词典，他很快就发现，这仿佛一份愚公移山、精卫填海的工作。

原因是多方面的，首先是工作量，志愿者在两年内向主编寄去上百万条、成吨重的引语卡。但是普通的志愿者热情有余、能力不足，主编需要不断地写信沟通，指导他们用清晰的短句（而非花哨的文笔）描述常见词语（而非生僻字词）。曾经有人激情澎湃地写下上千词条，却没几个能被采用。编书初期，默里平均每天手写数十封信件（他没有秘书或者打字机），耐心解答五花八门的问题，浪费掉很多精力。

志愿者的参考资料也是大问题。出版社不肯额外出钱，默里只能自掏腰包购买所需要的书籍并支付邮费。1881年5月，主编被迫额外招募二十八名居家工作的助手。麻烦层出不穷，信件丢失，邮件破损，个别志愿者既不干活又拒绝退还参考书籍，有的助手还偷书。渐渐的，主编开始入不敷出，拖欠助手们数百英镑，滴水不漏的计划漏得滴水不剩，计划中的外快变成了计划外的负债。

无形的困难同样不少。方言、黑话、舶来词、书面语、专有词语无穷无尽，寻找准确的词源是专业性极强且耗时耗心的苦差事。主编给天文学会写信，询问什么是primum-mobile（原初动力）或solar constant（太阳常数）；给《泰晤士报》写信，了解1620年首次出现的Punch（潘趣酒）；给《体育新闻》写信，打听hooligan（不良少年）是如何被发明的；给托马斯·哈代写信，探讨其小说里terminatory一词的微妙含义……取舍也需斟酌。某位志愿者认为"外阴"一词不雅，应该一笔带过，少加注释。"避孕套"一词更加神人共愤，"简直是淫秽不堪"。如何定义当年有争议的词语（以及所有词语），需要艺术家般的天赋。夸张一些讲，默里在二次元的维度里，扮演着神明创世的角色。

一切的劫难归根结底，是因为主编在用最高的标准要求自己，希望编纂有史以来最好的英文词典。出版业中，"产品"与"作品"之争从来没有停息过。有的人以书为货，有的人以书为生。假如默里秉持着完成行活甚至偷工减料的态度，一定能以填空的方式快速编辑完第一卷，但那又有什么意义？所谓"古人著书，不自谓是，未死以前，不自谓成"。法国《利特雷词典》从策划到出版用了三十二年。德国格林兄弟创作童话之余，于1838年开始编辑《德语词典》，这个项目直到1961年才完结。荷兰的《尼德兰语大辞典》始于1851年，终于1998年，共计一百四十七年。

慢工出细活带来的影响显而易见：篇幅愈加庞大，时间愈加紧张。主编不得不向出版社申请扩充体量，延缓交稿时间。前者意味增加纸张和印刷成本，后者令合同成为一纸空文。按照原计划，三年时间本应推进到E字母；结果三年过去，连A字母都看不到头。

编辑希望十全十美，出版社可没这个打算。1882年10月，牛津大学贝利奥尔学院院长本杰明·乔伊特当选副校长，并成为出版社委员会主席。他对词典进度以及首卷样张极不满意，一边要求缩减篇幅，一边下场动手修改了主编撰写好的序言，还想改变词典名称。

默里得知后火冒三丈，直接提出辞职，准备接受美国方面的聘请，去担任大学教授。这是主编与出版社委员会的第一次剧烈交锋。

这一战的结果是银行家亨利·赫克斯·吉布斯（Henry Hucks Gibbs）出面，先借给默里几百英镑让他发放拖欠的工资，又把主编约到伦敦顶尖俱乐部吃大餐，不吝赞美。老练的乔伊特亦转换面孔，尽量配合所有工作，甚至邀请默里来牛津编书。

1884年1月，默里四十七岁生日的前几天，首卷《以史为规的新英语词典》艰难面世，颇受学术界好评。英国政府决定以女王之名，每年资助主编二百五十英镑。1885年6月，默里举家迁移到牛津，为出版社全职工作。

双方同时跳进了为对方准备的大坑。

出版方与主编签订的年薪五百英镑的项目合同里，有个关键的绩效指标：每年发稿两分册，即七百零四页。围绕着这个KPI，双方的交战超过了十年。

1884年，菲利普·盖尔靠着老师乔伊特的关系进入出版社委员会，手握大权。乔伊特辈分高，资格老，老谋深算，加之在位时间短，因而对默里采取怀柔政策，两人最终化敌为友，交情不错。盖尔年轻，资历浅，急于出成绩，一心推进度。恰好默里无门无派，盖尔便如牧羊犬一般撵在主编屁股后边一路催促。但默里的应对方式是盖尔万万没想到的。

1885年，只出版了词典的第二分册，默里根本做不到每年七百零四页的KPI。1886年3月，盖尔向出版社委员会报告：三百五十二页的第三分册进度仅有七分之一。5月，猴急的盖尔要求让亨利·布拉德利编辑字母B的部分，希望进度翻倍，结果事与愿违，默里我行我素，布拉德利的速度甚至还不如默里。6月，盖尔给编辑写信，说出版社"差不多是惊恐万状"。此后三天两头，盖尔经常写催稿信。主编几乎每个月都会被批斗，"这已变成他的习惯了"。

这场猫鼠游戏的结果是：盖尔将布拉德利任命为独立编辑，两个编辑各自负责每年三百五十二页的KPI。这一改变并未令项目实质性加速，最大的区别或许是以前盖尔每次只写一封催稿信，以后得写两封。

客观地讲，默里和布拉德利两人并非有意拖延，而是另有原因。随着词典出版，寄来的引语日渐增多，编辑恪守本职行业的本分，认真辨析或追溯词源，工作量成倍增长。再加上字母C是仅次于字母S的难点部分，所以即便忙到生病，依然无法完成两个分册。

此后多年，分册以无规则的频率推出着。默里在1888年和1889年分别出版一个分册。1890年，默里和布拉德利全都一无所获，然后两人于1891年首次实现一年出版两个分册。1893年，字母C的部分艰难完结。1895年，《以史为规的新英语词典》改版，正式更名为《牛津英语词典》。全新的形态并未缓和编辑部与出版社的隔阂，盖尔抨击默里故意拖延，默里时不时提出辞职，成本高企，销量低迷，终点遥遥无期，整个项目仿佛落入死局。

破局的原因有好几点：媒体报道了这部国民词典的困境，舆论的关注令牛津大学出版社不得不放弃自己的强硬姿态；牛津大学内部同情默里的力量不断增长，领导们敬重主编所取得的学术成就，鄙视盖尔想以词典牟利的念头；但最关键的破局点，仍需要"神之一手"。

1897年6月，王室为祝贺维多利亚女王登基六十周年，举办了盛大的庆典。默里提及一个绝妙想法：将《牛津英语词典》作为贺礼，献给七十八岁的女王。牛津大学一字一句地推敲，写出一封符合宫廷规范的信件。女王的私人秘书答复说，陛下很高兴收到这份礼物。出版社连忙在最新分册中插入了特大字号的一页：1897年，经女王陛下恩准，牛津大学将这部按照历史原则编纂的英语词典敬献给最高贵的女王。

一夜之间，所有的困难都消失了。

可怜的盖尔于1897年被辞退。1897年10月12日，牛津大学在女王学院礼堂摆下盛大宴会。一位学者吹响古老的银制号角，出版社的编辑、领导、印刷工和志愿者鱼贯而入，分宾主落座，十四人发表长篇演讲，回顾项目过往历史，默里的肖像收入了《牛津大学人物》。1908年，昔日的乡村教师穿着长袍，带着佩剑，被国王授予爵位。1914年，十四岁辍学的裁缝匠之子（和前刀具店职员布拉德利一起）被牛津大学授予名誉文学博士学位。

进入二十世纪之后，与这部词典相关的第一批作者或编辑一位接一位地离去。一生漂泊的隐士菲茨爱德华·霍尔死于1901年2月1日，他是所有撰稿人中最受默里敬重的长者。银行家亨利·赫克斯·吉布斯死于1907年，他曾不止一次地带项目熬过至暗时刻。1910年7月2日，第二任主编弗尼瓦尔的离世令默里备受打击。这位不羁的学者八十二岁时仍然在泰晤士河上划赛艇，划了十四英里。在默里心中，语文学会的大哥早已是家人一般的存在。

随着工作的推进（词典进展到了字母T的部分），主编的健康状况亦令大家担忧。默里最大的心愿就是在1917年的八十大寿和五十年金婚庆典上宣布《牛津英语词典》全部完结，但1914年7月突如其来的世界大战摧毁了一切。"进度变得仿佛大雨后屋檐上的滴水，愈见稀落，编纂人员也都陆续离开，去服役参战。冲劲一旦丧失，恢复起来极难，整个1920年代，词典的剩余部分虽然一直在持续编纂，但向前推进却十分缓慢……"

1915年7月26日，默里审视自己一生，怀着对未竟事业的不舍、对欧洲文明的担忧以及以书为碑的骄傲，在家人陪伴中（他和第二任妻子生育了十一个子女）合上双目。

布拉德利接过其衣钵，成为第四任主编，一直工作到1923年5月的生命尽头。

万物以熵增方式行走。时间前进到1928年6月6日，一百五十位绅士齐聚一堂，庆贺涵盖四十一万四千八百二十五个词条、一百八十二万七千三百零六条引语的巨著完结。

最初的两套词典直接送给了英国国王与美国总统。刚刚接受爵位封号的第五任主编坐在英国首相斯坦利·鲍德温左侧，向众人阐述整座丰碑。鲍德温以诗意的语句回应："牛津勋爵（H. H. 阿斯奎斯）曾经说，如果他被抛弃在荒凉的孤岛上，只能选择一位作家的作品为伴，那他就会选巴尔扎克的四十卷小说。我每次都会选择这部词典。我会像枯骨平原上的以西结一样，祈求四面的风吹拂这些字词，使它们站起来，有如强大的军队。我们的历史、我们的小说、我们的诗歌、我们的戏剧，都包罗在这一部书中……《牛津英语词典》是历史上同类活动的最伟大工程。"

首相的盛赞为时过早。

《牛津英语词典》的长项在于将历史精髓融入编纂，呈现出英语这门艺术如何从细微的缝隙中生发，穿越时间长河走向繁荣昌盛。但是在这个领域，落笔意味着过时，完成意味着衰老。语言的变化永无休止，词典亦是如此。维多利亚时代的典范面对着二十世纪无数变化、诸多竞争对手（如《柯林斯英语词典》等）、电脑、网络、手机……它的结局尚未出现。

　　1957年，牛津大学出版社启动了《牛津英语词典·补编》项目，目的在于收录新词。新主编罗伯特·伯奇菲尔德（Robert Burchfield）重现百年前坎坷——他花了二十九年时间才完成厚厚的四卷本。编辑队伍中还涌现出大作家：英伦文坛"三剑客"之一的朱利安·巴恩斯（Julian Barnes）从牛津大学毕业后编过三年词典。他虽然不及托尔金举世皆知，但亦是一流的文学家。

　　1980年代，眼看着《补编》项目即将完结，出版社开始将词典数字化。新一代编辑怀着让巨著永生的念头飞往美国和加拿大。IBM公司提供硬件支持，安大略省的滑铁卢大学提供软件支持，整个团队花了约两年时间，请人将两万多页的内容一字一句地输入电脑。1989年3月30日，包含光盘的第二版《牛津英语词典》上市。

　　1993年，第三版的修订提上日程。这一代的编辑逐渐远离了引语卡、铜制印版和绝迹孤本，转而用软盘、数据库、搜索引擎替代。

2000年3月，几乎每一所频繁使用英语的大学，都订阅了第三个版本：《牛津英语词典·在线版》，一个不会完结、迭代至今的版本。

某种意义上，词典、语言、书籍（实体书或电子书）将会永远伴随着人类，一直到文明尽头。它们不仅是出版的丰碑，也是时空的丰碑。

图书在版编目（CIP）数据

读库.2504 / 张立宪主编. -- 北京 : 新星出版社,
2025.8. -- ISBN 978-7-5133-3826-4

Ⅰ.I217.61

中国国家版本馆CIP数据核字第20259DM822号

读库2504

主　　编　张立宪
责任编辑　汪　欣
责任印制　李珊珊

出 版 人　马汝军
出版发行　新星出版社
　　　　　（北京市西城区车公庄大街丙3号楼8001　100044）
网　　址　www.newstarpress.com
法律顾问　北京市岳成律师事务所
印　　刷　北京雅昌艺术印刷有限公司
开　　本　787mm×1092mm　1/32
印　　张　11
字　　数　220千字
版　　次　2025年8月第1版　　2025年8月第1次印刷
书　　号　ISBN 978-7-5133-3826-4
定　　价　42.00元

我们把书做好　等待您来发现

读库微信　读库天猫店　读库App　共读社群

读库微博：@读库
读库官网：www.duku.cn
投稿邮箱：666@duku.cn
客服邮箱：315@duku.cn